微言

WILLSENSE

电影教室
Film Class
黄丹主编
14

Research on the Art of Chinese Film Playwriting

中国电影剧作艺术研究 2012—2022

张 民 | 著

中国广播影视出版社

目 录

丛书序一

高瞻的计划，远瞩的目标

作为学院文学系“十二五”规划和学科建设的重要内容，由系里整体策划并由教师亲自主编、撰写的北京电影学院文学系“电影教室”丛书是文学系一项非常重要的教材学术工程，也是一项非常重要的电影学科建设学术策划，其学术意义将会在未来若干年的电影编剧教学和电影史论研究中产生深远影响。

北京电影学院在60多年电影专业教育、教学中，一直以“电影教育、课程为先”为目标，以“课程建设、教材为重”为宗旨。

为了这套系列书籍的出版，文学系的老师们已经酝酿、策划多年。今天的出版，实质上是他们对多年电影编剧教学和电影编剧创作课程的系统总结。其中部分专著，精心对应学院文学系电影编剧专业基础课和专业课的内容与教学要求，又融入了一些新的内容。作为系里为加强学科建设和编剧教学而竭尽全力进行的一项重要学术工程，每一位承担这次专著和教材集中编纂与撰写的作者都投入了巨大的精力和努力。

中国电影产业的蓬勃发展，也将带动新的电影热潮，这对电影类图书的出版无疑是一个很好的机会，所以，抓住机会，选好选题，培育自己的品牌正当时。截至2010年底，全国已经有600多所大学设立了影视专业或影视系，大量年轻人投身影视行业，同时影视教材供不应求。电视节目的蓬勃发展，以及全国六家新的电影频道的成立，也亟须大量的影视节目。影碟的深入家庭，同样培养了众多的电影爱好者。因此，北京电影学院文学系策划和计划写作、编辑、出版的“电影教室”丛书系列，在今天有三项非常重要的优势：一、市场前景好；二、具有良好社会效益；三、学习者、读者广泛。

我们对系里教师的这种高度的学术责任感，对学院学科建设和学术研究的倾心、奉献，表示由衷的敬意。

根据文学系的学科建设、课程建设和学术策划，“电影教室”丛书系列主要分成三种类型。

第一类：经典电影剧本的编纂。目前在电影出版类的专著中，或者在关于电影编剧专业教学的课程辅助和参考教材中，缺乏当代剧本的选集。以前电影出版社曾根据成功的电影，出版关于从小说、剧本到完成电影的专著，学习者和创作者可以依据文字和影片进行参照和学习。目前，学习电影编剧专业的学生可以参考的电影剧本范本只有《世界电影》杂志中翻译的外国影片的剧本，以及我们国家早在20世纪30年代至“十七年”期间的部分电影剧本集。这些非常有限的剧本文字资料，不仅不全，而且寻找不便，给现在编剧专业学生的剧本学习、写作创作以及广大编剧爱好者的学习，带来了不少困难。“电影教室”丛书则完全从当代国内的电影剧作家的电影剧本集入手，进行系列性的编纂。其中已经完成出版的第一辑（五本）包括：（1）张献民主编《中国电影剧本精选》；（2）黄丹主编，潘若简、张民副主编《学生专业社会实践报告2》；（3）《铃木尚之电影剧本选》；（4）《苏小卫电影剧本选》；（5）黄丹、谢啸实著《邵氏武侠电影笔记》。作为未来的规划，外国经典电影作品以及国外重要的电影剧作家的剧本也会在陆续谈妥版权的情况下，获得中文出版的许可。

第二类：电影史及电影理论著作。当下在电影历史和理论专著的写作和出版中，没有什么新的视点和方法，更多的是重复和附和。就电影历史和理论本身而言，谈宏观的多，论微观的少，不善于从电影编剧专业的角度和电影叙事的侧重上，进行细化的分析和研究。更为重要的是，目前的“电影教室”丛书中，在电影历史及电影理论的大框架下，更加侧重于不同国家电影国别史的研究，同时，在电影纵向的发展脉络中，对电影断代历史也进行了研究，如内容涉及“中国早期电影史”的“南京路电影史”和“电影传入史”“意大利电影史”“英国电影史”等。其中已经完成出版的第二辑（五本）包括：（1）戴德刚著《中美卖座影片的叙事分析与比较》；（2）洪帆著《马与歌剧——意大利通心粉西部片史学研究》；（3）陈山著《上海南京路电影史》；（4）刘小磊著《电影传入中国考（1896—1921）》；（5）张巍著《电视剧改编教程》。所有电影理论的著作，则侧重于对电影叙事方式和叙事风格的研究，使得学习者可以在电影历史和理论的两个层面上游走，给我们以全新的视角和方法。

第三类：电影及电视剧剧作教材。今天的中国电影产业发展非常迅速，电视剧生产也呈现出非常好的势头，作为电影和电视剧生产的关键环节，剧本创作是非常值得关注和研究的领域。所以，怎么样配合电影及电视剧剧作教学出版相应的教材，成为教学整体的一个非常重要的问题。在这样的基础上，第三辑将出版一些重要剧作家的电影剧本选，研究电视剧叙事的方法和规律，研究编剧的技巧和相应的规律、方法，其中已完成或接近完成初稿的包括：（1）李二仕著《英国电影史》；（2）张巍著《“鸳鸯蝴蝶派”文人与早期中国电影的创作》；（3）刘德濒著《编剧课：故事的产生与确立》；（4）黄丹主编，潘若简、张民副主编《芦苇电影剧本选》;（5）《荒井晴彦电影剧本选》。

作为学院教师的学术成果建设和出版，计划中的第四辑内容将包括：庄宇新著《长篇电视剧叙事研究》；潘若简著《中意戏剧电影比较考》；张献民主编《亚洲纪录片概况》；黄丹主编，潘若简、张民副主编《北京电影学院文学系教师剧作选·第2辑》等。

总体上，这套“电影教室”丛书，是北京电影学院文学系教师独立撰写、主编的专业教材，以电影和电视剧创作实践为基础，实现教学目标，通过有关电影剧作大家的文集，给广大读者和学生提供影视剧作的高端范例与创作经验。

可以预计，这套“电影教室”丛书将会对培养电影、电视剧专业编剧人才和繁荣编剧创作，产生深远影响。该系列丛书的出版，对专业电影编剧创作人员和研究人员而言是非常好的编剧创作和理论的参考，对专业编剧创作人员而言是非常有用的经验、技巧参照，对正在学习编剧创作的学生而言是极好的参考书，对高校影视编剧教学而言是一套极好的专业范本。

代为序。

张会军
全国政协教科文卫体委员会委员、中国电影家协会副主席
北京电影学院院长、博士生导师、教授
2015年6月5日

丛书序二

“电影教室”丛书总序

“电影教室”丛书酝酿至今，已经有近5年的时间。

近年来，中国电影产业的确呈现出蓬勃发展的趋势，无论从大的市场环境，还是每年用来作为探讨标准之一的统计数字，都是在一个持续上升的态势下，而且这种态势会在一段时期内持续。这对电影专业教育也提出了新的要求：一方面，从专业院校内部教学系统来看，从20世纪80年代关注电影本体的教学传统，到如今走向电影市场，作为向电影制作单位输送具体人才的教学单位，在专业授课中平衡电影本体艺术性教学与产业类型化的关系，是需要一段时间进行沉淀和适时调整的。这还进一步体现在教材的使用和选择上。所以“电影教室”丛书在文学系老师不断地讨论商定下，分成了几个版块，辑录出版，有这样一个大的教学背景下的考量。另一方面，从更大范围的人才培养来看，伴随着网络化与数字化等多媒体的出现，学院派出身不再是许多电影创作者的唯一出口了。如今很多网络写手也逐渐走向了电影、电视剧编剧的职业道路，并且有不俗的成绩。他们大多有良好的教育背景，喜爱写作，文字功底好，也有大量的读者群体。但是从网络写手往职业编剧道路转换，仍然需要更专业的积累和铺垫。所以“电影教室”丛书辑录的国内外著名编剧的电影剧本选集，还有新视域角度的中外电影史，也为这些可能成为电影从业者的人们提供了一个可进入的渠道。

针对以上两个专业考量的目的，“电影教室”丛书大致分成了三个版块。首先是电影剧作类：剧本创作是文学系教学立足之本，现在本科教育的两个方向——电影剧作和电影创意与策划，都对学生写作做出了更明确的规范与要求。“电影教室”计划出版的电影剧作类丛书包括了经典电影剧本集和电影剧作技巧讲解，更有文学系教师编写的剧本辑录成册，从理论与实践两方面，让阅读者对电影剧作有更加完整的认识——怎样的剧本是好的剧本？怎样实现好的剧本创作？

第二大版块是中外电影史论类，这是电影从业者必要的积淀与储备。进入电影创作领域的新人总会面临无从下手的困境，有时灵光一现下的创意又不知如何展开，对这个创意是否具有可研发价值也缺乏自信与底气。事实上，电影编剧不仅是一个编写故事的高手，其首先需要对电影历史有着深入的了解和认知，前人经验会成为后人创作的重要参照和项目研发的信心，历史经验凝聚成的理性思维与逻辑更是成为创作者当下感性思维的探照灯。所以“电影教室”丛书中选择辑录的关于中国早期电影、意大利电影、美国电影、英国电影等选题，也试图让创作者从史论经验中寻找到现实创作的参照性意义。

第三大版块计划留给文学系学生。现在文学系的学生普遍都是90后，经历过社会变革、咀嚼着不易与艰辛一路走来的老师总是担心学生们没有足够的人生阅历，很难捕捉到真实的人物关系，不能创作出“接地气”的文学作品。所以，社会实践成为文学系学生的必修科目。但是每年的社会实践报告让老师们感到惊讶，学生们呈现出的万余字的报告书以及大量的图片资料，让我们发现原来90后孩子对这个社会的观察与触角已经触及了我们不曾想到的层面。也恰恰是这样一群学生，他们根据自己的成长体验与社会实践，创作出的若干长篇电影剧本，写出的万余字论文，都有着他们自己的独特视角与观察价值；呈现出来的是一个或许跟老师们的经历不同，但同样有趣和丰富的世界。我们想在“电影教室”丛书中给这样一群孩子从不一样的视点下凝练出的文字留出一块空间，用来刊发他们的优秀剧本、论文和社会实践报告。若干年后，等他们也成为中国电影产业的中坚力量时，这些学生时代的文字将成为记录他们成长的重要轨迹与线索，也会成为中国电影史上重要的史料留存。

希望“电影教室”丛书怀有这样美好的期待，出版后也能收到真正理想的效果与回馈，为转型期的中国电影事业、为探索中的中国电影教育事业贡献绵薄之力。

黄　丹

“电影教室”丛书主编

北京电影学院文学系主任、教授

2015年6月5日

本书序

探讨真问题的思维路径

大民是一个用“磕长头”的方式做学问的读书人和老师。

如同朝圣的藏民在漫漫遥途中朝行夕止、露宿风餐，他们对周遭天地变换的回应方式即是在匍匐与立拜之间、平静且执着地往复趋前，直至触抵朝佛圣地——这种洞悟至道的愿景却是借由俯卧起立的至简修持方式来达成，而信徒全身伏地、额头叩地的往复行为，则充满着一种人与土地之间关系的微妙隐喻：终获神启的法门，在于与自己所寄身的土地足够切近。

大民在日常的阅读观察以及教学活动中，也是用着一股子磕长头式的憨劲和韧劲，持续地介入当下的中国电影土壤以及剧作教学之中，以某种并非惹眼的钻研爬梳方式对处于格局变动中的中国电影进行着持续性的案例解析和现象归纳。这或许源自他研学之初的理工科背景所带来的严谨务实，然而透过与他共事多年的观察，更切中核心的原因在于他始终不曾悬浮或凌驾于中国电影的诸多现象症候之上，而是如伏身叩首的朝圣者一般切入每一个中国电影的文本、事件及脉络中，保持着与当代电影剧作行业现况的同频共振，且勤力地将这些热腾腾的惑思与心得进行汇整集结、汇融进教学之中，他日益密集的白发和案头总是满溢的烟缸是对这一切付出的印证。

行将出版面世的这本《中国电影剧作艺术研究（2012—2022）》相较于质朴到毫不惹眼的书名，其所聚焦探讨的命题之于当下电影环境尤其是剧作教学的意义，显然远胜市面上众多标题耸动却对真实创作命题毫无解释能力的浮泛之作。在行文的框架体例上，所采取的编年式论述结构，既是对2012年至2022这11年来中国电影产业跃迁的某种阶段性提炼省思，其中亦潜藏着某种作为当代史的局部观察及书写的底色，可以窥见大民为其后写作所铺垫的愿景和野心。而在论述方式上，以每一年之中所涌现的具体国产影片案例做切入，由点及面，兼有对历史衍进及社会脉动两个向度的纵横勾连；更为可贵在于，并未以艰涩的文笔构筑某种阅读壁垒，反以晓畅轻快的文风统辖全书，在一个个的例证探讨中力求通透精悍又不失力道的书写，这对现今的剧作教学显得颇具实践意义。

作为院校教学的一员，总苦于学生在研判及专研创作议题时，乏于洞察与深度，而是囿于媒介式的、人云亦云式的无效论证。我想，大民这本书的面世，不仅是针对此类症况的一种因应之策，也提供了介入当下及未来中国电影创作、探讨真问题而非伪命题的一种思维路径。

是为序。

黄　丹

2023年3月于北京电影学院

第一章

2012年中国电影剧作艺术分析

2012年中国电影的关键词之一是“类型升级”，主要体现在两部影片上:《画皮Ⅱ》和《人再囧途之泰囧》；另一个关键词是“类型探索”，典型片例是“百万巨鳄”和“太极”系列。尽管2011年《失恋33天》成为票房黑马和热议话题并具备可复制性，2012年的都市爱情电影仍然乏善可陈，足以说明中国电影产业再生能力之薄弱。这一年中低成本的惊悚恐怖类型电影呈现井喷之势，可惜喷的只是数量，此片种向何处去是一个严峻课题。这个年度，“资源开发”成为热词，选题资源、观众资源、人才资源的确决定着今后中国电影的命脉，但让人担忧的是，电影产业中的类型研发与类型创作遭遇了作者意识的辐射与狙击。老一代“作者”的尴尬是摆不平自己，新一代“作者”的尴尬是找不到出口。

一、类型密钥

1. 画一张什么样的皮

在魔幻片已经成为好莱坞最重要的电影类型之一的当下,《画皮Ⅱ》试图在《画皮》的基础上做一次升级，用一整套的工业标准流程固化“东方新魔幻”类型，野心很大，但又充满未知挑战。

通过对《画皮Ⅱ》编剧过程的考察发现，从2008年的影片《画皮》到2010年2月立项的《画皮Ⅱ》的原初创意，再到2010年4月华谊介入之后，由陈国富、杨真鉴、乌尔善、冉平和冉甲男历时七个月合力打造出来的《画皮Ⅱ》剧本新稿，在剧作上发生了重大的变迁，实现了质的升级。

一是类型与受众的变迁。《画皮》是恐怖的皮、爱情的心，《画皮Ⅱ》则是魔幻的皮、文艺的心。2008年，大量观众是被"画皮"这个恐怖概念吸引到电影院的，而实际上获得的消费满足却是角色扮演（原配与小三），因此《画皮》获得的好评主要来自女性观众。正因为中国电影市场中年轻的女性观众群体占主导地位，《画皮Ⅱ》再次瞄准了女性观众的钱袋，并且将年龄段适当下调（未婚年轻人），定位为一部写给女人和爱女人的男人看的女人电影。

二是主题的变迁。《画皮》海报上的主题是"一场人与魔、爱与恨的决战"，而《画皮Ⅱ》海报上的主题是"劫惑心色，唯爱永恒"。《画皮》讲的是家庭的内忧外患、原配与小三之战的道德拯救；《画皮Ⅱ》讲的却是一群尚未结婚的年轻人对待爱情与人生时的"三惑五劫"，"换皮"和"换心"的剧情设计触及了"皮相"与"真相"这对永恒的冲突，并且刚好对位于时下流行的"整容"话题。《画皮Ⅱ》主题的变迁是随着对受众的重新精确定位和对受众现实心理分析而获得的。可以作为佐证的是编剧团队中吸纳了一位年轻女性编剧，并且剧本初稿曾特意拿给几位女性读者阅读以观察她们的反应。

三是人物关系模型与叙事的变迁。《画皮》构建了主要人物情感大三角，即"义胆贞妻"与"九霄美狐"争夺"至情战将"。由此衍生出三个情感小三角："降魔女侠"暗恋"斩妖情侠"；"情侠”与“贞妻”藕断丝连，由此又牵出一段“战将、情侠与贞妻”的三角前史；“飞天蜥蜴”追求“九霄美狐”，而后者钟情“至情战将”。《画皮》人物的情感关系设置，力图网住现代人爱情纠葛的多种模式，以便使观众对号入座。这一设计获得了一定程度的成功。但《画皮Ⅱ》改造了人物情感关系模型，不再“交叉感染”，非常清晰地分出两个层次：闺蜜危险关系——小唯、靖公主和霍心；人妖恋关系——雀儿和庞郎。同时，这两组情感人物也卷入了天狼国的复仇动作线中。与《画皮》相比，《画皮Ⅱ》的人物谱系设置非常符合类型叙事的“建筑”要求，一方面具有国际视野，另一方面为剧情的铺展提供稳固的基础和开放的空间。

观众对《画皮Ⅱ》的负面评价主要是情节逻辑欠缺合理性，尤其是影片后半程的决战部分。这正说明打造“东方新魔幻”类型这件事，放大了中国电影的软肋——逻辑思维和叙事经验不足。《画皮Ⅱ》涉险过关并且取得高票房，有赖于它的女性观众定位，正如《画皮》未因情节之拖沓而堵住女性观众的泪腺一样。但若想使中国类型电影成功地走向世界的壮志得以实现，必然绕不过这一关。

2. 泰囧拳是怎样炼成的

打闹喜剧，或曰“滑稽剧”，有着悠久的传统、阈值宽阔的受众群和稳固的叙事模型：卓别林、劳莱和哈台、活宝三人组（The Three Stooges）、《猫和老鼠》……而20世纪30年代的《一夜风流》在浪漫喜剧的枝干上开创了神经喜剧类型和公路喜剧类型，神经喜剧的可贵之处是将来自不同文明或不同阶层的男女主人公并置在一起催化性格冲突，公路喜剧的可贵之处是将异域风光展现在大众眼帘。打闹元素、神经元素和公路元素的融合诞生了新的喜剧类型“公路冤家喜剧”，这一新类型的典型作品有《一路顺疯》（*Planes，Train and Automobiles*，1987，美国）和《预产期》（*Due Date*，2010，美国）。改革开放以来，中国社会一直处于不断的转型中，阶层分化、价值观分化、生活方式分化非常明显，这一现实资源一直以来是黄建新喜剧和冯小刚喜剧的拿手好菜，却没能整合到“公路冤家喜剧”叙事模式中，直到2010年的《人在囧途》。《人在囧途》的票房成功有四个基础：打闹喜剧类型受众广泛、春运回家之路和社会问题引人共鸣、来自两个阶层的欢喜冤家的角色设置构成喜剧情境、喜剧桥段及笑点设计成功。《人在囧途》与《一路顺疯》在剧作上相似之处颇多，引发了是“类型借鉴”还是“抄袭”的争论，尽管这是一个很“囧”的话题，但类型嫁接成功这一点值得肯定。

本年度的惊世话题之作《泰囧》是脱胎于《人在囧途》的公路冤家喜剧升级版。演员黄渤的加盟、将空间情境设置在泰国是众所周知的两大升级元素。前者使得“二人转”变成“活宝三人组”，加入“夺宝”元素，将黄渤设置为对头，强化了情节对抗性；后者一方面满足了观众的异域奇观诉求，又巧妙地规避了审查风险、赢得了创作自由。《泰囧》与《画皮Ⅱ》的升级思路可以说非常相似，这是对今后中国电影类型创作的极大启发。

除上述两大升级元素外，《泰囧》与《画皮Ⅱ》一样，对受众群进行了精确而重要的调整。这个调整体现在十分用心的角色定位上。王宝强在《人在囧途》中扮演的是被拖欠工钱的挤奶工，在《泰囧》中却一脱土气，扮演了满足于烙葱油饼、做小本买卖的“阳光的2B青年”，从人物造型、愿望清单到台词设计，无不充分体现满足型的跟风青年姿态。《泰囧》中的徐峥与王宝强形成对位，扮演的是事业上升期青年。角色定位强化了“城市青年喜剧”概念，将受众群体准确地聚焦于现阶段中国电影以城市青年为主的主流消费人群。类型片创作的关键词是“受众心理”，而受众心理可以具体地拆解为国民性、时代特征、流行文化、价值观、阶层、年龄、性别、群落结构、观影经验、世界潮流等众多要素。基于梦的心理机制，类型片创作要义不是对现实的折射，而是对现实的补偿，是对特定观众群的欲望补偿，《泰囧》结尾的彩蛋可以追溯到《一夜风流》结尾中“耶利哥墙”的倒塌，那只是神迹，现实中的那堵“耶利哥墙”从未倒塌。

3. 造一个什么样的怪兽

《百万巨鳄》在2012年的类型探索中具有标本意义。当它挂着“国内首部特效惊悚怪兽类型电影”的招牌将观众招徕进电影院之后，却让观众暴发了一阵又一阵的笑声。这部作品的创作过程非常严肃、用心、辛苦，特效团队制作出来的视觉效果也非常精良。类型探索的真诚努力和把握失当使该片引来两极评价。中国本土化的怪兽电影该怎样做？该建立什么样的叙事模型？是非常值得探讨的问题。这个问题最好的切入点是进行受众分析，并在此基础上探讨类型元素组合的兼容性。

纵观电影史有四类怪兽，第一类以儿童化的《E.T.》《尼斯湖怪》《哆啦A梦之大雄的恐龙》《怪兽电力公司》为代表，第二类以游戏化的“奥特曼”为代表，第三类以类人化的《金刚》和《猩球崛起》为代表，第四类以恶魔化的《大白鲨》《侏罗纪公园》《狂蟒之灾》系列和《汉江怪物》为代表。第一类和第二类的类型元素常常是科幻、家庭、灾难、奇迹、喜剧，主人公往往是儿童；第三类的类型元素是灾难、科幻、动作、爱情，主人公是成人；第四类的类型元素是灾难、科幻、动作、惊悚、恐怖，主人公是成人。第一类怪兽电影的冲突情境一般设置为与成人世界价值观不相容的儿童与怪兽的友谊，第二类怪兽电影的冲突情境是人类借助超能力与怪兽的游戏化对抗，第三类和第四类怪兽电影则建立在对人类现代文明及人性贪欲的诅咒基础之上。第四类电影中的怪兽还可以细分为史前怪物（如史前巨鳄、史前巨鲨、食人族）、自然界中的凶猛动物（如蟒蛇）、变异物种、科幻怪物和灵异怪物，等等。

通过以上分析，我们尴尬地发现，《百万巨鳄》无法归属到任何一类中，这部怪兽片有儿童主人公，也展现了儿童与怪兽（鳄鱼）的友谊，却将受众定位为成人；海报宣传语是“有时人吃鱼、有时鱼吃人”，惊悚灾难类型呼之欲出，但怪兽既不凶残也不强大，结尾处它甚至流出眼泪。影院里观众发出的笑声说明，这部影片在审美接受上产生了间离感。《百万巨鳄》的最大问题就是类型元素不兼容。

2012年中国电影市场上还有一部由澳大利亚出品、中外合拍的怪兽片《大海啸之鲨口逃生》，类型明确地定位为惊悚灾难片，该片创作者让大白鲨闯入超市这一封闭空间，从而产生强烈的危机、恐惧和绝望，在惊悚中展开人鲨对决。这部片的剧情设计、空间设计和类型元素搭配可以为中国怪兽电影打开一定的思路。

4. 笔仙惊了谁的魂

惊悚片的英文原文是 thriller film，它的基本叙事规则是：主角是普通人，封闭空间，常见的对手设计是连环杀手、心理变态者、利益集团、身边的因爱生恨者、身边阴险的变相者，对手藏在暗处并且力量超强，主角被迷惑并不断受惊吓，因为本能的逃避使行动空间越来越小，剧情时间较短并有最后期限，主角往往凭借勇气、智慧和幸运战胜内心恐惧、发现真相并战胜对手。惊悚片强调悬疑、惊魂、逻辑和代入感，对剧情设计的要求非常高。好莱坞惊悚片的典型片例有《精神病患者》《西北偏北》《危情十日》《心理游戏》《我知道你去年夏天做了什么》《危机四伏》等。

考察上述成功片例不难发现，“鬼”或者超自然力量其实与传统的无神论惊悚片无关，那属于“恐怖片”（horror）类型范畴，当然电影的类型融合会使恐怖片兼具惊悚元素，比如《闪灵》《女巫布莱尔》和《小岛惊魂》。2012年的中国电影是“惊悚片”的井喷之年，票房在100万以上的“惊悚片”有《笔仙》《绣花鞋》《情谜》《诡爱》《笔仙惊魂》《十二星座离奇事件》《半夜不要照镜子》《夜店诡谈》《青魇》《绝录求生》《恐怖旅馆》《魅妆》《惊魂游戏》《凶间雪山》等20多部。按道理讲惊悚片不是靠“鬼”取胜，并且中国电影审查制度历来对“鬼”说“不”，但因为观众对“鬼”趋之若鹜，导致多数国产惊悚片从片名、海报、给观众的剧情介绍等宣传品中以及观影过程中往往看到“鬼”影，而看到结尾时连根“鬼”毛都没有。那么也就是说，在中国电影产业中陷入了以“鬼片”之名和“鬼片”之道打造无神论惊悚类型的误区，这条路只能越走越窄、越走越拧巴。

清晰的类型叙事模式、新鲜的创意、当代性和扎实的剧作是解决惊悚片困境的唯一出路。其实2009年的《风声》和2010年的《密室之不可告人》已经给出了两份答案，可惜这条路少有人走顺，问题就出在对“鬼”这块招牌的迷信和剧作基本功不够上。正如众多观众走进《百万巨鳄》的场子看怪兽落空一样，也有相当多的观众走进《笔仙》的场子找不着笔仙，这一定不是长久之计，并且陷入恶性循环后将越发坏掉惊悚片的口碑。

5. 怎样打太极

2012年，中国电影市场的进口片《饥饿游戏》和《无敌破坏王》预示着游戏元素进入电影的势头强劲。游戏元素有三个含义：一是剧情设置的模块性、分段闯关、能力升级、最终决战；二是观众看电影前具有游戏经验，甚至很多电影就是游戏改编的；三是观众看电影时以游戏体验介入，因此必然带来角色的符号化、情境的功能化，甚至是内涵的虚无化。

历来在动画片领域较为强调剧作模式的游戏性，因为这是少儿观众最容易适应的剧情思路，同时也会带来衍生产品开发的空间。2012年的《赛尔号2：雷伊与麦克斯》和《喜羊羊之开心闯龙年》就是如此。遗憾的是，这两部影片创新度不够，加上剧作的粗糙，导致国产动画片仍然未能脱离艺术质量偏低的困境。

在游戏元素进入类型片创作这个话题上，值得一提的是2012年的电影《太极1：从零开始》。杨露禅偷艺的故事和太极拳的武林传奇家喻户晓，因此影片先天具有话题优势。但创作者较为大胆的是通过装饰性的片头将历史的真实性和人物的现实性抽离，代之以强烈游戏感的角色定位和情节架构，并且用夸张手法刻意增强荒诞风格，尤其在闯关学艺和用粮食蔬果大战洋枪洋炮的两场戏中得到凸显。《太极》借功夫片之名，行游戏片之实。换句话讲，这不是一部给中老年观众讲述如何打太极的电影，而是一部给年轻人讲述如何打太极游戏的电影。这种风格在某种程度上有点像2004年的周星驰电影《功夫》，而剧作类型的创新性体现在游戏元素的开发利用上。并且，《太极》的诞生也可能标志着电影产业从单纯追求票房向多种延伸产品开发迈进的趋势。从剧作角度讲比较遗憾的是，《太极》系列太像连续剧架构，第一部欠缺剧作上的相对完整性，高潮戏之后没有封住口，结尾突兀，因此在观影效果上大打折扣。

在游戏越来越盛行、一代人已经在游戏氛围中长大的时代，中国电影势必应更加重视游戏元素的利用，并力图在此基础上整合开创出适应中国市场乃至全球市场的电影类型。

2012年的青春爱情片呈现在如下影片中：《我愿意》《爱》《二次曝光》《春娇与志明》，这几部影片尽管在票房上取得了一定的成功，剧作上却没有太多可圈点之处，甚至有的影片剧作较为失败，反倒是《那些年我们一起追过的女孩》在剧作上显得活力十足。

二、资源开发

1. 向厚重的历史开犁

电影选题创意的资源开发越来越为电影产业和电影作者所重视。2012年呈现出几个方向的挖掘：历史资源、民间传奇资源、现实问题资源、都市情感资源。在历史资源开发中，明显地具有两极化倾向：侧重作者表达和侧重类型打造。

《一九四二》有三个时间点：2012年的电影、1993年的小说、1942年的史实。刘震云回到故乡，与老人们一起揭开50年前不堪回首的苦难记忆；冯小刚等待了19年把这份记忆拍成电影；观众走进电影院在光影中穿越到70年前体验饥荒景象与战争困局。着实不易。《一九四二》是2012年最重要的中国电影。创作者曾表示不想把它做成一部史诗，但最终呈现在银幕上的仍然是全知视点下、多条线索并行的庞大结构。这一思路势必引领观众以传统“读史”的方式读解电影，从而抵消了对主人公、家人及乡亲苦难命运的移情，也抵消了对挣扎在死亡线上的人类个体的存在感的反思。李培基这个人物形象塑造得很生动，却逃不脱观众对“真实性”的质疑，便是佐证。可能是太多的苦难史长久被埋没，强化了创作者书写历史的使命感；长久被压抑的观众“读史”的饥渴，也是催生这一结构的强大推力。对《一九四二》这部电影来讲，讨论创作思路不是最重要的，只要能拍、能放、能看到，就很好了，七十年前的先人们在银幕上“活”起来，并且这一创作过程使创作者“放轻松”，才是最重要的。“补课”之后，创作思路才可能插上自由的翅膀，才有心力聚焦到个人史、人性和存在层面。

本年度的另一部改编作品《白鹿原》，在剧作结构上与《一九四二》形成鲜明的对比。陈忠实的原作人物线索庞杂、内容浩瀚、时代变迁巨大、颇有写史的野心，但写的是一部村史。这一点非常重要。王全安借此将历史背景彻底虚化，必要时仅以字幕交代。写实的是一望无际金黄的麦浪、牌坊、戏台、宅院、窑洞，以及存在于这些生活空间内的个体性格，与时事变局中白嘉轩、鹿子霖、鹿三、白孝文、鹿兆鹏、黑娃等主人公的应对。遗憾的是，从国内公映版本来看，叙事重心偏移到情感纠葛，版块欠衔接，叙事步调失调，有长度限制的原因，也有架构本身的问题。侧重作者表达的作品还有《王的盛宴》，在此不做赘述。

电影《听风者》改编自麦家小说《暗算》，利用了20世纪50年代新中国成立之初的谍战史实资源。与《一九四二》《白鹿原》《王的盛宴》凸显作者风格、重在作者表达不同的是，《听风者》按照谍战类型模式打造，悬疑、动作和爱情元素占主导地位。该片因为选题优势、类型明确，获得较高票房，但在情节设置上，尤其是高潮部分显现出来的弱点，也受到了一些质疑。《铜雀台》

将创作触角伸向三国史料资源，铜雀台、曹操、大乔、小乔、汉献帝、曹丕等三国符号广为人知，具有较大的创作空间，但因为创意较为老套、人物和情节设计较为刻板，导致该片在国庆档期未能取得票房优势。在资源开发中，创意的新鲜度往往具有决定性的作用。

《血滴子》《四大名捕》《太极》……仅从片名来看，就能唤起很多观众的记忆，中国观众具有很深的传奇、志怪、武侠情结，“奇观”本身也是电影招徕观众的重要元素。在中国电影史中，这一类电影产量丰富，也往往获得较好的票房收入。中国传统武侠片如何适应新的时代、再造为新类型，是目前的一个重要课题。

2. 在沉重的现实中搜索

近年来中国的社会现实中有很多问题热词，比如网络暴力、空巢老人、环境恶化、贪欲膨胀、法制式微等。这些问题成为一些现实题材电影的选题资源，在2012年具体体现在《搜索》《飞越老人院》《桃姐》《危机公关》《百万巨鳄》《寒战》《夺命金》和《神探亨特张》等影片中。与历史资源开发呈现出来的两极分化一样，现实资源开发也明显分野为作者表达和类型打造。

网络暴力问题曾在2009年王竞执导的《无形杀》中得到反映，但获得较大反响的是今年陈凯歌执导的《搜索》。公共汽车让座事件引发“人肉搜索”这个话题与“铜须门”相比更具有大众性，“人肉搜索”在成为全民行为的同时，带来的“围观效应”也越来越值得思考。从小说到电影改编上映的过程历时五年，文雨的小说初稿《请你原谅我》于2007年发表于网络，后易名为《网逝》，入围2010年第五届鲁迅文学奖，陈凯歌取得电影改编权后与唐大年合作改编为电影《搜索》。“谁都明白，谁都逃不掉”成为这部作品的沉重主题，搜索过程也是女主人公陈若兮的异化过程，人物性格变迁设计是该片剧作上的亮点。

《飞越老人院》和《桃姐》同为老年人题材，但在市场上一冷一热，不同的叙事视点和情感接受设定是导致这一现象的重要原因。前者抒发的是老年人的暮年感慨，后者则把一位老年人衰老的过程和老人院生活纳入刘德华所扮演的少爷罗杰及其家人、朋友的目光之下。前者是人生无奈、充满辛酸的苦情，后者是生老病死、心心相怜的温情。前者有明显的黑色风格，借道具（比如盆栽和公共汽车）隐喻象征，后者着力描摹人情世故。情感接受的一冷一热与市场的一冷一热合拍，这足以启迪今后的创作。

如上节所述，《百万巨鳄》明确地将当代困境和社会问题纳入类型生产，而《危机公关》尽管有非常值得开发且典型生动的人物形象、压力情境和情节冲突，创作者却放弃惯常的类型叙事，力图以全景视野表达当前中国社会的困境，这一创作思路与《夺命金》想要勾勒出香港生存群像颇为相似。与《危机公关》具有可比性的另一部电影是《神探亨特张》，该片同样具有类型叙事的潜力，但最终被创作者打造为叫好不叫座的反类型叙事。在中国电影中占据重要位置的主流电影（主旋律电影）如何突围，如何扩大受众面和市场影响力，仍然是严峻课题。或许“香港主旋律”电影《寒战》是一个重要启发。

三、作者困境

1. 少年记忆

中国电影有三大传统：剧本是一剧之本、导演中心制、寓教于乐。谁都不能动谁的蛋糕。但这是过去的事情了。经过资本这头怪兽重新洗牌、好莱坞电影的浸淫和政府的产业倡导，电影的商品属性日益凸显，形成了与作者属性的二元对抗局面。如同前两部分的分析总结，这种对抗近年来呈现出你中有我、我中有你，相互掺沙子的转型期乱局。就世界电影的发展史来讲，作者的个人表达是一条从未停息的大河，借由个人的自由表达，作者们对电影的媒材、修辞、观念的探索以及对人生的经验、欲望、存在等终极问题的思考，将电影引领到艺术层面。当今世界，阿巴斯、索科洛夫等前辈作者仍然保持活跃的思考与持续的创作。梳理2012年的中国电影，作者电影的生态环境依然没有好转，因为各种各样的缘故，大部分作品的艺术水准也难以抵达与世界电影对话的高度。

青少年时期是人生重要的成长期，往往深刻影响人的一生，大多数电影作者都绕不开这一段，总是在电影里表达出来。表达欲望往往来自记忆中的刺激、受挫或压抑体验，比如王小帅的《我11》和黄骥的《鸡蛋和石头》。表达欲望有时候也来自对过往时光的复制和重温情结，如杨瑾的《有人赞美聪慧，有人则不》。

《我11》与《青红》不同的是以第一人称视角展开叙事，但诉说的同样是残酷青春物语，两部影片的结尾都是死刑的判决与执行。这部影片的情绪内核可以向上追溯到田壮壮的《蓝风筝》和林海音原著、吴贻弓导演的《城南旧事》。《我11》的华彩段落有两处：一处是王憨父亲给王憨用野花布置“有呼吸”的静物，一处是王憨父亲在夜里打着手电给王憨讲解印象派莫奈的画作。父与子的精神继承与情感牵绊是这部影片的重要表达。除父子情感线索外，《我11》的另一重要线索自然由王憨与谢家兄妹构成，影片以两件白衬衫为道具，结构出王憨与谢觉强的关系。非常可惜的是，在这条线索中，《我11》中的王憨始终是谢觉强事件的旁观者和被动卷入者，没有真正进入剧情，尽管他将谢觉强藏身之处泄露出去，但他不是告密者，谢觉强也并没有因此被抓。创作者让王憨小心地避开责任陷阱，结尾处白衬衫这件重要道具就失去了张力。影片用夹双杠游戏、目睹母亲与父亲深夜做爱、注视谢觉红裸露的后背，以及第一次遗精等若干场景，着力刻画王憨性的萌动和青春期的到来。如上所述的三条线索，强化了影片的自传性，但主人公没有主动动作，弱化了主人公的人性压力，导致格局没有打开，思考深度有限。这对一部作者电影是致命的。

年轻的女性作者黄骥的电影《鸡蛋和石头》尽管也带有一定的自传性，但影片一开始就将处于青春期的主人公置入被监护人强奸的困境，并且随着时间的推移，这个困境越来越强，主人公不得不面对体内新生命的孕育，直到最后的暴发、转折和获得新生。创作者在剧情设置上，以主人公自身特定的认知心理结构和女性个体独有的情感出发，条件反射般生长出一步步的反应动作，让观众借此看到主人公裸露出来的真实、细微而又复杂的内心挣扎。《鸡蛋和石头》借片名表达的主题是，人的内心有时很脆弱，如鸡蛋易碎；有时也很坚强，如石头般坚硬。该片张力最强的场景是影片临近结尾处的“人工流产”，创作者用了五分钟的单个长镜头来表现，这一视听处理是来自创作者的意识本能：“我们在现场拍摄的时候，我是找的医院的医生，妇科医生真的来演这一场戏，他问我应该怎么演，我说平时怎么做你就怎么做好了，然后，我们把机器架好以后，大概五分钟就结束了。我问他怎么这么快？他说我们平时就是这样，还有比这个更快的呢。我当时就觉得，对一个女孩子来讲很残酷的这个事情，在真实的生活里面，它居然就是短短的五分钟……所以，就这么用的。”《鸡蛋和石头》剧作的成功之处在于作者表达与直觉体验浑然一体。

《有人赞美聪慧，有人说不》是青年作者杨瑾的第三部长片，与《我11》一样，以一位名叫杨晋的小学生的视点展开剧情。但这部影片与《我11》迥然不同，既不借记忆思考社会人生，也没有一般意义上的“剧情”，倒更像是用镜头记录了主人公的一次偶然随性的、脱离既有生活轨道的漫游过程，这也正是影片的新颖之处。主人公的想象部分用动画手法展现，尽管有些新鲜生动但实际上破坏了整体。另外，影片的视听实现显得有些生硬和粗糙。

2. 老少边穷

电影作者的资源探寻方向一个是时间性的，抒发个人生命体验；一个是空间性的，呈现和思考某个存在空间的状况。2012年空间性作品的特征可以用“老少边穷”来归纳——老人、少数民族、边远地区、穷人。

《告诉他们，我乘白鹤去了》是青年作者李睿珺继《老驴头》之后又一部表现老年人生活的电影。《老驴头》讲述了一位农村老汉独自治理祖坟边的沙漠的故事，《告诉他们，我乘白鹤去了》则讲述了一位农村老汉感到自己老之将至、想办法把自己埋掉的故事。这个剧情乍一看像是阿巴斯的《樱桃的滋味》，实际上它是由苏童的同名小说改编的，并且风格也与《樱桃的滋味》完全不同。片中老人阻拦村民割湖草一场和高潮段落情感冲击力很强，结尾的超现实风格非常独特。

《行歌坐月》是侗族青年导演吴娜的处女作，影片以侗族生活为背景，展现了贵州黔东南独具特色的迷人风情，带有浓烈的民族乡村生活气息。全片视角并没有陷入对少数民族文化的猎奇式展现，而通过侗族青年的爱情故事，探讨现代化建设进程中，民族传统与乡村生活的流转和变迁。影片叙事含蓄内敛、人物个性塑造真实自然、情节展开注重诗意却饱含冲突。这是一部让人耳目一新的、带有独特的少数民族作者风格的少数民族题材电影。

《青年人打游戏，老年人打太极》讲述的是“局外人”的故事。所谓“局外人”是指被快速急躁的城市现实生活甩掉的、没有主流价值观的、不合时宜的边缘人。在1989年的电影《顽主》中，城市“局外人”青年通过开“特种经营”的公司试图实现自己的人生价值，尽管玩世不恭但尚有热血，而《青年人打游戏，老年人打太极》中的“局外人”主人公“羊”却多年不工作，靠父母养活，不工作的理由是他想干大事。他的生活基本就是喝酒、看电视然后躺在床上想女人，他已经习惯了这样的生活。他“啃老”却又嫌父母没本事，而他的父亲除了偶尔发下牢骚，并无力改变儿子的现状，母亲的纵容甚至还让“羊”在家里的地位超越了父亲。该片值得一提的是塑造了这样一位银幕上鲜少见到的当代城市角落褶皱里的问题青年，而且塑造得非常生动。影片的不足是剧情设置懈怠、随意、粗糙，或许，这种设计本身就是在呼应主人公的生活和影片主题？

相对于世界电影，中国电影在剧作上一向注重人物塑造，而情节结构能力较弱，很多作品讲不好一个故事，基本叙事能力不过关。但2012年度有令人欣喜的标杆性作品出现，就是《人再囧途之泰囧》，这一作品令人惊讶的高票房也说明观众对认真、清晰、完善并充分考虑接受心理的类型叙事的渴望。另一部标杆性影片《画皮Ⅱ》的价值在于找到了制作与剧作的统一关系，为今后的电影产业创作提供了有效、有力的借鉴。这一年的电影作品在剧作上同时也明显地暴露了作者与类型之间的冲突、类型模式探索的虚弱和缺乏经验、深挖历史与现实资源时往往把握不好创意的有效性和新鲜度。可以肯定地说，未来的中国电影将在类型探索上越来越多样化，也会越来越注重剧作质量。不多样、不注重剧作质量也不行，因为好莱坞大军就在眼前。

第二章

2013年中国电影剧作艺术分析

2013年中国电影在剧作质量上可以总结为：少数作品优秀、整体水准堪忧、大部分作品在及格线之下。本章所分析的片例较多，及格之作几已入列，其中少数片例虽未达到及格水准，但其呈现出的典型剧作弊端有分析和参考价值。2013年中国电影在类型开拓上有一定进展，但比照发展中的韩国电影仍落后一大截。本年度取得较高票房的电影，在剧作质量上良莠不齐，但有一个共同特点是紧跟时代风气，无论当代题材还是历史题材，创意策划要点均聚焦于当下城市年轻人的切身情感问题和社会热点话题，剧作内容和形式设计彰显了现代性，和城市年轻人为消费主体的观众群特征密不可分。本章按照剧作类型划分章节，重点分析2013年涌现出的数量可观的时尚爱情类型、动作犯罪类型和历史奇幻类型电影，并兼顾其他小类型电影。

一、当我们讲述爱情时我们在讲述什么

1. 时尚爱情喜剧

在主力观众群为城市年轻人的大陆电影市场，时尚爱情喜剧片一直呈现稳定产出状态，例如2010年有《全城热恋》《恋爱通

告》，2011年有《失恋33天》《单身男女》《我知女人心》《幸福额度》《假装情侣》，2012年有《爱》《我愿意》《那些年我们一起追的女孩》《嫁个100分男人》《我老公不靠谱》等。到了2013年，《一夜惊喜》《101次求婚》《意外的恋爱时光》延续前几年该类型生产的稳定性，而《北京遇上西雅图》继《失恋33天》之后再次大幅度打破该类型的票房纪录，成为一部现象级的标杆之作。

在剧作上，《北京遇上西雅图》的亮点体现在类型配置、主题创意、奇观设计、人物塑造、人物关系搭建、场景叙事等各个方面。时尚爱情喜剧类型可以追溯到1934年的美国电影《一夜风流》，其后的标杆之作有《罗马假日》（1953）、《金玉盟》（1957）、《公寓春光》（1960）、《月色撩人》（1987）、《当哈利遇上莎莉》（1989）、《漂亮女人》（1990）、《电子情书》（1998）、《诺丁山》（1999）、《真爱至上》（2003）等，韩国2012年也生产过一部同类型佳作《我的PS搭档》。如同所列举片例，《北京遇上西雅图》严格遵循了时尚爱情喜剧十大定理：1. 世间存在真爱；2. 遇上真爱（Finding Mr. Right）；3. “遇上、失去、得到”三部曲；4. 性格和身份的冲突法则；5. 三角情感困境；6. 爱的火花和小秘密；7. 人物处于37.2° 低烧态；8. 极端情境；9. 从现实中来，到幻觉中去；10. 真爱战胜一切障碍，有情人终成眷属，童话结局。

《北京遇上西雅图》以女性视角讲述了一个“不道德的小三”在异国他乡的月子中心陷入孤单困境后遇到温存男人、重新审视自我并在惺惺相惜中萌生爱意的故事，这一创意具有较高的新颖度，同时提供了新鲜的视觉奇观，但女主人公的身份和性格定位在观众认同上有一定的风险。创作者破解风险的手段是：在文佳佳有缺点的性格中植入天真、直爽、勇敢和乐于助人的正能量；

在情节处理上安排她一夜之间变穷人、光脚拦车救“宿敌”、婚礼现场讽新娘等桥段；在剧情后半程设置她反思物质生活、重建价值观、和 Frank 的女儿建立友谊、在墓地思考人生与爱情等场景。以上设计不仅扭转了观众对文佳佳的看法，产生认同感，同时也丰富了人物性格和心理，塑造了一个生动真实的银幕女性形象。除文佳佳的成功设计外，本片更讨女性观众缘的是塑造了一位“绝种好男人”Frank。尽管 Frank 与文佳佳“同是天涯沦落人”，但创作者为 Frank 设计了“凤凰变成麻雀”的前史，又借此设计了“麻雀变回凤凰”的职业路线图，使得这位落魄中年男的“好”就不仅是性格好和心肠好了，此为爱情童话之真谛。

《一夜惊喜》的情节布局可以用几部电影片名连起来表达：宿醉、一夜肚大、谁和她睡觉了。与《北京遇上西雅图》一样是寻找真爱的故事，但与前者的“一旦一生”不同，观众从海报即可明确这台戏为“一旦四生”的标配，32 岁女神米雪，纠缠在家有悍妻的混血老板、暗恋她的帅哥下属、青春萌男干儿子、疯狂追逐她的土豪四人之间。人物性格和关系设计契合若干当下社会情感热点话题：办公室恋情、姐弟恋、未婚生子、女汉子、备胎等，对观众来说相当时尚。本片的时尚性还体现在高密度、夸张、华丽、快闪的风格化叙事，为城市年轻观众所受用。类型化的角色定位，落差分明的男女关系，狗血开端，不断涌出的误会、巧合、错位，成功营造了喜剧情境。在情节编排上，借助两个配角——长舌闺蜜和花痴秘书，实现了剧情推进和剧情逆转，将影片逐步推向高潮。剧作上的不足是米雪和张童宇这条情感线中，对张童宇生活空间的设计有些夸张过火，所谓“真爱”也不如《北京遇上西雅图》禁得起推敲，看上去更像是幌子，当然，作为一次性消费的娱乐产品，本片的剧作工艺已达到国产片的工业化标准。

《101次求婚》的片名是这部影片的金字招牌，本片改编自1991年的经典同名日剧。这部日剧曾被改编过多款影视作品，观众群是潜在的，观影期待是约定式的，观看过程是一个比较的过程，除了吐槽明星，谈资亦在于对多款作品的比较。就时尚性来讲，《101次求婚》提供了一套贫穷男子逆袭女神全攻略。对比日剧原版的细细铺陈，电影版情节和人物设置显得有些僵硬，场面内装修有点粗糙。当下市场主导的创作中，合胃口的选题、给力的话题植入、明星搭配和资本营销，是电影票房成功的关键，由此带来的负面影响是国产电影整体剧作水平的低迷。

2. 时尚爱情悲剧

与爱情喜剧不同，爱情悲剧中的真爱是戴着镣铐跳舞，并被终极障碍摧毁，以上演生离死别结束。在《罗密欧与朱丽叶》里，终极障碍是家族冤仇；在《魂断蓝桥》里，终极障碍是门户身份；在《廊桥遗梦》里，终极障碍是家庭；在《断背山》里，终极障碍是不为世容的同性恋；在《革命之路》里，终极障碍是成为灰烬的理想。以上所列片例的类型元素牵涉家庭伦理和社会问题，终极障碍总是根据时代的变迁、社会的演进、价值观的变化来转换。这类爱情悲剧依托于厚重的现实，在当下以娱乐为己任的国产院线电影中较为少见。而当爱情悲剧命题中植入时尚，顿时受到青睐。

时尚爱情悲剧剥离了家庭伦理和社会思考，终极障碍的下意识选择便是超越时空的绝症。绝症爱情催泪片在电影史上俯拾皆是，如《卿何薄命》(1939)、《爱情故事》(1970)、《八月照相馆》(1998)、《礼物》(2001)、《我脑中的橡皮擦》(2004)等，近年国产片中，亦有2010年的《山楂树之恋》和2011年的《不再让你孤单》，其实再往前追溯，冯小刚早在1994年就拍过一部绝症爱情催泪片《永失我爱》。2013年，有两部这样的时尚爱情悲剧：《分手合约》和《被偷走的那五年》。

《分手合约》剧作上的成功点是视觉设计，身为厨师的男主人公用一道道菜肴撑起了毫无悬念的下半场，否则难以想象可看性会降到多低。就情节铺排来讲，前一个小时精彩纷呈，在悬念营造和剧情反转上设计了两个包袱：男主人公假结婚考验女主人公，女主人公五年前隐瞒病史签订"分手合约"。这两个包袱都扣在"真爱"这个命题上。本片前一个小时在风格上弥漫唯美、青春、时尚、浪漫、喜感气息，主、次人物个性的塑造较为生动质感，与观众心理期待贴合度高。然而，从女主人公"狗血"般的发病开始，剧情吸引力急剧下滑，这个发病的设计有些突兀不讲理，让观众（尤其是男性观众）闪了一下腰，代入感消失。好在该片主打女性观众群，后半程受虐的女主人公在完美好男人和男闺蜜的善意欺骗下，为人生画上美好的句号。"幸福的不幸结局"是时尚爱情悲剧类型的通用收官模式。

《被偷走的那五年》与《分手合约》剧情结构非常相似，主体剧情都从"五年"之后开始，都靠女主人公的绝症营造危机点，男主人公都不离不弃地陪女主人公走完影片的最后三十分钟，都犯了尾大不掉、风格不统一的毛病。《被偷走的那五年》在创意上明显优于《分手合约》，女主人公车祸醒来后，五年生活被一键清零，脑海还沉浸在五年前幸福得冒泡的蜜月期中的她，必须接受无情的现实——她是一位"穿普拉达的女魔头"，闺蜜早就翻脸，丈夫离婚而去，自己居然还有一段婚外情。"失忆"剧情设置尽管不新鲜（1961年的法国片《长别离》和2003年的德国片《再见列宁》就使用过此招），但是套在时尚爱情片中，具有超强的情感张力和情节展开潜能。影片的情节推进一直能维持住悬念、场面描摹细致有趣、主人公性格塑造真实生动；同时，因为对五年“被偷走”生活的追寻，深层主题得以开掘。遗憾的是，好戏没有见好就收，女主人公坐在后备箱上观看搬演的浪漫求婚场面这一“幸福的不幸结局”被颇有恐怖意味的现实挣扎碾碎。

《我想和你好好的》这部影片既具备时尚感，又是一出爱情悲剧，但它不是类型化剧作。类型化剧作是以观众接受“梦的机制”为基本出发点，是去作者化的，是缘于现实又反现实的。本片男性作者意识较强，或者说是以男性视点讲述了一次被妖魔化女性控制的梦魇，是被占有 / 阉割恐惧症，是男性历险记。这一心理前提，在类型电影中最靠近的类型模式是恐怖惊悚、犯罪悬疑，或许还要带有黑色元素。2008年出品的国产片《双食记》是这一类型的尝鲜者。从文艺片视角看，《我想和你好好的》剧作上有一定可取之处，比如具有完整统一的结构、性格鲜明的主人公，但主题表达和思考力度流于肤浅通俗，也不具独创性。

3. 青春成长爱情

2013年度有三部在校园空间内展开、讲述青春成长爱情，且风格迥异的重要影片：《致我们终将逝去的青春》《小时代》和《青春派》。另有两部重要的类似题材电影，一部是扎根于中国北方农村的《美姐》，另一部是假托中国台湾省加利利市的《天台爱情》，均载歌载舞。

《致我们终将逝去的青春》（以下简称《致青春》）原小说在几家中文网上书店一直名列青春类畅销小说之首，这无疑为影片积累了数量可观的潜在观众群。编剧在做电影剧本改编时的主要改动策略是：首先，对时代背景进行虚构处理，不动声色地融入

90年代后期大学校园生活细节，即能激发导演的创造力，又最大限度地拉近与当下主流观众群的距离；其次，对人物进行删减和合并，女大学生宿舍由六人间变为四人间，弱化林静的戏份，集中火力写“女孩帮”友谊和爱情三角（郑微、陈孝正、许开阳），同时辅以另一组爱情三角（阮莞、赵世永和张开），增强了结构张力和叙事密度；第三，将次要人物朱小北在中途踢出局，小说中朱小北后边的戏份（比如毕业散伙饭时朗诵诗歌）合并给张开，这一策略显然是为了借朱小北的戏剧化命运强化现实批判主题，同时又丰富了次要人物张开的性格生动性；第四，后半程叙事直接跳到多年以后，在蓄积力量做最后的高潮戏的同时，揭开张开暗恋阮莞的伏笔、补叙林静，以陈孝正的视点补叙海洋馆的秘密。

尽管《致青春》在改编上十分尽力，仍欠缺结构上的完整性，后半程剧情产生断裂，有些线索和人物未能充分交代。本片剧作上的可贵之处在于魅力十足的性格人物和充满激情的叙事，并在考虑观众接受舒适度的类型前提下渗透作者的自我表达，这种自我表达能够有效地回向到观众，达成作者和观众之间的对话，产生情感共鸣、人生感悟和思考。2013年电影中，能成功达到这一高度的还有《北京遇上西雅图》《西游·降魔篇》和《私人定制》，也包括《青春派》。

《青春派》是今年暑期档遭遇《小时代2》等大片的强大火力、以小搏大的影片，该片凭借良好的口碑突出重围，以较低的排片率连映16天，获得3000多万票房。如果说《致青春》和《小时代》是“女孩帮”电影，《青春派》便是“男孩帮”电影，青春校园题材总免不了讲述男孩女孩的友情。围绕在居然身边的几个“损友”是刻苦学习的穷孩子齐明智、富二代贾迪和娘娘腔李飞，和居然构成情感三角的是远在上海的黄晶晶和近在身边的晓凡。影片在剧作上的可贵之处是，在市场和命题作文的夹缝中突围，写了早恋，抨击了教育制度，塑造了生动真实、个性鲜明、在压力和困惑中成长的高三学生群体，教师形象的塑造也尽力摆脱符号化。本片剧作上的另一可贵之处是细节和对白真实生动饱满，每个场景都有扑面而来的校园生活气息。

如同《致我们逝去的青春》，《小时代》原著具有庞大的读者群，这一点极大地奠定了票房基础。人物结构仍然采取“女孩帮”搭配两三个帅哥的模式，却和《致青春》的怀旧气质迥异。《小时代》从人物需求设计到场景设置，都特别强调物质主义的游戏享乐和只争朝夕。《致青春》是70后和80后老去的青春，《小时代》是90后当下的青春。《小时代》的人物和故事设计与《青春派》的写实主义背道而驰，它洞悉年轻人的现实心理需求，架构了超现实的童话世界。在本节所讨论的三部影片中，《小时代》具有类型电影的本能嗅觉，这位“大厨”非常明白他的任务就是选取合适的“食材”，为目标顾客订制一道“美味”。目标顾客享用的过程充满愉悦和快感，然后抹抹嘴走人，并不会因为这道“菜”改变人生、修正价值观，它只是一道“菜”而已。但对进错“店”、点错“菜”的顾客来说，这部影片严重地影响了“食欲”。就剧作本身来讲，《小时代》在工艺上有诸多噪点，在叙事动力、剧情逻辑和人物动作合理性上都有所欠缺，比如第一部的危机与高潮段落，林萧的走秀策划案可行性差到如同过家家，前一晚圣诞夜雪花纷飞秀友情，她居然没有一点儿对江边走秀舞台的危机意识，非要第二天到现场才发觉，其反射弧不是一般的长；第二部后半程顾里父亲车祸去世之后的公司收购案段落，设计得亦如过家家般随意简单。可以为“脑残粉”设计“脑残”人物，但不能设计让观众出戏的“脑残”剧情，这是类型电影的原则。

秉承生物多样性原则，电影可以是人生的喟叹，可以是人类的终极思考，可以是受神力加持的圣物，可以是意识形态工具，可以是投向黑暗的标枪，也可以是工业化生产的土豪金。继前作《光棍儿》之后，郝杰再度聚焦于农村人生活的影片《美姐》引起一定的关注。这部影片有一个情色感十足的外壳：一个男人和母女四人的“不伦之恋”，究其实却是部具有地方风物志气质的青春成长纯情文艺片。影片对女性命运的描摹和作者态度，有点“第四代电影”情怀，或者说是想说又没能说、夙愿未了的情结；而结尾主人公躺在土炕被窝里给女儿讲故事的场景，会让人联想到《活着》结尾的类似处理；主人公坐在拖拉机上沿着广阔的田野走乡唱戏，以及二人台PK流行歌曲、犟女子追情郎的段落，又像是乡村文艺青年版的《站台》。混搭之后，《美姐》成了一枚“奇异果”。《美姐》最有吸引力和新鲜度的是二人台演出场景。

喜剧动作青春爱情歌舞片《天台爱情》最出彩的段落恰恰也是歌舞场景，除此之外，情节模式过于陈旧乏味，人物缺乏性格魅力，很难让观众入戏，高潮段落设计与整体风格不搭。在好莱坞歌舞片和宝莱坞歌舞片双峰之间，华语歌舞片还没有探索到有效通达第三峰的路径。

二、我是传奇

1. 警匪传奇

动作与犯罪在类型生产史上一直长盛不衰，在华语片中以港片最盛。纵观2013年的该类型生产，依然为香港创作者主导，如《毒战》《风暴》和《扫毒》。被大陆创作者切去的“两块蛋糕”，一是丁晟的《警察故事2013》，一是宁浩三年前的旧作《无人区》。

《毒战》在2013年若干部高票房警匪动作片中脱颖而出，依靠其强大的创作班底，不输技巧，不改本色，直指人心的冷硬黑暗。作者一直以来善玩左右互搏，持平衡木走钢丝，因此维持了电影创作上的稳定持久。就在《毒战》于大陆腹地呈现警匪对峙机关算尽、展开硬碰硬的枪战、昭示“人心比毒更毒”的时候，《风暴》却将香港中环变成战场，让几个银行劫匪实施一场天塌地陷的毁灭性浩劫，由此塑造一位被法理和正义逼到墙角、放弃信念杀人灭口的英雄。《风暴》的主人公性格定位符合类型要求，但情节结构失衡，大BOSS中场换人，女主角打酱油。倒是“将香港变成战场”的奇观设计成为招徕观众、一招制胜的成功创意。《扫毒》只有小半部好剧作。像《风暴》一样，《扫毒》将结构一分为二，前半程中规中矩，步步为营，直到三兄弟之一的卧底苏建秋临阵畏惧，偷打电话给八面佛通风报信，就走上人物性格动作全无逻辑的不归路。影片后半程，三兄弟命运的戏剧性变化带来无法逃避的冲突和压力本可以抖出更加有力的“一翻儿”，但非常令人可惜的是剧情顺拐，大难不死、身陷敌营的张子伟讨了个说法之后竟成了卧底。性格和动作逻辑出问题，对男性观众的观影接受来说是致命的。

自《大兵小将》开始，丁晟和成龙成为搭档。《警察故事2013》与前述三部影片相比剧作风格区别明显，全片没有真正意义上的坏人，更无涉邪恶人性，有缺点但重情感的小人物和调和主义主题占主导。该片在结构上较为取巧，在最后一个大包袱（五年前的解救人质案）抖出来之前，用数次闪回交代前史的方式（警匪飙车、黑拳场等）破解封闭空间内的动作局限，又逐渐逼近真相。对次要人物的讽刺或调侃式定位、太空服一样的防弹装备、人质事件中所有人物无人“挂掉”，给影片定下轻松的观赏效果，也强化了主人公“生命至上”的职业理念，与《毒战》的设定形成强烈反差。按这一思路，其实更符合演绎为动作喜剧，但主要人物性格和影片前半程的设计均缺乏喜剧意识，反而在强化悬疑推理，因而显得类型混乱。兄妹情、父女情作为推进情节的“发动机”，动力设置过弱。

《警察故事2013》聚焦世俗人情在困境之下如何解套，《无人区》则将人性之恶套在贪欲这张大网里，除女主角之外，死亡是所有人的结局。从剧作上讲，创作者在编排多线交织的结构上颇下功夫，但中段显得疲软，主人公的转变显得有些仓促；在人物设计上使用了类型化和夸张化处理，并未从心理层面和社会层面进行深入探讨，因而显得游戏设计感十足。

犯罪动作元素与喜剧风格叠加之后的“组合拳”深为观众受用。2012年底的贺岁片《十二生肖》因此大卖。2013年犯罪动作喜剧和浪漫元素结合，出产了几部获得商业成功的浪漫犯罪动作喜剧:《盲探》《非常幸运》和《不二神探》。在剧作层面,《盲探》的创意和实现度最好。

《盲探》以侦查一桩多年未破的连环杀人案的传统模式为动作线索，以女警员何家彤的好友小敏失踪案为推进动力，以传奇化能力设置（眼盲神算退休警探庄士敦）构建奇观，以推理悬疑营造悬念，在植入三角恋情（庄士敦、司徒法宝和舞蹈教师丁丁）的同时将叙事重心放在麻辣师徒（庄士敦和何家彤）的对手戏上。看似繁复但入戏轻松，有赖于创作者在情节结构上的精心布局。但与多年前的《神探》相比，本片爆米花气质浓郁，游戏感强，人物性格深度让位于人物形象魅力。

《不二神探》和《非常幸运》的剧情设计与《盲探》一样聚焦于警察破案，但抛却步步为营的悬疑推理，以港味十足的奇遇巧合大耍无厘头。《不二神探》化《盲探》的麻辣组合为奇葩组合，以零深度性格和反智化耍宝营造笑点。《非常幸运》则着力塑造一位花痴犯贱、走狗屎运的奇葩二姐，可惜在性格塑造上很难催化观众的接受黏性，像是拼贴在冒险旅程上的一枝塑料花。

2. 历史传奇

中国历史文化资源极其丰富，历来为电影开发商所看重，并努力打造系列产品。2013年有两部续集（《狄仁杰之神都龙王》《四大名捕2》）和一部首作（《西游·降魔篇》）取得商业成功。

《狄仁杰之神都龙王》继续遵循前作的犯罪主题和悬疑动作惊悚元素，时间设置为首作《通天帝国》武后时代之前的高宗时代。奇观设置比首作全面升级，奇观关键词一长串：蛊术、异形、战船、蝙蝠岛、巨型水怪、水中神马、极限运动、雀舌茶、太监尿和水下摄影。针对城市年轻观众群的口味和新鲜话题，在人物塑造上突出时尚青春气息和代入感，将狄仁杰设置为刚刚履职的青年才俊、官场菜鸟。新官上任三把火烧起来不容易，狄仁杰面对的不仅是潜伏的强大恶势力，还要处理好与部门长官尉迟真金、"大老板"武后的关系，并且得经受案件当事人花魁的美色考验。敌人在皇族特供雀舌茶中做手脚企图"一举灭族"比用通天宝塔压大典"国庆十点钟"的危机设置更加巧妙，并具有某种暗讽性。

《四大名捕2》的海报宣传词为"不懂放手，皆为困兽"，努力打通现代经脉。沿袭首作中"围炉吃火锅"的现代生活喜感，本片甫一开场就设置"青年男女坐看风景没话说"的现代感情状态。可惜这些设置零七八碎，没有在影片中形成统一的有机结构。影片着力塑造的人物太多，层次凌乱，失去了主次核心。大高潮带出的情感困境设计仍囿于传统，没有新意。后半程情节设置失控，劫狱情节只一个“乱”字，最后一场揭开谜底的大戏靠不断解释打圆场，显得相当乏力。

《西游·降魔篇》在剧作上最重要的特色是对《西游记》原著及各种媒材、衍生文本的创新式颠覆，一众经典形象和经典情节被全新演绎，从而达到陌生化接受效果。观众对《西游记》原著及《大话西游》等衍生文本业已形成模式化认知结构，因而在观影过程中心理期待得以极大满足。在对经典妖魔形象的改编中，创作者赋予人物新的性格，并揭示人物性格裂变前史和激励事件，每一人物性格裂变均紧扣世俗社会的病灶，在看上去相当遥远的古代世俗社会呈现人性的自私、褊狭、愚蠢及贪嗔痴念，同时又是对当下世俗社会的写照。比如，沙河妖只因很小的过失被贬入凡尘，原本憨厚、单纯，内心有爱，一次勇救落水儿童之举却使自己被村民当作人贩子，百口莫辩，千夫所指，彻底摧毁他人性本善的信念，以强烈的嗔恨心化为河妖报复村民。《西游·降魔篇》在强力彰显作者意识的同时，又充分考虑产业所要求的可再生产品的本性，产品布局一方面考虑电影的系列性，一方面又紧扣游戏开发等其他平台需要，人物形象、情节桥段和结构版块的设计均具有前瞻性，夯实开局，预留开发空间。这一思路是当下多元营销、跨界营销、国际化营销产业大环境中，中国电影剧作观念最为落后、薄弱且匮乏的。

与以上几部具有开放思路的片例形成鲜明对比的是《宫锁沉香》《忠烈杨家将》《笑功震武林》《白狐》，还有《厨子戏子痞子》。《宫锁沉香》尽管镜头精致，但人物情感设计及剧情设置较为陈腐、自我封闭，与时代性完全脱节；《忠烈杨家将》尽管大打青春牌，秀型男，无奈剧情安排实在老套，人物功能化，完全没有跳出原文本的模板；《笑功震武林》依然沉浸在传统无厘头打闹喜剧套路上，自有生存空间但无发展空间；《白狐》则摆了一副让看客哑然失笑的棋局。《厨子戏子痞子》在剧作上很有想法，西部片元素、荒诞闹剧元素、青春元素与抗日传奇元素勾兑出的这锅“老汤”味道怪怪的，鉴于开端给出的类型定位观众要在中途不断调整波段，同时侦缉队整条情节副线成为打酱油的路人甲。

在对历史文化资源的挖掘中，2013年有两部重要影片没有立足于文化消费，而是立足于现实思考，各有其趣。《大明劫》取材于明末历史，借明末社稷与百姓之患警醒现实，具有强烈的历史责任感和现实危机感。《唐皇游地府》取材于《西游记》原著第九回到第十一回李世民的一段穿越奇遇，但只保留了大致的情节框架，创作者主要把焦点集中在人物形象的对位移植上，依照每个人物的身份和个性特点，赋予当代社会里新的身份和新的行为方式，巧妙地呈示了原文本的当代性。该片在叙事手段上充满实验性，用插入交代性字幕、插入与剧情一致的连环画等方式形成嵌套结构。人物身份的改写和叙事的多种媒介混合，探索了电影的边界和另一种可能性，同时在接受效果上，让观众产生了从未有过的奇妙体验。

三、过于喧嚣的孤独

1. 我们赢了

2013年有两部重要的励志电影，《中国合伙人》和《激战》。

《中国合伙人》是2013年剧作上较为成熟完善的影片之一。大跨度的剧情时间带来情节结构版块上的缝合难度，创作者的策略是设定一以贯之的人物需求、版块之间设计情节呼应、用流行音乐嵌入时代标签并唤起观众记忆，以三兄弟性格、命运和观念冲突撑起各个小版块，并模仿《社交网络》的倒叙模式纲举目张。同时，又分别用三位主人公的画外音展开三段剧情，乍一看颇有《公民凯恩》的架势，实质上风马牛不相及，这一设计只是个空架子，影片并没有有效实现主观视点的转换，画外音显得像是剧本写作修改过程中某个版本的残留物。

《中国合伙人》具备先天胜出的选题优势，在我们这个时代，新东方神话是成功学、掘金术的完美案例。不是影片为观众量身定制，而是观众向影片投怀送抱。

《激战》的励志类型更具有范式的意义。这部影片令人想起2004年的香港电影《柔道龙虎榜》和同年度的美国电影《百万美元宝贝》，它们遵循了同样的类型设计，都在讲述人生路上的loser在新生代的激发下如何重新站起来、鼓起勇气从容面对人生的故事。尽管与这两部片相比，《激战》缺乏深度和新意，但不可否认这是一部类型标准制作。"怕，你就会输一辈子"这一主题更切合当下承受严酷生存压力的年轻人心理。程辉与合租房母女构成的情感辅线的设计，加入了相濡以沫和勇于承担的主题，但同2012年美国影片《乌云背后的幸福线》相比，对人物的内心脉动捕捉及细节刻画显得有些薄弱。

2. 我们在努力

2013年中国电影在灾难类型、法庭类型上均有突破，出现了两部较能把握类型模式、剧作水准在及格线之上的作品，即《全民目击》和《逃出生天》；在恐怖和惊悚类型上没有突破，只是保持了生产数量的优势；在合家欢性质的儿童片创作上，有《愤怒的小孩》和《小神来了》两部效仿《小鬼当家》的影片值得关注，但在剧作上仍然处于摸索阶段。

《全民目击》将法庭审理一桩车库谋杀案的全程作为影片叙事的主体内容，案件背后盘根错节的情感纠葛和幕后操作随着审案过程一一呈现在观众面前，真相经一波三折后才挖出，在剧作上，创作者很好地把握了观众心理，悬疑推理过程的逻辑比较缜密，主人公内心冲突刻画亦有一定厚度。本片的剧作局限在于情节赖以展开的案件审理程序很大程度上是虚拟的，与美式法庭片相比先天欠缺植根的土壤。尽管有此先例，这种类型恐难在中国电影市场发展。

同样，灾难片类型的发展也是举步维艰，《逃出生天》将灾难事发地设置在广州，已经迈出了可喜的一步。与美版《火烧摩天楼》和韩版《摩天楼》相比，《逃出生天》并无更新的创意，亦缺少韩版《摩天楼》中的惊险奇观和现实批判元素。整部剧作好在中规中矩，技巧合格，具备一定的观赏性。

类型片创作大致有三个台阶：类型模仿、类型创新、类型经典。《全民目击》和《逃出生天》都在努力迈上第一个台阶。纵观2013年中国电影，不管卖座与否，大部分影片都没有迈好第一个台阶，还有一部分影片就根本没有找到台阶。

3. 我们活着

2013年有两部以残障和病患人士为主人公的电影作品，生活气息浓厚，细节刻画生动细腻，一部是《逆光飞翔》，一部是《我的影子在奔跑》。

《逆光飞翔》的剧本改编自真人真事，并由真实主人公本色出演，这是具有创意的一招，也是危险的一招。影片在剧作上以真实细腻的盲人心理刻画和真实生动的生活细节取胜，但囿于原型事件，难以更自由地设计剧情和人物关系，纪实和虚构的结合成为一把双刃剑。此外，影片后半程趋于松懈，最后一分钟救场的设计偏于类型模式化、生硬、感染力不足。

《我的影子在奔跑》亦取材于现实，主人公患有一种轻度的自闭症——艾斯伯格综合征，影片的叙事重心落在母子情上。与《海洋天堂》描摹自闭症重症患者的父子悲情相比，这部影片更让观众感受到活着的美好，生活总是有磨难的，艰难的日子同时也是闪亮的日子。影片在剧作上的亮点是以主观化视听手段塑造了一位生动纯净、有些执拗孤僻的小主人公，片中母子情感高潮的几个场景写作真实感人。剧作缺点是父亲这条线索着力不准，现实时空与主观时空的转换有些生硬。

对自我的认识、对时光的描摹、对人生的喟叹，当下这类作者电影随着生存空间越来越狭小，数量越来越少了，并且创作者需要有勇气顶得住喧嚣，耐得住孤独。2013年聊以慰藉的是一部《记忆望着我》，这是年轻女导演宋方的第一部长片作品。《记忆望着我》讲述了女主人公一次散漫的返乡之旅，细微地捕捉了亲人之间重逢时的陌生感、交流上的疏离感，随着时间的缓缓流动逐渐变得通畅起来，女主人公的点滴记忆也随着重返旧时空间被悄然唤醒。因其强烈的自我表达欲望，加上真人出演，该片显得私密性十足，模糊了纪实与表演的界限，对观众来说就像隔着一条鸿沟遥望孤岛。

4. 我们老了

2012年的电影现象之一便是“作者困境”，时过一年，这一困境仍未破局。与《无人区》一样“千呼万唤始出来”的电影《一代宗师》成为2013年寥寥几部个人风格化剧作之一。就院线公映版本来说，《一代宗师》就像一部古籍残本，一线天、三江水、丁连山等重要人物线索残缺不全，导致剧作完整性的丧失；人物对白风格设计也欠缺统一性，叶问与宫二之间的对话是文艺腔，轮到丁连山和三江水等人物开口时则是小品味儿，听得懂汉语的中国观众很难不笑场。《一代宗师》剧作上的亮点一是人物塑造，尤其是女主人公宫二的性格塑造；二是场面、内部情节与细节设计精彩；三是对民国武林风貌的开创性呈现。纵观王家卫电影系列，《一代宗师》很难超越《重庆森林》等巅峰作品。

在近年的喜剧创作中，爱情神经喜剧、动作打闹喜剧大行其道，讽刺喜剧除了冯小刚电影之外，难觅其踪。追溯历史，讽刺喜剧涌现出过诸多佳作，如40年代后期的《太太万岁》和《乌鸦与麻雀》，50年代末吕班导演的《不拘小节的人》和《新局长到来之前》，90年代黄建新导演的《背靠背，脸对脸》《红灯停，绿灯行》和《埋伏》等。1997年的《甲方乙方》开启了冯小刚的讽刺喜剧创作之门，2013年的《私人订制》与15年前创作的《甲方乙方》遥相呼应，但并不能简单地把它看作“续集”。《甲方乙方》承接《顽主》，讽刺聚焦于“假恶丑”，针砭时事小人，是口无遮拦的快意，“1997年过去了，我们怀念她”是情怀的惆怅；多年沉淀与消磨之后，《私人订制》的讽刺徒增几分无奈，是冷眼阅尽人生的惆怅。影片在桥段设计上升级，自觉地聚焦于文化、物欲和环境等社会危机命题，但囿于种种原因，创作上激情不再，锋芒暗藏，廉颇添饭，空怀寂寥。此片更像是《非诚勿扰2》的黑色延续，借银幕说一句“我们老了”，在时代的喧嚣中，显得格外孤独。

回望2013年中国电影，在“故事为王”的口号下，大多数影片的剧作非但不新鲜、不精彩，甚至不合格；在“情怀至上”的理想化期盼中，“情怀”已被精致包装成待价而沽的消费品。不管类型创作还是作者创作，国产电影的剧本质量均呈现出金字塔结构，幸好还有塔尖，不至成为梯形。塔尖上的代表作，以一抹亮色，指引中国电影的下一段航程。创作者且行且珍惜吧。

第三章

2014年中国电影剧作艺术分析

中国电影发展到2014年，从剧作上考察，明显呈现出6个特征。第一，作者化的表达与思考大多力不从心、故步自封、暮气沉沉，但仍有《白日焰火》《亲爱的》和《推拿》等几部影片不失水准；第二，青春时尚爱情片数量最多又最卖座，青春片呈现出“秀青春”和“忆青春”两大流派，热话题、高概念、主题浅表化、纯娱乐快消品为其特征，因为急功近利，票房为王，在剧作上乏善可陈，但仍有《心花路放》等片在桥段戏上的高水准值得一提；第三，数量众多的惊悚恐怖悬疑片终有突破“B级片”天花板之作，“洋气”的《催眠大师》和“土气”的《京城81号》引领潮流，但除《催眠大师》外，整体剧作水准依然欠佳；第四，犯罪动作、武侠片中，《智取威虎山》一枝独秀，余下尽管有高票房作品，但整体上剧作无突破；第五，“综艺电影”这朵奇葩闯入院线，跌破了专业人士的眼镜，观众却排队买票，此外还有以营销策略为目的的“弹幕电影”映入眼帘，“什么是电影？”“综艺电影也有剧作吗？”这些老话题还要重谈；第六，动画片剧作完全呈现了系列化倾向，票房超过1500万的18部动画片（包括两部真人特摄片）中，有16部是系列片，但除了挟电视动画片之威的《熊出没之夺宝奇兵》外，没有一部票房超过1亿的作品，此外，本年度动画片中也涌现出新的试图将观影人群年龄层拉高的作品，在当下电影发展潮流下，以传统思路为青少年受众定制作品，这可能是危险的。

一、历史 现实 人性

2014年，古装片创作策略基本倾向于娱乐化的动作武侠类型，这与作为主力观影人群的青春族群历史观的“扁平化”和“游戏化”密切相关。具有历史反思和人性思考意识的话题之作，本年度体现在《一步之遥》《太平轮》《黄金时代》《归来》这四部影片。纵观这四部影片的创作者，均是年过五旬的老导演，在剧作上和思考力上，呈现出集体衰落感。

《一步之遥》的开端场景，明显是向拍摄于20世纪70年代的美国电影《教父》“致敬”，其后的歌舞场面、飞向月亮的场面、监狱场面等均属“秀老梗”，遗憾的是未秀出新意，并因这些老梗过于“专业”，无法与年轻受众产生共鸣。该片在叙事节奏上也有些失去控制，豪奢有余，张弛无度，接受效果不佳。姜文导演的电影向来具有批判的锐度和嘲讽的机智，但往往又贪多嚼不烂，本片亦不例外。但与前作《让子弹飞》相比，《一步之遥》在自我表达上更加敞开，离敞亮是否只有一步之遥？还未可知。影片后半段叙事流畅，也更洒脱，有诗意涌现。

《太平轮》取材于1948年底发生在宏大历史背景下的真实事件，正是因为“宏大历史背景”的诱惑，导致本片走上“史诗”的不归路，如同“太平轮”一样，“沉没”在贺岁档，实在令人痛惜。该片上部以三男三女共六位“典型化”的主人公，铺排出三条情感线，将观众带入时局动荡的上海、国共战场和中国台湾，试图以全方位俯瞰视角书写“大历史”，片中不乏华彩、唯美和悲壮桥段，以新视点书写国共战场成为亮点，也有感人的细节，无奈人物设置显得模式化，桥段叙事显得老套，线索太多导致不能把人物和人物关系写透。

《黄金时代》试图勾勒出大时代背景下女作家萧红的命运。创作者对史料的掌握和研究十分深入，试图还原“真实”的萧红，例如某些场景按照不同当事人回忆、采取不同视点来重叠叙事，这种慎重态度值得点赞，却又有“掉书袋”之嫌。该片在艺术探索上较为大胆，不但采取了主观回忆的多重叙事视点，还让主人公（演员）面对镜头直接讲述，将间离效果做到极致，而致命的是，多重视点造成了逻辑混乱，迷惑观众。与《公民凯恩》《罗生门》《好男好女》和《阮玲玉》等驾驭复杂叙事结构的成功之作相比，《黄金时代》显然是一部失败之作。此外值得注意的是，《黄金时代》和《一步之遥》等片均钟情于对影史经典电影的借鉴、对符号系统的研磨、对人生况味的抒怀，借用陈晓明教授对中国当代作家的评价，中国中老年电影创作者已然迈入了“晚郁时期”。《归来》亦是一部“晚郁”之作。这种“晚郁”，更因影片的特殊题材和主题，别有一番“东风无力百花残”或“沈园柳老不吹绵”的滋味。

本年度，直面现实困境和人性幽暗面的较高品质电影有三部：《推拿》《白日焰火》和《亲爱的》。《推拿》改编自毕飞宇同名小说，镜头聚焦于南京的一间盲人推拿中心，讲述一群盲人推拿师的人生际遇与情感故事。剧作上采取群像式，着重塑造了四组人物：美丽的女推拿师都红和单恋她的老板沙复明，从南方私奔到南京的张大夫和未婚妻小孔，一直不能接受失明命运最终因偶然事件复明的小马和女友小蛮，即将失明的女孩和她追而不得的张大夫。本片在剧作上的突出特征是采取了画外旁白的方式补充人物信息、补充叙事，这一剧作策略显然是为了盲人观众的考虑，很像80年代收音机里的一档节目——“电影录音剪辑”。在情节编排和人物塑造上,《推拿》前半段以“纪录片式”的写实风格细致描摹每位主人公的常态生活和内心苦闷，但在后半段陡然转折，情节编排上走向充满突发性的戏剧化叠加：小马在色情按摩院被小蛮的客人暴打之后突然复明，都红在停电的夜晚大拇指骨折，张大夫本来准备拿出用于结婚的积蓄为弟弟还债但一念之间以自戕的方式逼退上门索债者，沙复明在聚餐中突然吐血……这些变故导致了推拿中心曲终人散。不得不说，在剧作上的这种处理，尽管使剧情趋于好看，却显得前后不太搭调，剧作风格有欠统一。

《白日焰火》具有强烈的现代性气质，类型上属于犯罪悬疑，风格上偏冷峻黑暗，侦探和嫌疑犯这对男女主人公在情感上相斥相吸最终堕入虚无，以“白日焰火”呈现末日狂欢式结局。《白日焰火》在剧作上所秉承的，是20世纪40年代以《公民凯恩》和《双重赔偿》发轫，到60年代末以《狂人比埃罗》推向极致的现代电影观念，但又彻底屏蔽了社会反思，把人性的摇摆、桎梏和黑暗放大，无论是剧情的突转还是人物的抉择，都用“非常突然”的、“一念之间”的、“不要问我为什么”的偶然性取代逻辑。现代量子力学的“测不准原理”和“薛定谔的猫”，是理解本片的前提。该片所体现出来的趣味，和创作者成长于现代主义文艺思潮盛行的80年代有关。因中国“后十七年”的文化断裂，这种思潮以狂飙突进速度而非西风渐进速度，更不是比特速度进入中国，这种暴发性和滞后性植下的种子，使一代人的创作动力坚挺到二十年之后，并以一部艺术臻于成熟的《白日焰火》突进西方，产生奇妙而荒诞的回响效果，像是一曲挽歌。

直指现实困境的、有力度的作品当属《亲爱的》。打拐题材很容易被拍成催泪片、苦情剧，或者被包装成具有教育意义和普法意义的、惩恶扬善的宣传片。打拐尽管是全民关注话题，又因其太过严肃沉重，在快消时代想吸引观众观看不是容易事。《亲爱的》最终在票房上获得一定成功，除了卡司阵容和营销策略之外，和这部影片叙事上的高质量和人物的感染力引发的口碑效应分不开。影片上半部以寻子情节线塑造亲生父亲的感人形象，下半部以夺子情节线塑造养母的感人形象，没有人能占有道德制高点，也没有人是完美的。人性在极端情境下，是没有下限的。

二、青春 时尚 爱情

2014年含有青春元素的电影，大致可分为两个主题。一是“正青春”主人公“秀青春”，以《小时代》为代表；一是“后青春”主人公“叹青春”，以《后会无期》《老男孩》《同桌的你》《匆匆那年》为代表。

《小时代3》与前两部相比，在剧作上更加忽视常规叙事逻辑的严密性和情节因果链条的紧凑性，被诟病为“MV电影”，以传统叙事来看的确如此。这种状况产生的原因：一方面与年轻创作者的叙事能力较弱有关，一方面是《小时代》的粉丝群体作为影片受众，并不在意传统叙事技巧。在当下文化消费碎片化、扁平化、速食化的大环境下，《小时代》的创作者郭敬明显然意识到了他的粉丝最想在影片中看到的是“青春秀”“友情秀”“时尚秀”“游戏秀”，因此着力将“魔都”改装为一座超级秀场，主人公们以各种时尚场景为舞台，上演各种让粉丝或因艳羡，或因惊奇而嗨起来的桥段，尤其戏仿《碟中谍》的“盗宝”段落“秀”得轻松自如，现场观影效果进入一个小高潮。值得注意的是，因为在人物架构上四姐妹性格和出身各异，使《小时代3》得以展开姐妹情变，在最后一场高潮段落里，友情与爱情都呈现出从撕裂到弥合的过程，完成了作者的童话式的表达。

对应《小时代3》的“秀电影”特征，《后会无期》呈现出“段子电影”的特征。两部影片的同档期公映引发诸多话题，后者于前者首映后一周上线，最终票房大幅度超过前者，原因除了粉丝效应及受众边界模糊之外，亦有80后青春逝去的感伤情结作祟。喟叹青春类电影，随着前两年《致我们终将逝去的青春》等影片打开局面，在2014年以燎原之势进入影院。这些影片在剧作上无一例外以怀旧元素为利器，青春成长期的大事件、流行歌曲、流行游戏、时尚流行品等，像书签一样在各个影片中大量植入。然而除了这一大招之外，其他剧作手法就显得过于模式化、生疏生硬。尽管如此，票房依然飘红，可见集体缅怀青春已经成为当下年轻观众，尤其是80后的文化娱乐消费时尚。这一观影心理，与这代人的成长环境密不可分。改革开放到来后，“抓住耗子就是好猫”的成功学成为主流价值观，“望子成龙”和“不要输在起跑线上”成为所有家长和老师的呐喊。80后以牺牲年少时节本应多姿多彩的游戏时间换来一张张优异的成绩单，走出校园后，又不得不尽快适应势利人际、冰冷竞争、高速运转、优胜劣汰的世俗社会，这一代人校园时期的青春被功课压榨，职场时期的青春被资本压榨，一朝醒来，发现青春还没有好好享受就已然逝去了。这种年华老去、青春不再的集体缺失感，是消费怀旧青春片的强大驱动力。“不是我不明白，这世界老得快”，眼下是80后在怀旧，不出几年，90后怀旧就将成为主潮。届时，又会有新的元素、事件将被作为书签插入青春怀旧电影。

2014年的时尚爱情片主要呈现为两大类：一是“失爱后遗症”，以《心花路放》《我的早更男友》《闺蜜》《一生一世》等片为代表；一是“拆分”喜剧，以《分手大师》和《坏姐姐之拆婚联盟》等片为代表。

《心花路放》中失婚的男主人公、《我的早更女友》和《闺蜜》中失恋的女主人公，都很像《失恋33天》中失恋的女主人公，在感情空窗期不能自拔，黯然徘徊，在情感上很大程度戳中曾经有过同样境遇、但不会这么走极端的年轻观众，因此营造了既源于现实又“高于现实”的陌生感。正是这种与现实有一定差距的陌生感，加之往往以喜剧和夸张风格呈现，让观众不至对号入座，情侣或闺蜜坐在影院的座位上“安全感”十足，以一种居高临下的心理“消费他人”。这一类影片在人物关系搭建上，“闺蜜”“男闺蜜”和“好基友”是必不可少的配菜，甚至会起到喧宾夺主的效果。《心花路放》以旅途连缀若干个小故事，《我的早更女友》和《一生一世》则以年份演变连缀若干相对独立章节，在剧作上都没有搭建如《泰囧》那样从头至尾环环相扣的强逻辑叙事，因此某些影片被诟病为“PPT电影”。无法完成连贯完整的有逻辑的叙事任务，甚至干脆不顾剧情合理性而“霸王硬上弓”，这已经成为国产片剧作上普遍的症状。相比之下，《心花路放》的双线双时空叙事，使影片构造了一个巧妙的结构，是2014年国产片中比较独特的一种创意，但这种文艺片情结，与类型化叙事不搭调，更需要警惕，从现场观众反应来看，在时空真相被揭开的那一刻，更多的是诧异而不是点赞。

《分手大师》和《前任攻略》在名字上都不讨好。对处于恋爱期的情侣观众来说，相约在综合商业区看场电影一般来说是饭后余兴，或者餐前铺垫，是以增进情感为目的的；他们往往对诸如“分手”“拆分”和“前任”这类热词在心理上较为忌讳。好在这两部片都是以喜剧面目示人，如前所述，很大程度让观众有“安全感”的保障。尤其《分手大师》的喜剧风格走向疯癫，耍宝搞怪，夸张到与现实没有半毛钱关系，设置了无数的低俗爆笑点，通过看这部电影可以完成一次很好的情绪减压，因而在与《变形金刚4》同档期的局面下，反而赢得高票房，令其他避“变4”唯恐不及的国产片羡慕嫉妒恨。不管是“失爱后遗症”电影，还是“拆分喜剧”，与前两年一样，在剧作与视听风格上保持了一贯的都市时尚性。爱情片的这种策略，既能让一线城市观众有存在感，又能让二三线城市观众沾上一些“洋气”。急就章的剧作、讨巧的人物和话题、容易过季的流行时尚，让所有的爱情片变成“快消品”，一次性速食后，很难再有二次消费的机会。

三、惊悚 恐怖 悬疑

前几年的惊悚恐怖悬疑类型领域，鲜有票房过亿的国产影片，在暑期档，《密室》《笔仙》和《笔仙惊魂》系列有5000万元至8000万元的票房，已经算是最能吸引眼球的作品了。然而2014年度，《催眠大师》和《京城81号》掀翻了惊悚恐怖类型的票房天花板。《催眠大师》在口碑上取得了高点赞率，这部影片剧作的胜出之处，除了“催眠”这一主题切中观众好奇心外，更在于局中局结构的精心设计、场景与道具细节的精益求精，以及每一桥段内部令人紧张窒息的恐怖气氛营造。单一空间展开复杂的剧情，难度系数很大，而本片在编剧层面实现度较高，在国产片中是难能可贵的。叙事的动力来自朋友聚会的酒后车祸，男主和女主分别陷入内心危机，这个具有现实合理性的前提设计是比较好的选择。剧作上的不足是匠气过重，结尾落入解释剧情的老套路上去了，略有些虎头蛇尾的感觉。

与海派的《催眠大师》相比，《京城81号》十分强调“接地气”，这个地气，一是指恐怖来源的真实性——朝内81号本就是所真实存在的、有着很多神秘恐怖传说的老宅子，策划团队努力通过网络平台让更多感兴趣的观众去搜索这个“东方十大鬼宅之首”；另外是指中国传统文化中充满宗族神秘感的仪式景观——比如公鸡拜堂、冥婚、地牢，这一点有点承袭《绣花鞋》的意思，恰好两部影片的监制都是文隽。在宣发策略上，该片力图传达出“东方惊悚大片”的既视感，也的确在场景设计、视觉概念上下了一番功夫。同时，该片的“惊吓指数”并不特别高，一方面是审查制度的限制，一方面也是从扩展观众群考虑。换句话说，营销策略上并不特别针对追求强刺激的恐怖迷，而是把剧中两个时空主人公的爱情元素放在比较重要的位置。遗憾的是，《京城81号》的剧作质量非常一般，现实与民国两个时空的交叉显得生硬，剧情设计也缺乏《催眠大师》那样的扑朔迷离感，基本沿袭了国产片的老套路；在人物塑造上，采用惯常的模式化和符号化处理，并未深入复杂的情感层面。人物关系的设计显得复杂：民国时空是一女三男情感纠葛外加女配反派的连环套，现实时空是一女一男的情感纠葛外加女配反派、女配障眼（增强悬疑），除此之外，两个时空都用了孩子作为配角介入剧情，并试图在结尾给一个突转。双时空和众多人物设计，使观众的代入感大大降低，因而显得剧情与主人公的感染力极度不足，这是该片差评较多的主要原因。

在2014年的同类型电影中，其他影片乏善可陈，基本没有摆脱低成本低票房的类型惯性。数量蔚为可观的几十部影片，大多以民间禁忌话题为招牌，并以精神分裂、嫉妒和复仇等几种常规模式设计剧情，剧作在总体上显得粗糙。未来几年，这一风气也仍将是这个类型的主潮流。

四、犯罪 动作 武侠

在动作主类型之下，2014年上映的影片可以细分为古装动作、古装武侠、港式犯罪动作、黑社会卧底等几种亚类型。值得一提的有《西游记之大闹天宫》《四大名捕大结局》《绣春刀》《一个人的武林》《黄飞鸿之英雄有梦》等几部影片，也包括贺岁档中票房与反响双赢的《智取威虎山》。

春节上映的《西游记之大闹天宫》赢得了2014年度国产片票房第二名，与2013年春节上映并取得全年国产片最高票房的《西游·降魔篇》相映成趣。这说明当下电影市场中，观众对大制作和高概念选题的青睐。《西游记》是中国传统文化资源中最为普罗大众愉悦的故事，尽管各种影视改编版本层出不穷，至今未有疲态。“孙悟空大闹天宫”又是这个故事中最为华彩的章节，因此《西游记之大闹天宫》首先在选题上有了胜算，预告片展示出的场景设计也足够有吸引力，在春节档期，观众买票入场就势在必行。因为电影的“一锤子买卖”特点，以及观众普遍图个欢乐的心理，剧作的问题再大也不成问题了。总体来说，该片以西方魔幻模式重新包装了“大闹天宫”这个尽人皆知的经典故事，以神魔两族为对立方设计人物谱系，试图将一直以来天不怕地不怕的顽猴变身为超级英雄，新添狐狸精作为“猴女郎”，并赋予牛魔王大 boss 的身份，思路较为大胆。该片的剧作弊端一如其他国产大片，仍然体现在人物塑造欠缺生动和层次、情节进展失去节奏、简陋粗暴的桥段设计上。

《绣春刀》是一部年轻作者的作品，打斗场面设计得十分认真。开局的剧情设计也颇有彩头，但是在精彩的前戏后，中段趋于停滞，并在高潮对抗段落和最后结局段落，将影片主题和人物情感纠葛带入混乱境地。武侠这个中国独有的片种，近些年来已徒有其表，侠气难寻，这大概和中国传统文化在急剧转型期的中国难以找到新的承载有关。《一个人的武林》是部硬碰硬的武打动作片，精于动作桥段设计，疏于情节设计，在人物塑造上，更是以简单的功能性为唯一属性，带有较深的港片烙印。武侠片和武打动作片在剧作上如何突围，是摆在面前的巨大课题。

《黄飞鸿之英雄有梦》在前期宣传上声势浩大，策划方试图将青春气息融入“黄飞鸿”这个传统品牌，带动新一代的年轻消费者，然而港片思维的巨大惯性，导致这部影片在剧作上陷入老套。相比之下，《四大名捕》系列倒显得青春气息和生活气息浓厚。《黄飞鸿之英雄有梦》这部影片在剧作上的最大败笔是正反双方人物定位，主人公黄飞鸿身为卧底潜入黑社会，以挑起内讧、里应外合等各种手段一一解决黑帮老大的徒弟们，这本来是惯常设计，但影片创作者将本应狡诈多端、恶贯满盈的黑帮老大设计为有情有义之人，过于强大和机智的青年黄飞鸿不费吹灰之力就直捣黄龙，最后还要挑起一场没有什么理由的一对一决战，完败情意深重的大 BOSS，显得十分过分。

同是黑社会卧底，《智取威虎山》中杨子荣和座山雕这对人物的设定就合乎剧作常理。坐山雕从头到尾都极其阴险狡诈，一分钟都没有相信过新入伙的“老九”，尽管杨子荣也极尽英雄之能事，每一次计划都能顺利达成，直到最终的里应外合捣毁威虎山土匪窝，但并不显得过分的原因就是大BOSS的恶人定位清晰。人物设定方面值得商榷的是“老八”，杨子荣在土匪窝里安然无恙很大程度上利用了对他深信不疑的老八，在敌我决战之时如何处理老八的命运就显得很是尴尬，只能以劝降了事。观看《智取威虎山》时，年轻观众根本不需搞懂当年东北错综复杂的多方势力角力到底是怎么回事，也不用翻看小说原著和样板戏来比照分析，因为新版《智取威虎山》已经被改造成纯粹的孤胆英雄卧底动作片了，与《007》系列电影只有一步之遥。该片着力打造打虎上山、滑雪枪战、峭壁钢索攀岩、飞机大战等若干动作场面，使之成为奇观不断升级的动作大片。在人物造型策略上，杨子荣不再像样板戏中那般年轻英俊，而是满脸络腮胡的匪气与豪气并存，其他主要人物如203和卫生员的设定，则尽显年轻化，以满足年轻观众的偶像演员认同。同时设置了现实时空，“孙子”以讲述传奇的方式展开过去时空，既能使奇观和夸张场面合理化，将观众代入过去年代，又能有效规避红色经典改编对历史细节的审查。随着对《智取威虎山》改编在电影市场上的成功，红色经典在当下电影产业中的类型化生产与消费，或许会在今后几年不断涌现。

五、动画 综艺 音乐

2014年度国产动画片在剧作上呈现出来的最大特征，是几乎全盘系列化创作，这与动画片的制作模式、播映模式、周边衍生品的全产业链营销模式密切相关。第二个剧作特征是面向学龄前和小学生受众的创作仍然是主流，比如票房成绩最好并且一骑绝尘的《熊出没之夺宝熊兵》，再比如《喜羊羊与灰太狼之飞马奇遇记》和《赛尔号大电影4：圣魔之战》等，而面向中学生和成人的创作还在原始积累阶段，如《魁拔3》《秦时明月大电影之龙腾万里》等，此外，2014年还有两部面向儿童的真人特摄片《巴拉拉小魔仙之魔法的考验》和《铠甲勇士之雅塔莱斯》。

多年以来，绝大多数国产动画片很难取得票房过亿的成绩，2014年也仅有一部过亿元，三部过6000万元。与此同时，2014年在中国上映的国外动画片，票房过亿的则有《驯龙高手2》《冰雪奇缘》《马达加斯加的企鹅》《里约大冒险2》等5部，3D重制后的《冰川时代2：融冰之灾》也取得了4000多万元的票房。国产动画片若想突破瓶颈，除了制作技术的升级、视觉品位的提高、产业链布局之外，还要参考迪士尼、皮克斯及梦工厂等美国动画片创作。在剧作上需要思考几点：第一，以全家欢受众定位取代传统的低幼定位，在考虑儿童的认知结构、满足儿童观赏需要的同时，使影片满足儿童父母的观赏需要，并能吸引年轻的成人观众；第二，从儿童观众考虑，须以普适价值观为基本，儿童视点、成长主题、故事具有童话性，情节结构须采取单线叙事，人物设定须类型化并善恶分明，动作细节生动并有想象力，明快的喜剧风格，对白尽量不用典故、成人流行语和网络流行语，视觉奇观上打破成人逻辑；第三，从成人观众考虑，人物情感应有更深层次，主题和生命体验上应有更多开放性，艺术性上应有审美的高要求，这一点成人和儿童是相通的，好比一些大师级绘本，看上去创意简单，但成人阅读也会产生很强的情感共鸣并带来思考。上边列举的国外动画片，以及去年的《疯狂原始人》和《卑鄙的我》，再及宫崎骏的《龙猫》《魔女宅急便》等经典之作，均是宽年龄段动画片。

而面对青少年观众的动画片，应该转变思路，借鉴美国超级英雄电影，以及奇幻魔幻科幻类电影，真人与CG合成势在必行。

以传统动画片制作思路做专门针对青少年（中学生）的动画片，目前来看形势并不乐观。

2014年春节上映的《爸爸去哪儿》大电影，打开综艺电影票房成功之先河，2015年春节前后，则有《奔跑吧兄弟》和《爸爸去哪儿2》等综艺电影上映。以传统剧情片本位来评价综艺电影，产生自我中心的排斥感是必然的，以开放的心态考量综艺电影，或者说重新思考电影的概念（这个概念在电影史上已经屡次被升级扩展），才是研究者和创作者的正常心态。业内常说“纪录片也有剧作”，借用过来的话当然可以说：综艺电影也有剧作，或者推而广之，综艺节目也有剧作，游戏也有剧作，广告视频也有剧作……只要是具备独立性和完整性的视听流媒体，就有剧作，就需要以剧作技巧构建。

2014年是电影形态拓展和转型的一年，随着今后3D电影的渐趋成熟、新的电影形态（如综艺电影、弹幕电影）的继续探索和发展、观众观看电影方式和观看目的的发展变化，剧作艺术的特征也将不断有所突破，对其探讨和总结也就越发重要。

第四章

2015年中国电影剧作艺术分析

2015年是IP话题热度极高的一年，从小说、戏剧、漫画、网剧等热门IP改编电影成为创作热潮，比如改编自话剧的《夏洛特烦恼》《恶棍天使》，改编自小说的《左耳》《小时代4：灵魂尽头》《万物生长》《寻龙诀》《九层妖塔》《烈日灼心》《道士下山》《师父》《狼图腾》，改编自网剧的《万万没想到》，改编自漫画的《滚蛋吧！肿瘤君》等。还有依托中国传统文化资源进行创作的一些电影成为话题或者高票房之作，比如《捉妖记》《聂隐娘》《大圣归来》《钟馗伏魔》《天将雄狮》等。2015年中国电影剧作的原创态势陷入某种危机和焦虑，但在纯粹电影剧作艺术探索领域，少数低成本原创作品成为一抹亮色。

在类型制造与作者表达这个层面，2015年明显分为三大潮流：第一，纯粹从观众角度出发打造的类型片成为电影剧作主流，并且呈现出喜剧类型、青春类型和动作类型三分天下的局面；第二，某些不甘于娱乐至死、同时又不得不遵循电影商品属性的实力派创作者，在向类型和市场妥协的前提下，夹带个人表达和思考，比如曹保平（《烈日灼心》）、管虎（《老炮儿》）、陈凯歌（《道士下山》）等；第三，个别大师级创作者依然我行我素，专注于纯粹艺术层面的电影剧作探索，比如侯孝贤（《聂隐娘》）和贾樟柯（《山河故人》），此外某些具有强烈主体意识的青年创作者，顺着低成本的台阶拾级而上，比如万玛才旦（《塔洛》）、松太加（《河》）、徐皓峰（《师父》）、毕赣（《路边野餐》）、忻钰坤（《心迷宫》）等，其中不乏锐气十足的后起之秀。本文将按照2015年电影创作中呈现出来的这三大潮流，逐一归纳其剧作特征。

一、元素混搭的类型叙事

本年度中国电影的类型发展速度较快，创作者纷纷借鉴好莱坞类型模式，进行本土化改造，从特定的受众出发，挖掘可发酵话题和题材，并将多种类型元素混搭在一起，试图最大程度拓宽观众群。本年度喜剧类型、青春成长类型和动作冒险等强情节类型表现突出，但从类型片总体讲，剧作品质未有明显提升。

1. 喜剧类型

当下城市年轻观众的生活压力、职场压力、社交压力越来越大，网络、"二次元"成为栖息避压之所，因此希望在电影院通过观看喜剧、"俯视"比自己压力还大或者命运比自己还多舛的"他人"在困境中折腾、以博一笑的观影心态成为主流，这是近年来喜剧片大卖并在2015年呈现井喷之势的源头，《捉妖记》《唐人街探案》《滚蛋吧！肿瘤君》《重返二十岁》《夏洛特烦恼》《煎饼侠》《港囧》《恶棍天使》《万万没想到》《澳门风云2》等十部卖座喜剧影片在这一年度的上映，使人目不暇接、眼花缭乱。

喜剧类型片在2015年表现出的一个突出特点是多个类型元素混搭发酵，以达到出新出奇的目的。《捉妖记》在剧作开发思路上，深入挖掘了中国传统文化中凝聚了大众兴趣点的"妖族"

形象，以此建立人妖共处的世界观，颇为类似好莱坞电影对西方大众文化中“吸血鬼族”“狼族”的奇幻元素开发；同时,《捉妖记》构筑了一个喜剧化情境“男人生孩子”，又建立了“男女主人公共同抚养和保护一个妖孩”的家庭亲子设定，使得“奇幻+家庭+喜剧”混搭在一起，拓宽了观众年龄层，这是《捉妖记》获得高票房的基础。

《唐人街探案》的最大亮点，则是“推理悬疑+动作冒险+喜剧”的类型元素混搭。在这部电影之前，还从来没有一部作品将推理类型喜剧化。推理类型本来的受众面并不宽，如果单纯做一部推理悬疑片，即便有一线明星加盟，也未必能取得高票房，而喜剧类型的受众面极宽，异域动作冒险又能满足观众对视觉奇观的要求，以这两个类型元素为外壳，包装推理悬疑内容，是这部电影取得市场成功的基础。

《滚蛋吧！肿瘤君》改编自熊顿的漫画，漫画取材于作者本人的不幸遭遇，作者通过漫画创造了一个脱壳于现实、充满幻想的“二次元”空间,“病患现实+二次元+爱情亲情友情+喜剧”的类型混搭，使得这部电影显现出颇为新鲜的风格，成为一部含泪的喜剧。

《重返二十岁》的人设立足于奇幻，是穿越类型元素的某种变体，满足了受众“我如果回到20岁该有多好”的愿望期待。变身后的主人公依然生活或者藏身在现实空间，因此和周边人物产生戏剧化冲突，这种戏剧化是喜剧化的，带给了观众非常轻松的观影体验。

《夏洛特烦恼》的剧作也是走穿越路线，与《重返二十岁》不同的是，主人公直接穿越到他的中学时代，他拥有的“预知未来”的“超能力”和成年心智，构成了喜剧情境，并以“南柯一梦”

的叙事策略，规避了所有的逻辑问题。

2015年度大多数喜剧片的人设思路没有突破，都固化在装疯卖傻、大脑抽筋、夸张表演的单一模式下，如《夏洛特烦恼》《唐人街探案》《煎饼侠》《港囧》《恶棍天使》《万万没想到》《澳门风云2》等影片，无不如此。这一人设模式是好莱坞“打闹喜剧”“屎尿屁喜剧”“疯癫喜剧”所惯用的，非常简单粗暴，常常被贬为“低俗”，但对只图一乐的观众来讲，确实非常有效。

令人慰藉的是，近几年这类喜剧片品质有所提高，在喜剧桥段的研磨上越来越下功夫，不再像以往一些不及格的国产喜剧片那样粗制滥造、霸王硬上弓、咯吱人笑。这是创作者认真的创作心态、潜心研究国外高票房喜剧类型片取得的成果，其动力直接来自赚取超高利润的巨大诱惑。

从自我价值实现来讲，其实没有哪个剧作者不想从“低俗”中脱身而出，若想摆脱“低俗”，赋予喜剧片严肃的社会现实思考主题乃至人性思考主题是关键。这一主题任务需要具体的人设来承载，人设最重要的策略是给予主人公“心灵弧光”，在打打闹闹的表象之下，在剧作的后半程，留出揭示情感真相的空间。比如《唐人街探案》中，影片在最后揭示出唐仁是因为老婆给他戴了绿帽子才跑到泰国“自我放逐”，不愿回家乡的原因是他太爱面子；唐仁表弟对犯罪推理的擅长则源于他父亲的冤案——他的情感真相是对社会的控诉。比如，《恶棍天使》中的男主人公听不得噪音，一有噪音就会歇斯底里的原因借由一张唱片揭示出来——他对前现代社会急剧转型为现代社会的极度不适，而女主人公成为脑子装满僵化知识、毫无生活能力的呆子，矛头直指成功学、填鸭式教学和家长对子女的过度保护。《煎饼侠》楼顶天台上男女主人公非常有分量的对话，揭示出两个人内心最柔软、最容易受伤的部分，让观众在爆笑之余，贴近人物情感，产生共鸣。

以上列举的影片中，《唐人街探案》在主题揭示上走得更远，创作者在第三幕抖出双重谜底，女孩的阴暗表情给影片添上一抹黑色，两位主人公感叹并自嘲“也许并没有真相”“真相有那么重要吗？”

本年度喜剧片呈现出多样化风格的端倪，《滚蛋吧！肿瘤君》和《重返二十岁》明显不同于其他“恶搞式”喜剧片，两部影片对女主人公的塑造都非常生动，笑点多依托于喜剧情境设定和人物性格、心理逻辑，而非夸张表演，并呈现出小妞电影的某种调性。喜剧片数量规模、高票房预期、市场竞争和风险，是其品质提高的基础，风格多样化则是喜剧类型得以长期繁荣的要义。

2. 青春成长类型

前几年国产片呈现出青春片繁荣的景象。实际上，好莱坞传统的类型划分中并没有青春片，青春片更多是观众定义出来的亚类型（或者叫类型元素），被命名为 High School 或 Coming of Age，前者的叙事空间主要是高中校园，主人公是高中生，主类型往往是喜剧、冒险、恐怖、惊悚、奇幻、爱情、运动、音乐，这些类型的关键词是青春荷尔蒙，因而主题往往和性、校园暴力、道德规训、友情、初恋密切相关，例如《美国派》《超凡蜘蛛侠》《朱诺》《暮光之城》《我为玛丽狂》和《惊声尖叫》；后者则不局限于校园空间，主类型也更加宽泛，主题聚焦于处于成长阶段的主人公在一段“冒险”的历程中变得成熟，例如《蝙蝠侠》《美国美人》《狮子王》《哈利·波特》和《发条橙》都被纳入此列。国产青春片的概念更接近 High School，但是主人公更多是大学生身份，讲述中学生成长的电影较为少见，这是特定的国情和教育制度造成的。近几年具有代表性的中学生成长电影仅有《青春派》，今年则有《左耳》和《黑处有什么》，此外还有中国台湾的《我的少女时代》。

《左耳》是饶雪漫根据自己的畅销小说改编，并被其命名为“疼痛青春电影”。这一命名有两点微妙之处。第一，在华语片范畴内，与这一概念相对应的残酷青春电影可以追溯到杨德昌的《牯岭街少年杀人事件》，该片更多社会思考，把青少年成长放在时代大坐标系下来观察，而疼痛青春电影的实质是从个体视角而非俯瞰视角看“残酷青春”，强调个体在青春期的身体感受和心理感受，以此诠释青春成长。第二，“疼痛”一词显然更对位于青春期女性的身心感受，所谓疼痛青春电影，是以女性主人公视点给女性观众讲述青春期成长故事。《左耳》这部电影的情节，紧紧围绕“小耳朵”和黎吧啦这两个“冰”与“火”女孩构建的世界展开，所有的男性角色，都在这两位女性主人公的视点中呈现，经历“冰”与“火”的品鉴。从这个角度讲，这部影片与《爱情的牙齿》《致我们终将逝去的青春》进行对比会非常有趣。

可与《左耳》做对比的另一部青春片是《黑处有什么》，这部电影亦是2015年新片，编剧和导演王一淳是一位女性，影片剧情带有自传色彩，讲述了1991年春夏某中原小城一位女初中生曲靖在青春期到来时的成长体验。与《左耳》相似的是，《黑处有什么》也紧紧围绕两个女主人公的友情展开剧情，一个好比“小耳朵”，一个好比黎吧啦，后者是前者的“导师”，并同样在剧情紧要关头“离去”。与《左耳》不同的是，《黑处有什么》并不讲述复杂的男女情感纠缠，而是讲述女主人公在家庭、校园、“秘密基地”三个空间分别与父母、同学、好友的情感关系，并借由一桩连环强奸杀人案构筑人物关系、强化剧情悬念、导入犯罪悬疑类型。这部影片的剧作亮点是以大量细节呈现时代质感，以及对父女关系的细微描摹，这在国产片中并不多见。

与上述两部影片表达疼痛青春、黑色青春不同，《我的少女时代》从海峡对岸吹来一阵清新之风，用喜剧的方式表达了青春期纯纯的爱，这种少女心切中了广大女性观众情怀。该片被誉为女版《那些年，我们一起追的女孩》，剧作上的成功之处是塑造了一位玛丽苏式的灰姑娘主人公，但若与相似类型和题材的泰国电影《初恋这件小事》相比，没有更多突破。同为女性创作者的李玉，2015年推出的作品是表现20世纪八九十年代大学生活的青春片《万物生长》，这部影片显出某种老气，让人想起一部90年代电影《一半是火焰，一半是海水》。与其相比，《万物生长》更多顾影自怜，缺少自我凝视后的反省，若是70后男性观众，可以顺着男主人公纠缠于两段情感之间的大学旅程，重新体会一次湮灭的青春，如果是80后、90后的观众，则完全不对路。

本年度还有一部青春片值得关注，这就是将青春成长主题融入体育运动类型片的《破风》。青春运动片在好莱坞有悠久的传统，依据运动项目细分为很多亚类型，涌现出大量佳作，然而在中国，青春运动片几乎没有什么发展，能够有一定知名度的影片还是《沙鸥》《女篮五号》等老电影。希望《破风》能为今后的中国青春运动片开个先河。

《小时代》系列的第四部也是最后一部也于2015年暑期档推出。与前三部一样，第四部依然将蕴藏着种种危机的物质现实层层包裹，套上童话般的华丽糖衣，繁华将尽，曲终人散，这部童话无可避免地走向黑色结局，将青春燃为灰烬。纵观《小时代》四部曲，如果以成年人的视角看，势必得出稚气十足、虚假现实、伤风败俗、物质至上、只供一哂的评价，这一方面揭示出某种不可逾越的代沟，一方面暴露了电影生态急剧转型期与类型电影机制背道而驰的精英惯性。

本年度的青春片数量依旧持续走高，但值得一提之作不多，剧作上达到良好品质的作品更是寥寥无几。将青春成长主题融入合适的主类型、融入更多的主类型，是国产青春类型电影破茧而出的必由之路。

3. 强情节类型

最有票房拉动力的类型电影关键词是视觉奇观。如上所述，《捉妖记》满足了观众对“妖”的猎奇，《重返二十岁》满足了观众对“变形”的猎奇，《小时代》满足了观众对“时尚”的猎奇，最具吸引力的、国际通吃的视觉奇观往往在科幻片、奇幻片和动作冒险片中，这也是好莱坞大片畅销全世界的原因所在，这些类型也将成为中国电影将来走向世界的主打类型。

《寻龙诀》和《九层妖塔》因为小说原著《鬼吹灯》拥有庞大的读者群和广泛的知名度，在选题上具有其他电影无可比拟的先天优势。在改编策略上，《寻龙诀》的类型定位是夺宝片，含有奇幻、悬疑、动作冒险、僵尸、爱情等多类型元素；《九层妖塔》则定位于灾难探险片，亦含有奇幻、动作冒险、怪兽等多类型元素。夺宝片有一套标准化的类型叙事模板，《寻龙诀》严格遵循冲突律规则和夺宝片叙事模板来搭建人物关系、设置任务，一板一眼地建构桥段，同时非常用心地植入本土化的情感主题，并且把做出高品质视觉奇观作为核心，最终打造出一部视效大片。策划思路、剧作技巧、类型清晰度和视效，都完胜《九层妖塔》。尽管《寻龙诀》的剧作技巧与好莱坞大片相比显得有些生硬、单薄，但其剧作中规中矩，至关重要的前史交代有层次设计，悬念感强，胡八一和王胖子双男主营造生动的性格反差较为成功，核心道具、意象或者说宝物——彼岸花的设置推动了整个剧情的进程。自强调工业化水准的“画皮”系列、“狄仁杰”系列之后，《寻龙诀》在与国际工业化类型大片接轨的道路上又前进了一大步。但是必须清醒地认识到，中国视效大片全面崛起的时代还须时日。最关键的短板是剧作，国内制作人、编剧和导演对几乎所有类型模式都处于摸索和试水阶段。

本年度具有典型意义的另一部动作片是《战狼》，准确说这是一部战争动作片，它给出了与《寻龙诀》不一样的视觉奇观——好莱坞战争大片般的“豪华道具”。观众在影片中看到的先进军事装备目不暇接：5.8毫米10式铜壳弹、美军制式的M136、AT4火箭筒、M25狙击步枪、现役59式、96式坦克，还有直八、直9、武直-10等多种类军用飞机，同时，为了营造震撼场面，拍摄共计耗损子弹3万多发。视觉奇观的另一个体现是动作场面设计，影片开场是作为狙击手的特种兵主人公冷锋在完全死角的局面下运用岩壁对子弹的反弹作用击毙毒枭，影片中段是军事演习，影片后半程则是特种兵战狼中队与越过国境的雇佣军之间的“战争”。本片剧作上的高明之处正是雇佣军的人设技巧——其一号和二号头目被设定为美军前海豹突击队队员，参加过阿富汗战争以及海湾战争。换句话说，特种兵冷锋在丛林中迎战的，是作战经验超级丰富、武装到牙齿的、邪恶凶悍的美军前海豹突击队精英。反派人设思路与影片海报上的slogan“犯我中华者，虽远必诛”相呼应，暗含着极其浓厚的主旋律色彩和强硬军事色彩，标准的类型片做法和爱国主义主题，对年轻的90后男性观众群体颇具吸引力。同时略具侠骨柔情的硬汉人设对女性观众具有一定的杀伤力——尽管这是一部具有“直男癌”倾向的电影。

本年度的强剧情类型电影表现突出的还有《解救吾先生》和《我是证人》，前者取材于一桩真实绑架案件，剧作上最重要的特色之一是极大程度地还原了真实事件，另一个剧作特色体现在叙事结构上，创作者将绑架和侦破拆分为警匪两条动作线同时讲述，既增强了悬疑性，又恰好将最具戏剧张力的两场戏（抓捕大反派和解救人质）安排为次高潮和大高潮。《我是证人》改编自韩国电影《盲证》，是本年度为数不多的取得较好票房的犯罪悬疑片。该片剧作技巧主要体现在人设上，主人公和大反派的情感危机相互呼应，前者走向救赎，后者走向毁灭。反派人设不够强大，导致谜底揭开后的后半程剧情毫无吸引力，是该片剧作的最大问题。2014年惊悚悬疑片和恐怖片分别涌现出《催眠大师》和《京城81号》两部商业成功之作，本年度则毫无作为，这两个主类型尽管产量丰富到30多部，然而，基本处于几百万票房量级，两三千万票房量级的寥寥无几。类型乏力的主因，是题材和叙事严重同质化、毫无创造力、极其缺乏差异性和新鲜度的剧作。

二、作者化的类型叙事

不甘心于类型叙事的创作者，在票房压力下，又必须给个人表达装上类型外壳，在满足观众的类型需求的前提下，满足个人表达欲望，从而达到市场诉求与作者表达的平衡。若选取的类型外壳在市场上没有竞争优势，要么引入一线明星以招徕观众，要么尽量压低制片成本、保障产品安全性。50后、60后的实力派导演选择前者，年轻导演选择后者。这是本年度呈现出的一种类型面貌。

1. 人性思考

《烈日灼心》在类型上非常明确地归属于犯罪悬疑，该片改编自女作家须一瓜的长篇小说《太阳黑子》，讲述了三个身份各异的结拜兄弟原本过着“平静”的生活，却被一位敏锐的警察发现端倪，牵扯出多年前的一桩灭门大案。从简要的剧情描述上看，《烈日灼心》可以写成一部正反派分明、以警察为主导层层剥茧破案的剧本，但显然创作者不甘心做这样一部电影。人性主题的导入，使得人设与剧情变得非常复杂。首先，三兄弟抚养了一个女孩，这女孩正是当年被灭门的那家人的后代，来自原小说的这个设计立刻使人物关系变得触目惊心，直接将三兄弟带入人性救赎之路却又布置了真相揭穿这个可怕的陷阱；其次，身为协警的案犯辛小丰和警察伊谷春是一对搭档，前者救过后者的命，后者却又必须完成抓捕使命；再次，剧情中特意安排了一个房东，这个房东承担了剧作功能（录音证据）的同时，再一次深化人性主题——他偷听房客的动机是他想证明人性黑暗的普遍性来使负疚的自己得到解脱。这几重设计使得一部犯罪悬疑片走向了人性思考的深度，然而为了完成这个主题设定，就要把人设和情节掰到合适的位置，因此就有生硬之嫌。

本年度的另一部犯罪悬疑类型同时又是低成本独立制作电影《心迷宫》同样把主题提升到人性思考层面，并带有较强的荒诞感。该片把整个剧情置入一个封闭空间——仿佛与世隔绝、大家低头不见抬头见的小山村，所有的人物因为若干巧合构成了一副多米诺骨牌，当片中那位身体孱弱的赌徒、小偷、告密者倒下之后，其他骨牌相继倒下，并形成一个闭环。这部电影的最大亮点是技巧，是剧作上严丝合缝的情节布局。除此之外是个空壳，是符号化的人设，看似发生在当下却又是跟现实没有关系的寓言。

2. 社会思考

从类型角度讲，《老炮儿》走的是黑帮片路线，所谓黑帮，就是只讲江湖规矩的不法之徒。《老炮儿》讲的是没落的老派黑帮家族，试图从新贵黑帮家族手里，解救一个犯了事的不肖子孙，没想到却越玩越大——好莱坞通常是这样兴致盎然地讲故事，《老炮儿》的创作者却只是把这个故事当成由头，因为他要讲的是情怀，是社会思考，是价值观，是传承。本片在剧作上颇见功力，主要体现在人物塑造和父子情感关系的搭建上，充分地利用细节进行揭示。比如，父子俩喝酒吃面和解一场，儿子伸出食指拉起跌倒的父亲。影片结尾，闪回到十几年前，父亲伸出食指拉起跌倒的儿子；主人公养的八哥，在剧作里承担了重要任务。影片亦有神来之笔，主人公曾经观看过的笼子里的鸵鸟，居然在主人公骑车奔赴冰湖“战场”的时候，奔跑在大街上。颇为吊诡的是，主人公在“战场”上像独行侠一样冲向人多势众的对方时，居然身穿一件五五式将校呢军大衣，手持军刀——这只能解释为，身为胡同顽主的主人公，当年与大院子弟叉架时缴获的战利品。观众对《老炮儿》的认可，更多来自该片揭露的社会焦点问题：城管、艰难度日的草根民众、官二代、贪污腐败。影片在塑造主人公时，也加入了很多自省的成分，但自省主要是在家庭和情感上，主人公觉得亏欠了妻子和儿子，而不是自我审视。换句话说，主人公一直生活在自我中心的世界里，他的家里缺少一面镜子。在意识形态层面，主人公更多的是迷茫，这种迷茫依然停留在崔健的那句歌词里，“不是我不明白，这世界变化快”。

对社会、对人和环境的思考也在《狼图腾》里得到体现。《狼图腾》把原著中复杂的信息简单化，突出主人公和小狼的关系，以打狼、养狼、藏狼、放狼作为情节主线，类型化的故事通俗易懂。人与狼的情感、人性与狼性的冲突、人类与狼以及其他动物组成的自然界平衡法则及这种法则的崩坏，是影片着力表现的主题。这部电影的重要性不在主题表达，而在观众日益年轻化、口味单一化的当下，给出产品审美差异性，使得其他年龄层能走进电影院，探讨市场多样化的可能性。

作为一名具有思考深度和艺术创造力的创作者，陈凯歌的志趣历来不在类型片创作，在必须以高票房达成安全的资本回收的市场化机制里，往往以营造出乎意料的视觉奇观作为法宝。他在本年度推出的作品《道士下山》里，借主人公小道士何安下被卷入各种纷争的“人间”之旅，给观众呈现了一幕幕触目惊心的武林对决。何安下见到并经历了一系列光怪陆离、诡异奇幻的人物与事件后，慢慢悟出了武术的至理与境界，这是创作者要表达的人生哲学主题。

三、孤独的探索者

侯孝贤花了七年时间潜心准备终于拍竣上线的电影《刺客聂隐娘》最终在大陆获得六千多万票房，已属难能可贵。撇开类型、撇开模式、撇开观众、撇开功利、撇开自己以往的套路，是作者电影的创作要义，一言以蔽之，避免复制。《刺客聂隐娘》相较他此前的电影，减法叙事做得更为彻底，几乎所有的来龙去脉都不再明确交代，几乎所有场面的戏剧性都被削平。给观众看到的，只余具有强烈凝视感的时间片段，主人公在时间片段里呼吸，我们只能去感受她看不见的心路。你感受到什么就是什么，感受不到也没关系。对作者电影来讲，创作影片的过程，是电影作者把自己的生命体验借由影片主人公呈现出来，是透过一面镜子审视自己、投射自己，是和自己的一次相遇。观看影片的过程，自然也是一次相遇，是有着不同生命体验的观众个体，与表达特定生命体验的影片和作者的相遇。作者电影既强调创作者的主体性，也强调观看者的主体性。

《山河故人》同样如此，贾樟柯带有强烈个人生命体验的作品是《小武》《站台》，尽管这些作品的主人公并不和作者本人重合，甚至有的可能不是作者特别熟悉的人，但作者总能把自己代入这些虚构的人，和他们一起存在，和他们一起遭遇，仿佛那就是自己。这三部作品的气质非常接近，人物也都扎根在同一空间里。很有意思的是，《站台》讲述的是横跨20世纪80年代的故事，一帮放荡不羁、荷尔蒙涌动、四处追寻理想的年轻人，最终尘埃落定、告别青春、归于庸常生活。《小武》讲述的是横跨20世纪90年代的故事，兄弟情、父子情和爱情在这个价值观急剧转型的时代全部发生畸变，被时代甩掉的主人公诀别亲情、爱情、友情，最终成为被观看的异类。《山河故人》则讲了三个横截面，分别是1999年、2014年和未来的2025年，三个横截面都是告别的故事，第一个横截面讲述女主人公沈涛在三角恋中选择会做生意的张晋生，离开只会挖煤的梁建军，梁建军离开了汾阳；第二个横截面讲述丈夫和儿子都离开了女主人公沈涛并离开汾阳去了上海，沈涛的父亲在小车站等车时去世，同时又讲述患尘肺病、将死的梁建军回到故乡；第三个横截面则讲述母爱缺失中长大的儿子在澳洲发生了一段忘年恋情并最终分手，他忆起自己的母亲却忘了母亲的名字，想回故乡又无法回故乡。可以说，这三部电影构成了“告别三部曲”，描述了长达五十年的中国图景和此图景下内陆小城人物的孤独命运。

万玛才旦在《老狗》之后，再次讲述前现代的“自然人”被现代文明侵染异化的主题。《塔洛》讲了一个孤儿的故事，他能背诵《为人民服务》，却记不得自己的名字；他被指令把一头乱发梳洗好拍证件照，却因自己被女主人公剃了光头必须重新拍证件照；他用情歌去追求爱情，却被追求金钱的女孩骗财甩掉。像《老狗》一样，《塔洛》是一部隐藏着愤怒和悲哀的作品，影片在视听上采用大量隐喻和象征手法，揭示塔洛在文明和价值观变迁中的无所适从，这多少显得有些刻意。

另一位藏族创作者松太加在本年度创作了一部情感真挚、风格质朴的电影《河》。《河》讲述了一家四口、两组人物关系：小女孩一直不理解为什么自己的父亲对爷爷（山上的修行者）那么无情，无情到不肯见上一面，因此产生情感隔阂；她的父亲对修行者无情的原因是，他不能原谅他为了自己修行拒绝和临终前的母亲见最后一面。这个剧情并不新鲜，故事的最后自然是双重和解。《河》的可贵之处是在四季更替中讲述一家人的生活时，呈现了大量生动的细节，这些细节有力地推动了叙事和情感，比如小女孩的父亲某一刻心意回转想把埋在原野冻土里的肉挖出来给修行者送去时，发现肉已经坏了；再比如小女孩在一场大雨过后，拧干父亲袖管里的雨水，无声地表达她对父亲态度的转变。

毕赣的长片处女作《路边野餐》是本年度最具有艺术野心、最能展示出才华的电影。这部电影的故事层面非常简单：出狱的哥哥遵循母亲的遗愿，寻找被弟弟抛弃的孩子，离开家乡凯里，搭乘汽车、摩托车等交通工具一路南行，观众和他一起体验了一次中国最南方的奇幻旅程，和他一起遭遇了他乡的人和事，和他一起唤醒记忆，复原旧日的时光和爱情。《路边野餐》将三部影片的风格融为一体：塔可夫斯基的《潜行者》、侯孝贤的《南国再见！南国》和阿彼察邦的《能召回前世的布米叔叔》。《路边野餐》的重场戏是一个长达42分钟的、调度极为复杂的跟拍长镜头，这个令人惊讶的长镜头与主人公一起，游走穿梭在一座山间小镇的街巷、屋宇、广场、河流、岸边，揭示了像迷宫一样困住许多人一生的小镇空间，作者将故乡日常生活经验和诗性冥想结合在一起，创作出这部气质独特的电影。

2015年11月在北京电影学院举行了一次剧作高峰论坛，主题是“我们距离类型电影有多远？”，这个主题的名字暗含了对当下中国电影类型发展的某些困惑，说到底是业内专家对中国电影的类型化呈现出的一些症候表达担忧之情，比如粗放式经营、急功近利式心态、个人情怀很难融入类型包装之中，等等。这个时代是欲望横流、泥沙俱下的时代，随着中国电影产业规模的爆发式增长，2010年到2020年这10年注定是特殊的10年，类型化之路也注定要在乱象中开辟出来，类型化发展的核心是观众基数、观影经验和多样化诉求，再有就是产业终端规模、影片数量规模、创作者的类型剧作思维和类型努力。

我们距离世界级水准的艺术电影有多远？这个问题比上一个问题还要迫切。中国电影产业的旺盛需求推动剧作家纷纷涌向卖座片创作，能够沉浸于艺术思考，能够从容面对世界、面对社会、面对人生、面对内心、面对人性进行创作的剧作家越来越少，不急功近利、愿意长时间持续积累自己的知识、思考和经验的年轻创作者也越来越少，这是导致国产片艺术水准始终上不去的根本原因。但愿在未来几年这种现象能得到改观。

第五章

2016年中国电影剧作艺术分析

2016年中国电影剧作呈现出三个态势。

第一个态势是涌现出一批风格各异、作者化的原创剧作，如《美人鱼》《追凶者也》《北京遇上西雅图之不二情书》《罗曼蒂克消亡史》《火锅英雄》等，这些作品面向电影市场，借类型外壳实现个人表达，在观众接受度上有的获得超高票房、有的引发尖锐争议。而像《长江图》这样高度作者化、把美学追求放在首位的原创剧作，尽管达到较高的艺术水准，但因其小众化难以进入大众视线。类似作品甚至在国内迟滞发行，比如《塔洛》和《路边野餐》。

随着近几年“IP”的兴起，越来越多的电影改编自畅销小说、网络小说、舞台剧，这些“唯利是图”的影片在电影市场取得成功的同时，剧作质量普遍滑坡。幸好还有少数追求风格化和新颖性的创作者，注重改编质量，推出较为优秀的改编作品。本年度，改编自小说的《我不是潘金莲》《七月与安生》《不成问题的问题》和脱胎于舞台剧的《驴得水》成为翘楚。创作者从结构的搭建、人物的塑造、主控思想的表达，都根据电影叙事本体的特点，进行了有益的叙事改编工作。追求原作艺术基础和改编质量、不赶“超级IP”的时髦是第二个态势，今后也将成为新的创作趋势。

第三个态势是类型叙事愈来愈瞄准观众对奇观和荷尔蒙的需求，动作主类型蓬勃发展，怪兽片和两性喜剧开始遵循国外的类型剧作标准模式，而爱情片和惊悚恐怖片在剧作上差强人意。神怪片范畴内，除奇幻喜剧片《美人鱼》外，还涌现出怪兽片《长城》、神魔片《西游记之孙悟空三打白骨精》和《封神传奇》、玄幻片《爵迹》、探险片《盗墓笔记》等；警匪动作片范畴内，与《寒战2》《反贪风暴2》《惊天破》和《三人行》等片相比，最值得一提的类型剧作突破之作是《湄公河行动》。动作喜剧剧作仍然维持品牌效应，如成龙主演的《铁道飞虎》和《绝地逃亡》、王晶编剧导演的《王牌逗王牌》和《澳门风云3》等；继前两年的《心花路放》《港囧》之后，2016年两性喜剧开启了“男人帮”模式，其代表作是《情圣》；爱情片范畴内，玛丽苏化的小妞电影《微微一笑很倾城》在剧作上有其新鲜之处，而语录化的爱情片《从你的全世界路过》和《摆渡人》在剧作上以概念取代逻辑；惊悚恐怖类型范畴内，《那年夏天你去了哪里》等犯罪惊悚悬疑片尽管努力但剧作弊端凸显，《魔宫魅影》《魔都凶音》《魔轮》《聊斋新编之画皮新娘》等恐怖片剧作同质化倾向越来越严重；以“人鬼情未了”为主题的惊悚悬疑片《消失的爱人》，情感浓度较高，但在悬疑氛围和悬念营造上偏弱，造成观众代入感不够的遗憾。

本文将按照2016年电影剧作的这三个态势逐一展开论述。

一、原创剧作的探索创新与风格化表达

电影《美人鱼》《追凶者也》《北京遇上西雅图之不二情书》《罗曼蒂克消亡史》和《火锅英雄》的创作者，为了在市场诉求和作者表达之间达到一种平衡，在商业类型片的叙事模式之下，表

达个人化的艺术思考，并进行艺术创作的探索和创新。而《长江图》等影片与上述影片恰好相反，因为没有类型羁绊和商业诉求，所以也没有充分实现个性化的作者表达。

1. 童真想象：《美人鱼》

《美人鱼》是一部类型杂糅的影片，创作者将爱情、奇幻、动作、喜剧等几种类型元素进行杂糅，达到了类型创新的效果。爱情和奇幻是近年来高票房收入的两大电影类型，爱情的类型元素依靠情感的共鸣，使得观众对故事的主人公有很强的情感投射和观影共鸣。奇幻类型元素本身就具有一大波观众受众群，因此，当两种类型元素结合在一起，可想而知，该影片的商业性和娱乐性，以及巨大的市场效益。

与此同时，周星驰个人风格化的表达和美学风格，赋予了这部影片很强的喜剧风格。周星驰的无厘头，是其个人化的风格表达和美学探索，他的喜剧风格无人可以模仿。周星驰电影中的喜剧元素，来源于创作者脑洞大开的思维方式，完全是周星驰个人化的思维逻辑，当每一个情节都运用了这种独创的叙事逻辑，使得整部影片的喜感成为一种风格，也是周星驰电影美学风格所特有的气质。

除了顾全整部影片的商业性，《美人鱼》的创作者尽力在商业的外衣下，融入艺术的表达，该影片关注生态平衡，讲述白手起家的富豪刘轩新拍下了一块地皮，并联合了女强人李若兰使用恐怖的声呐技术驱赶鱼类，用于填海造地。人鱼一族长期居住在附近区域的海里，为了继续生存，带头大哥章鱼八哥派出了美人鱼珊珊“色诱”刘轩，准备刺杀。没想到珊珊在卧底过程中与刘轩暗生情愫，一次次破坏暗杀计划，而李若兰却在准备一个更丧心病狂的邪恶计划。刘轩最终面对商业的利益和生态的平衡，毅然决然与李若兰决裂，为了生态平衡，为了心爱之人，阻止了李若兰的邪恶计划。创作者在讲述一个好看的故事的同时，不忘在故事中融入对社会、对生态的反思，通过故事中人物的最终抉择，传达了创作者对生态、对金钱的态度，对观众进行了“重环境轻名利”的价值观引导。可见，该片的创作者并非只考量商业的盈利，不只是为了博观众一乐，在创作的过程中，也试图进行类型的创新、喜剧美学的追求和艺术的表达。

周星驰电影始终如一的特质是非凡的想象力，这种超乎寻常的想象力贯彻在人物设定、情境设定、桥段设计和细节处理上，究其来源，与其说是天赋，不如说是周星驰始终保持在创作上的童真情怀，从《喜剧之王》《功夫》《长江七号》到《西游·降魔篇》莫不如此。《美人鱼》对刘轩延续了小人物贫寒出身设定，被异化的主人公遇到很傻很天真的美人鱼珊珊，唤醒他未泯的童年记忆进而唤醒人性良知，两人吃路边摊的一场戏可谓本片的戏眼。《美人鱼》还植入了孤独的主题，某种程度上这是作者本人的内心写照。

2. 荒蛮叙事:《追凶者也》

这部影片的剧作过程有三个阶段。首先是编剧张天辉发掘了一则发生在2009年的罪案新闻“六盘水农民五兄弟千里追凶”，因为凶案发生在贵州省的吊水岩，所以剧本一开始叫《吊水岩杀人事件》。另一位创作者——四川籍的阳建军介入编剧工作后，与张天辉一起深入调研，反复修改剧本，并定名为《边城凶案》。该剧本获得北京电影学院金字奖最佳剧本奖，并得到金字奖评委会主席曹保平的关注，曹保平对剧本进行再度修改并担纲导演，成片在犯罪片样式下，蕴含强烈的作者意识，保持并拓展了曹保平电影特有的荒蛮叙事风格，与其早年作品《光荣的愤怒》手法更接近，而与去年的《烈日灼心》离得更远。

《追凶者也》采取分段叙事，分别从几位不同主人公视角代入情节链条，每个章节都列了小标题，各个章节之间相互镶嵌补充，因为叙事视角的变化和信息揭示的复杂性，观众稍不留神就会错过重要信息。该片在戏剧性、荒诞性、偶然性和喜剧性者种叙事技巧之间找到了平衡，这种叙事策略构建了特殊情境，使一桩离奇罪案故事达到了内容和风格的统一。

《追凶者也》在人性层面重在揭示人类个体的原始性和局限性，几位主人公在宿命般的偶然巧合之下，受人性动物本能的驱使，将整桩事件滑向不可挽回的荒唐地步。这种冷峻虚无的荒蛮叙事，也经常在科恩兄弟的电影中看到。

3. 人生况味：《北京遇上西雅图之不二情书》

该片是一部爱情类型片，讲述了一本名为《查令十字街84号》的书让一对生活毫无交集的男女走到了一起，两人通过电子邮件进行交往，透过种种误会和波折，最终发现彼此是自己的灵魂伴侣。在叙事规律上，创作者挑战了一种“隔空恋爱”的叙事可能性，基于以往传统的叙事规律，戏剧冲突需要建立在“三一律”的基础之上，特定的时间、特定的地点、特定的人物关系，人物与人物只有在同一时间和空间之下才能完成戏剧冲突的建置、纠葛和解决，然而该片的创作者在此传统的叙事规律上，打破了“三一律”的叙事原则，使得人物关系转变和情感的递进打破了特定的时间、特定的地点的限制，巧妙地运用视听语言的呈现，展现出两个人物内心想象的对方，完成一次次情感交流和人物关系的逆转。这是一次在叙事规律上的极大挑战和冒险。

在以往的故事创作中，故事往往依托“一人一线立主脑”的创作规律，在一个戏剧人物、一条戏剧任务线的基础之上，表达一种主控思想。但是《北京遇上西雅图之不二情书》的创作者在主线故事之外设计了多条支线故事，通过主要人物的故事脉络折射牵引出多个家庭的悲喜情长，因而在故事的表达中，除了对爱情的思考，还有对移民教育、回归故里、老年问题的反思。当然，这样多条支线的剧作设计很容易会导致主线不明、支线庞杂、表达不清等问题，但是创作者运用其娴熟的叙事技巧，紧紧围绕着主线的情感脉络穿插支线，在观众对主线故事的情感预期下，用支线情节的情感完成观众的情感期待，使得故事的讲述在情感逻辑上满足了观众的观影需求。比如，罗大牛带着华裔老夫妻旅游的段落，在前一个情节中创作者埋藏了一个钩子，设计罗大牛即将旅游的城市正是女主人公焦娇的居住地，因而观众会产生一种期待，期待两人的重逢。但是在这种预期之下，创作者并不致力于满足观众的这种期待，而是设计让两人擦肩而过，撇出笔墨去刻画华裔老夫妻对回归故里的人生反思，然后用华裔老夫妻的恩爱情感映射对比出罗大牛和焦娇的情感。由此可见，即使是支线故事的写作，创作者也是遵循在主线情感脉络的基础之下进行构架，并且在主控思想的表达上，力图达到支线情节和主线情节的思想和情感的统一性。很少能有一部影片可以承载多重深刻立意的表达而不导致叙事的混乱，该片的这种叙事探索，在当下众多电影中是一种难得的艺术表达、叙事方式的创新。

4. 人性沉沦：《罗曼蒂克消亡史》

本片编剧和导演程耳在创作电影剧本的同时，以几段故事为基础，创作了短篇小说集。如同《追凶者也》意不在犯罪类型叙事，如同《北京遇上西雅图之不二情书》意不在爱情类型叙事，《罗曼蒂克消亡史》意不在黑帮类型叙事。不按常理出牌的这几部电影，在观众接受上遇到挑战。

本片的主题是幻想覆灭和人性沉沦。所谓罗曼蒂克，对章子怡饰演的小六来说，是期待一场出其不意、说走就走的爱情，未料到迎接她的是擦枪的手帕和疯狂的泄欲；所谓罗曼蒂克，对袁泉饰演的吴小姐来说，是夫君的悬崖勒马、回心转意，未料到到头来只剩下大难临头各自飞；所谓罗曼蒂克，对葛优饰演的陆先生来说，是在残忍血腥中恪守江湖范儿，等待他的却只能是家破人亡，他一厢情愿地保护和抚养两个"孤儿"外甥，完全不知道被"身在曹营心在汉"的妹夫所蒙蔽。对所有主人公来讲，"罗曼蒂克"这袭华美的"袍"如同家园灰飞烟灭，人性沉沦是唯一可选的道路。

在叙事结构上，《罗曼蒂克消亡史》也像《追凶者也》一样在叙事的进程中刻意隐藏重要信息，让观众重组情节链条、脑补情节留白。此外，浅野忠信饰演的妹夫喧宾夺主地成为影片后半程的主人公，导致陆先生作为核心人物未能得到丰满的塑造。险恶江湖里见证的是阴暗人性，类型期待又超出经验之外，使得本片在观众接受上毁誉参半。

5. 偷抢拐骗：《火锅英雄》

《火锅英雄》的剧情完成了一次小人物的英雄化过程。刘波原本是一个沉迷于赌博、欠了高利贷的小混混，与好兄弟许东和王平川合伙开洞子火锅店，在扩充店面时意外挖开了银行金库，面对天降横财，三人与在银行工作的老同学于小惠重聚，一起秘密计划补洞，却在补洞的当天迎来了四个抢劫犯。刘波在与四个抢劫犯恶战的过程中，逐渐打开自己的心结，重新面对自己的生活、爱情，最后成长为一个真正的英雄。

看上去很正的剧情和人物设计，在表现形式上却呈现出两极化风格的融合。在人物的生活空间，重庆山城和家居环境的现实质感扑面而来，猛看上去还以为是写实风格作品。然而在人物的情节空间，戏剧化、夸张化、高浓度荷尔蒙和巧合误会推动叙事的表现手法凸显这是一部黑帮片。从这个角度讲，杨庆的《火锅英雄》与宁浩的《疯狂的石头》有可比性，而两者的源头，可以追溯到英国导演盖·里奇的《两杆大烟枪》和《偷拐抢骗》。

6. 寓言长卷：《长江图》

在市场的运营体系下，大多数创作者在市场和艺术创作中进行权衡，力图在两者之前完成一种结合，既要保证故事的商业性，又要保证对艺术表达的挖掘。然而少部分创作者潜心地用自己独特的、作者化的叙事方式，进行个人化的表达。

《长江图》是一部诗意电影，每个画面的构图都进行了考究的设计，力图把电影中的每个画面都拍摄得像一副优美的诗意画。创作者运用构图表现自己对故事的诠释，不纠结于故事中人物关系复杂的情感纠葛和事件推进，一切的叙事设计都是反戏剧模式的。创作者用打破事件、打破情节递进的叙事方式，去展现人物和环境之间的内部情感张力，运用环境去塑造人物，用一种诗意的叙事模式，去展现人与人、人与空间的情感断裂和疏离感，于创作者，这是一次作者化表达的个人探索。

2016年，在作者电影的范畴内，除了《长江图》，《塔洛》和《路边野餐》等电影也很好地完成了作者化的个人表达，无论对现实的思考力度，还是艺术探索，都达到令人惊讶的高度。

二、改编剧作的探索创新与风格化表达

随着 IP 的挖掘和发展，越来越多的电影改编自畅销小说，同样，2016年，改编自畅销小说的电影，无论是数量还是质量上，都呈现出发展的趋势。那么如何在众多的改编创作中拔得头筹、崭露头角，如何在电影叙事和小说叙事的融合中实现创新，恐怕是越来越多的创作者在改编时面临的一大问题。

1. 方圆之困：《我不是潘金莲》

《我不是潘金莲》画幅由方及圆，由圆到方，再至长方，方圆是真，长方真假难辨。这样的视听呈现风格是创作者的一次视听叙事思维的创新。天圆地方，方是做人之本，圆乃处世之道，“不以规矩，不能成方圆”，视听语言为故事的表达服务。该片改编自刘震云的同名小说，其故事内涵恰恰是在探讨什么是规矩、什么是方圆。一个被丈夫污蔑为“潘金莲”的女人——李雪莲，违背法律、违背社会的规矩，利用假离婚妄图多分到一套房子，却因此被丈夫遗弃，为此她十多年来一直上诉，但得不到合理解决。因为她坚持不懈地讨公道，导致官员自上而下地被处分。“天圆地方”的视听表达映射了故事的主控思想，对社会规矩、对法律的一种反思。为何不合规矩的控告把遵守规矩的官员给整倒了？这其中的反思和探索，创作者通过新的画幅、新的视听叙事，使得故事的表达更具有深意。

该片本着批判现实主义的态度创作，故事的情节线索集中紧凑，围绕着李雪莲上诉的戏剧行动线展开对故事的讲述，故事一波三折，情节环环相扣，保证了故事的可看性。并在此基础上，创作者通过好看的故事潜移默化地展现出对社会规矩的反讽批

判，对观众在价值观上的引导润物细无声。在以往创作思路中，创作者往往将故事主控思想的传达设计放在主人公在大是大非的抉择上，通过主人公的抉择传达一种创作者的价值观导向，但是该片并没有在关键的戏剧情节点上给予主人公李雪莲抉择的时刻，而是靠一个意外事件——李雪莲丈夫因车祸去世，解决了整个故事的戏剧矛盾冲突。该片的创作者运用偶然事件推动情节点转折的设计，一是呼应了处世之道中万事不了了之的特点，二是创作者致力于用周围人物在情节转折点时刻的态度和做法反映故事的主控思想——反讽面对困境寄希望于大事化小、推诿责任的一种处世之道。由此可见，《我不是潘金莲》无论是在视听思维叙事的创作上，还是在主控思想的表达上都进行了作者化独有的创新和探索。

2. 老舍新编：《不成问题的问题》

《不成问题的问题》改编自老舍先生发表于1943年的短篇小说。故事讲述的是中国抗日战争时期大后方的树华农场在主任丁务源的管理下走向衰败的故事。20世纪40年代的大后方重庆，一间物产丰富却总是赔钱的树华农场，一场明争暗斗在新旧两个农场主任之间上演。该电影的剧本创作者没有拘泥于类型化的叙事，没有在小说改编的过程中选取一个主要人物作为故事的戏剧任务牵引者讲述故事，故事采用多个人物视点的叙事方式，先是以主任丁务源的视点引入故事，后以艺术家张超的视点揭开了对农场的另一面的展示，直到新的农场主任的到来，又以新的农场主的视点和新农场主妻子的视点，揭开了农场新一层的斗争。故事的讲述不致力于对戏剧任务的建立和解决，而是通过反戏剧任务的叙事方式，围绕人物展开事件，通过事件，由点及面，揭露了农场的内部斗争，揭示了人性的秘密，叙述了一个永不过时的人间寓言。创作者在故事的表达上，不沉浸在人物之间的情感纠葛，而是放眼于人物内心层面的本性探索，通过一场农场管理权的争夺，表达了创作者对人生的见解、对生活的态度和看法，这部影片的创作者个人化表达，增加了整个故事的立意深度。

3. 重新布局：《七月与安生》

在小说改编电影的过程中，对素材的重新组合和结构搭建往往是创作者面对的一大难题。如何有效地找到一个讲述故事的方法，如何在一种合适的结构下选取小说中精彩的情节进行布局，恐怕是小说改编过程中一个重要的环节。

《七月与安生》改编自安妮宝贝的同名小说，在原小说情节中，充斥着三角恋、堕胎、离家出走等大事件，这些大事件在改编的处理上稍有不慎，就会变成一个个夺人眼球的偶然事件，会让观众觉得剧情十分狗血和不可信。如果这个故事按照线性叙事的叙事结构，以一个主人公的戏剧行动线引入故事，会很容易使得这个故事落入俗套。为了突破这种俗套，编剧用插叙、闪回、多视点打破了线性叙事的规则，使得故事在视点的转换中，不停地让观众移情于不同人物的戏剧任务，完成整个观影。闪回的运用，帮助故事交代了人物关系。插叙的叙事结构，增强了故事的悬念感，使得故事在讲述的过程中，由外及里，由浅及深，揭开了关于三个人物间的秘密。剧本创作者设计了一个“交换人生”的桥段，对应前后故事结构，使得影片脱离了“狗血三角恋”情节剧的趣味，增加了这个故事的风格化和个性化。因此，该影片从结构上来看，并不能称为一部纯类型片。编剧创作者在叙事结构的搭建上，进行了很多创新的实践。

《七月与安生》的原小说沉溺于对情节的铺陈、爱情的纠葛，而无深刻的情感和人性的探索。电影《七月与安生》基于原小说的基础，在主控思想的表达上有了更深刻的挖掘，电影没有像小说那样只停留在对情节的写作和情感纠葛的叙事上，而是更多关注女性的成长，通过人物间的情感纠葛，落脚于讲述女性的友情和成长得失，在立意的表达上，电影比原小说有了更广阔的视野。同样改编自小说的电影《盛先生的花儿》在原小说的基础上挖掘养老问题，影片对家庭亲情困境、城乡思维观念与生活方式的差异进行了由浅入深地刻画，体现出难得的现实主义眼光。电影用一个老人的童心和一个女人的淳朴，对城市人的情感伤痕进行了一次有力的修复与治愈。

由此可见，小说改编电影是电影发展过程中一个不可或缺的创作样式，但是就两种叙事种类的融合和创新上，中国电影剧本的创作者尽力在改编的道路上，从结构搭建、主控思想的表达，探索出一条新的道路。

4. 舞台情境：《驴得水》

近几年，越来越多的戏剧作品被搬上银幕。开心麻花创作团队继《夏洛特烦恼》之后，在2016年将《驴得水》改编为电影作品。

《驴得水》的改编特点之一是打破原作的三一律。为了打破戏剧中特定的时间、特定的地点、特定的人物关系的这一限定，《驴得水》在改编电影的时候，基于电影本体的要求，打破了故事发展的时空和地点，导致整个故事在讲述的过程中，由于时空转换、场景变化产生人物情感的断裂。原本戏剧中的人物调度、前后景之间的情感对比、人物关系的对比，在改编成电影的过程中，由于时空关系和场景改变，失去了原有的这种对比关系。从一场戏的人物调度来看，电影镜头内的调度削弱了舞台调度的广度和景深，造成人物的表演很难只用镜头捕捉到其人物间的反应和细腻的情感变化，尤其是在群像戏的处理上，镜头的局限性，使得原本复杂多变的人物反应不能够像戏剧那样全面地呈现给观众。

《驴得水》的另一个改编特点是维持了舞台化的表现形式。戏剧搬上荧幕最首要改变的就是人物的塑造，在戏剧的表现形式中，由于表演场地的限制、观影方式的不同，要求戏剧中的人物塑造是夸张的、具有肢体行动力的。一般来说，舞台作品改编为电影作品，需要对人物造型、台词和动作细节进行适应电影表现形式的转化，而《驴得水》改编电影的过程中，创作者突破传统改编思路，保留了其人物出场、人物行为的夸张性。

《驴得水》究其实质，是以黑色荒诞手法讲述一个批判现实主义的故事，海报上的宣传语“讲个笑话，你可别哭”指明了主题。喜剧只是这个悲情故事中的一种插科打诨式的情节处理技巧，创作者追求的是一种喜中带泪的美学风格。

三、类型剧作与观众接受

1. 警匪动作片的英雄塑造

警匪动作片最重要的类型剧作是要求塑造英雄人物。这一点，《湄公河行动》取得了成功。《湄公河行动》根据“10·5中国船员金三角遇害事件”改编，讲述了一支缉毒行动小组为解开中国商船船员遇难所隐藏的阴谋，企图揪出运毒案件幕后黑手的故事。2011年10月5日，两艘中国商船在湄公河金三角水域遭遇袭击，13名中国船员全部遇难，泰国警方从船上搜出90万颗冰毒。消息传回国内，举国震惊。为了查明真相，云南缉毒总队长高刚接受了特殊任务，率领一支骁勇善战的战斗小组进入泰国境内，与潜伏在泰国的情报员方新武碰头，两人联手深入金三角查案。经过调查，发现案件背后果然有着重重疑点，真正的凶手在嫁祸残害无辜中国船员后，不但逍遥法外，更意图利用毒品制造更大的阴谋，最终高刚决定，不惜一切代价也要拿下真凶，打击毒品犯罪，为无辜国人讨回公道，影片成功塑造了一位英雄人物。

除了英雄人物情结，动作片还要满足观众的另一个愿望，就是奇观场面。2016年的《湄公河行动》与2015年的《战狼》相比，在动作桥段设计上更为精彩，并注重情感戏的融入。

2016年度警匪动作片的剧作质量相对其他类型片而言明显较高，片量也较为丰富，除《湄公河行动》外，还有《寒战2》《反贪风暴2》《惊天破》和《三人行》等。

2. 喜剧片的荷尔蒙化

2016年度的喜剧片分别依托在两个荷尔蒙要素上，一个是动作，另一个是性。前者以动作喜剧《铁道飞虎》为代表，后者以两性喜剧《情圣》为代表。荷尔蒙与夸张设定密切相关。对喜剧剧作来讲，夸张化的情境设定和人物设定是否获得观众认同，是成败关键。喜剧剧本创作过程中，创作者所冒的风险比较大，一是虚构的戏剧情境离观众的生活太遥远，可能很难引起观众的心理共鸣；二是虚构的戏剧情境在细节编排的过程中，可能会因为细节经不起推敲，而导致整个故事的逻辑全部坍塌。因此创作该类型的影片就要求创作者竭尽全力挖掘主人公的情感世界，找寻主人公内心情感的缺失和困境，从人物设计上，通过人物接地气的情感缺失与观众建立起一种情感的共鸣。此外，创作者还要善于挖掘故事中的细节，虽然戏剧情境是虚构的，但是故事要保证细节的真实性，符合生活的逻辑，在观众的心中建立一种对假定情境的信服感。

继《智取威虎山》之后，《铁道飞虎》完成了又一次红色经典改编。与《智取威虎山》重在动作场面的奇观设计不同，《铁道飞虎》因为主创的偏好和特长，主打喜剧风格。本片在假定性情境的分寸感把握上借鉴了法国电影《虎口脱险》，即塑造急智但偶尔冒失的、各具类型化性格特征的小人物主人公群像，同时将对手塑造为狠毒但低智商的、漫画般的符号化人物。这种假定性能够满足相当多观众的胃口，但其危险性是人物很容易扁平化，并且，在抗日题材影视剧中，类似假定性情境和简单的敌我设置已成泛滥之势。

《王牌逗王牌》讲述的是囧探宝爷与侠盗洛家豪强强联手，与世界恐怖组织抢夺“上帝种子”，冒险夺宝拯救世界的故事。首先，从人物设定来看，囧探和侠盗的人物职业和人物形象本身就是虚构的，并非取材于现实生活中的人物原型和职业。故事中的对立恐怖组织也是创作者虚构的人物，在现实生活中也没有相对应的人物映射。甚至这个故事中的重要戏核“上帝种子”也是一个虚构的事物。因此就整个故事的戏剧情境来看，都是虚构的。但是为了使故事有一种真实感，在人物设计上，创作者挖掘宝爷这个人物的家庭情感缺失，挖掘洛家豪的爱情缺失，设计两个人物在拯救世界的过程中，分别拯救了自己的家庭、爱情，获得了人物的成长。家庭和爱情的情感缺失，可以有效地使得观众对两个人物产生共情，信任故事中人物的戏剧任务，继而保证了观众对故事的认同和信服。此外，为了保证故事的可信性，创作者极力把故事细节编排得符合现实生活的逻辑，比如宝爷在临死前，一定要给妻子打个电话，瞒着妻子在执行任务，但是要最后跟妻子道别。虽然故事的戏剧情境是虚构的，但是人物的动作细节和情感逻辑是有现实生活基础的。这些做法，都使得整个故事在虚构和现实之间达成一种平衡。

2014年的《心花路放》已经具备性喜剧类型片的雏形，本年度的《情圣》则将两性喜剧剧作“标准化”。这部电影改编自法国片《红衣女郎》(1976)，而根据这部法国片改编的美国片《红衣女郎》(1984)更加家喻户晓。《情圣》在人物设定上采取“男人帮”模式，几位好损友帮助一见钟情后欲火焚身的主人公瞒着老婆去约会钟情对象，却几次三番因为误会和巧合而狼狈不堪。男人帮两性喜剧一方面投合男性观众的荷尔蒙欲望，另一方面又投合女性观众对偷腥男人的惩戒快感。近几年好莱坞系列电影《宿醉》便是成功的类型案例。

3. 神怪片的三个类型剧作趋向

奇幻、魔幻、玄幻、怪兽灾难等强情节大制作类型片在这里统称为神怪片，神怪片的类型特征是包含魔法、超自然现实事件，或是幻想生物如龙、半兽人以及幻想世界如魔戒中的中土。在神怪片的剧本创作过程中，往往需要创作者重新架构一个幻想世界的逻辑体系，这便要求创作者在讲好故事的同时，还要顾全幻想世界中人物的生活逻辑和情感逻辑是否符合创作者自己所重新搭建的世界的逻辑体系。因此，神怪片的剧本创作，看似脑洞大开，可以异想天开，却更加考验创作者的逻辑编排能力。因而，在前期架构世界体系的过程中，创作者往往分为三种类型思路：一类是依托古代经典的奇幻文学作品进行改编创作，故事的世界体系依托文学作品中固有的逻辑，顺延这种逻辑，对故事进行编排，例如《西游记之孙悟空三打白骨精》《封神传奇》《大话西游3》

等；第二类是依托当下热销的网络奇幻小说，故事的讲述依托小说中已经搭建好的世界逻辑体系，完成改编创作，如《爵迹》《盗墓笔记》等影片；第三类是创作一个全新的原创故事，故事中搭建的世界和逻辑体系都是创作者大开脑洞的原创成果，例如《长城》《美人鱼》等。

2016年，依托古代经典奇幻文学作品进行改编的神怪片数量最多，剧作质量最差。此类型影片的创作，创作者在奇幻的设计上比较省力，经典的古代小说本身就可以为创作者开辟一条奇幻之路，创作者只要遵守古人所搭建的奇幻逻辑和人物关系，便可以顺利地完成改编。比如《西游记之孙悟空三打白骨精》和《大话西游3》改编自《西游记》，中国古典名著《西游记》中固有的世界体系已经培养了一代又一代的观众受众群体，因此电影的创作者无须再通过故事重新向观众传达一种新的价值观体系或者戏剧情境。师徒四人前去西天求取真经的故事背景深入人心，一路降妖除魔的戏剧情境也被观众所熟知，甚至妖怪吃了唐僧肉便可以长生不老的逻辑体系也被观众所认同，于是，在改编电影的过程中，创作者只需要遵照这一逻辑，合情合理地进行故事的讲述，便可以达到观众的心理预期。由此可见，奇幻文学作品改编奇幻电影的票房成功率比较高，风险比较小，因此，电影《西游记之孙悟空三打白骨精》《封神传奇》《大话西游3》都获得了比较可观的票房收入。

2016年，依托当下热销的网络奇幻小说改编的电影还在剧作类型模式摸索阶段。与改编古代经典的奇幻文学作品的电影不同的是，网络奇幻小说需要有很高的网络点击率和市场回报率，才能保证改编的顺利进行和影片的可观票房收入。被选中改编的网络奇幻小说往往具有一大波受众群，这些小说的读者将会是电影票房支持的基础，例如《爵迹》的第一波电影受众大都是原同名小说的追捧者，是小说作者郭敬明的忠实粉丝。因此，无论《爵迹》的故事如何不符合现实生活的逻辑，无论《爵迹》中的人物是否具有非现实性的情感表达，被原小说培养和熏陶的观众依然能够在观影的过程中与人物达成一种默契的共鸣，这就是小说畅销的魅力所在。由此可见，改编当下热销的网络奇幻小说，也是奇幻电影创作的一个思路。

与前两类神怪片的创作不同，原创一个奇幻创意恐怕是一次艰难的创作过程。在重新架构一个社会逻辑体系的过程中，需要创作者缜密的逻辑思维和严密的逻辑编排。本年度原创的奇幻创意除了前面分析过的《美人鱼》，还有一部完全遵循好莱坞剧作模式创作的作品《长城》令人瞩目。《长城》作为怪兽片，在剧作阶段最为重要的是对饕餮的设定：饕餮的来历、造型和习性，饕餮的动作设计，饕餮的软肋，饕餮和人类之间的关系……诸如此类问题都需要创作者严密搭建，以方便日后在故事写作中进行细节的编制和运用。与此同时，原创的奇幻世界还要求创作者把奇幻的世界和现实的世界进行一次巧妙地勾连和映射，例如《长城》中的饕餮映射现实世界中的贪念，只要在奇幻的世界中，人类打败饕餮，就意味着现实的世界中人类战胜了自我的贪念。由此可见，原创的奇幻创意难能可贵，对创作者的创作能力要求更高，原创的神怪片虽然架构的世界是奇幻的，但是所有的人物情感和细节的逻辑都与现实有一定的关联，也只有如此，才能与观众建立起一种共鸣。

4. 爱情片的玛丽苏化与语录化

2016年的爱情类型片在2015年的基础上没有太大的变化，

故事的类型多为爱情和喜剧类型杂糅，在轻松幽默的类型风格下讲述一个真爱至上的故事。因为 IP 的影响，2016年，此类型的影片大多来源于小说的改编，如《微微一笑很倾城》《28岁未成年》《从你的全世界路过》和《摆渡人》都是改编自热销的网络小说。与好莱坞的爱情轻喜剧相比，2016年中国的爱情轻喜剧呈现出的创作水平，无论是从对 IP 的挖掘上，还是主控思想的表达上都不及好莱坞的同类型影片。《微微一笑很倾城》等影片为迎合女性观众而采取的玛丽苏化叙事,《从你的全世界路过》和《摆渡人》为彰显文艺气息而采取的语录化风格，已然成为本年度爱情片两大主潮流。

2016年度爱情片的剧作问题之一是 IP 断裂。IP 最值得挖掘的价值是一个鲜活的人物，这个人物可以引起一代人对一个时代、一种生活困惑的共鸣。好莱坞的爱情轻喜剧《BJ 单身日记》塑造了一个荧幕上从未有过的胖妞形象，琼斯这个人物虽然体态丰满，不是骨感美人，但是她性格直爽、为人善良，对待爱情执着勇敢，是一个性格鲜明，十分可爱的荧幕形象。《BJ 单身日记》，十年来做了三部：第一部从女性对爱情的困惑切入，讲述琼斯如何寻找真爱；第二部探讨女性对婚姻的困惑，讲述琼斯如何走进婚姻；第三部讲述琼斯人到中年，如何跟自己的爱人一起承担起一个家庭意义上的责任，生育一个孩子。琼斯这个人物的塑造深入人心，《BJ 单身日记》的每一部都会围绕琼斯这个人物的爱情情感缺失讲述她人生重要时刻的一个故事，故事具有很好的延展性，围绕这个人物，顺延她的一生，可以做很多部故事。与此相对应，中国电影在挖掘 IP 的过程中，特别忽视对人物的塑造，无论是《28岁未成年》里的凉夏，还是《从你的全世界路过》里的陈末，还是《微微一笑很倾城》里的贝微微，都很难叫作一个 IP 人物，他们没有鲜明的性格，不能够代表一代人的困惑，归根结底，创作者没有对人物进行深刻的挖掘和塑造，导致这些人物浮于表面，人物内心要么没有情感上的心结，要么就是对这种心结的设定很难让观众产生共鸣。由此可见，2016年，中国爱情类型片中人设的缺失，导致了IP创意的断裂。

本年度爱情片的另一个剧作问题是主控思想肤浅。即使是一个商业类型片，也需要一个深刻的主控思想作为故事内核的支撑，传达一种情感的价值取向，在观众心中引起一种情感共鸣。《从你的全世界路过》虽然故事情节的很多段落真情流露，语言优美，但是就主控思想的挖掘上过于庞杂。整个故事的叙事围绕三组人物，每一组人物都有对爱情的诠释和表达，导致整个故事对爱情问题的探讨不够统一。《微微一笑很倾城》虽然取材新颖，塑造了一个新的行业IT男的人物形象，但是就主控思想的挖掘上，该故事没有进行更为深刻的表达，只是就爱情谈爱情，丝毫没有借力打力，就爱情谈更为深刻的思考。《28岁未成年》同样如此，从人物塑造上，创作者没有挖掘主人公的心结，主人公在追求爱情的道路上，没有发现自我，也没有修整自我的过程，从心理上没有成长，造成这个故事的深度不够，人物立不住，在观众心中的移情也不够，没有好莱坞同类型电影中人物解决心结、在爱情中完成英雄人物成长的情节构建和主控思想的表达深度。

5. 恐怖惊悚片的同质化

2016年恐怖片和惊悚悬疑片在商业性和娱乐性上没有更多的类型创新和突破，同质化越发严重。为了摆脱套路模式，将窄化的观众群体拓宽，创作者们致力于类型杂糅，如惊悚元素与爱情元素融合的影片《魔轮》《魔宫魅影》，惊悚元素与古装元素融合的电影《聊斋新编之画皮新娘》。但是创作者没有在惊悚的类型本身进行更深的挖掘和塑造，如果恐怖惊悚类型片致力于在人物塑造上进行挖掘，从人物心结上塑造人物心理的惊悚和恐惧，那么，恐怖惊悚类型片能够在思想的表达和人物的挖掘上更为有深度。

在恐怖片创作中，类型杂糅是中国电影创作者采用的一种通用方法。《魔宫魅影》讲述的是民国年间，丽宫电影院原本也是一处醉生梦死之地，但在发生恐怖异常的人体自燃事件，在经历一场大火“意外”冲袭之后，各种闹鬼传闻一时间四散而起。青年导演顾维邦和电影皇后孟思凡准备在此拍摄一部以戏院为背景的惊悚爱情电影。电影拍摄期间，各种恐怖的猛鬼异象、无解的神秘事件及陈年的恩怨纠葛也在这座魔性的电影院内逐一袭来，最终揭开了孟思凡姐姐死亡的真相。《魔宫魅影》的创作者把爱情和惊悚两种类型进行杂糅，讲述了一个爱情复仇故事。复仇的情节设计往往会产生惊悚的观影心理，所以爱情复仇故事本身的情节定位就是惊悚类型片创作的一个情节基础。

《魔轮》讲述的是白富美刘晨晨和男友小川在机缘巧合下登上了气氛诡异的“天涯号”游轮，并与其他四位身份不明的中奖者一起进入紧张刺激的夺宝游戏中。然而，意外频发让这场诱人的夺宝游戏演变成置人于死地的疯狂杀戮。影片最后揭秘，这场疯狂的杀戮游戏是刘晨晨的母亲为了通过这个测试考察小川的人性，让刘晨晨看到小川的自私，从而精心设计的一个局。这个故事的情节模仿“杀人游戏”，故事以杀人游戏通关为主要线索，爱情情节作为故事的支线，配合以惊悚的元素，使得这个故事在观影的过程中，呈现惊奇、惊悚的观影效果。

影片《聊斋新编之画皮新娘》改编自中国古代经典魔幻小

说《聊斋志异》，影片主要讲述了书生休了被诬陷的发妻，路遇美女，一见倾心，将美女娶回家中，没想到新娘本是妖魔，谋害人命，原配在驱魔人的帮助下，除了妖魔，书生也与原配重归于好。由于魔幻小说中的鬼、魂、妖等人物的设计本身就具有一种惊悚、神秘的情节特质，所以该影片将古装与惊悚类型进行杂糅，创作上对原小说没有多大的创新和改编，算是中规中矩的一次改编创作。

2016年中国电影在剧本创作上，在作者化叙事、多种叙事方式融合、类型化叙事上都有探索和发展。电影剧本的创作由于创作者自身的艺术追求、美学素养、创作环境的不同，呈现出不同的发展态势。在类型化创作的道路上，在市场运营的机制下，由于市场的要求、观众趣味的引导，越来越多的电影趋向于类型杂糅，越来越多的创作者开始在多种类型融合的基础上讲故事。与此同时，部分创作者在讲述一个商业故事的前提下，包裹一颗艺术表达的内心，于是在类型化的创作之余，开辟了一条类型之下作者化表达的创作之路，完成了一种在类型创作和作者化创作之间的平衡。少数创作者不致力于对市场的考量，在单纯的作者化创作道路上坚持着自己对艺术、对美学、对人生的个人化表达。此外，由于电影叙事与多种叙事方式的共融性，改编创作成为电影创作的重要发展趋势，小说改编电影、戏剧改编电影的创作在电影剧作中成为一个重要分支。

第六章

2017年中国电影剧作艺术分析

每部电影都有不同的起点，从电影剧作源头来讲，改编和原创泾渭分明，改编往往建立在纸媒文学和网媒文学的基础之上，2017年度，纸媒文学改编的主要作品是《芳华》《不成问题的问题》《皮绳上的魂》《妖猫传》《嫌疑人X的献身》《解忧杂货店》等，尤以描写70年代文工团生活和人物命运的《芳华》、聚焦盛唐时代杨贵妃之死的《妖猫传》最为引人注目；网络文学改编的主要作品是《悟空传》和《三生三世十里桃花》，前者原作是网络BBS兴起的2000年，作家今何在发表于新浪网“金庸客栈”的取材于《西游记》的长篇小说，后者原作是作家唐七于2008年开始连载于晋江文学城网站的取材于上古传说的长篇小说，两部“网改”作品都取得了5亿以上的票房，但口碑均不好，其他一些“网改”作品票房和口碑更不好，这一现象似乎预示着网络IP改编的浪潮正在消退，其实质是剧作质量难负“盛名”。

从广义来讲，改编还有另一条路线：取材真实历史、真实事件和真实人物。2017年度的主要作品是《建军大业》《血战湘江》《明月几时有》《金珠玛米》《追龙》和《荡寇风云》，前边提到的《妖猫传》亦属此列。《建军大业》一方面承担着书写正史的责任，另一方面延续着《建国大业》开辟的由豪华阵容构成的群像式剧作样式，但又有战火青春元素的融入，这一策略旨在强化对年轻观众的吸引力。《明月几时有》则是另一种战火青春，影片着力塑造了香港文艺女青年方兰的人物转变，以护送滞留在香港的茅盾等知名文化人返回大陆的历史事件作为情节起点，引出东江纵队港九独立大队的抗战历史，谱写了一曲青春悲歌。就像《明月几时有》填补了中国电影中港九独立大队敌后抗日的空白一样，《金珠玛米》填补了1950年解放西藏的昌都战役的空白。票房和口碑双丰收的《追龙》，则讲述了20世纪六七十年代香港大毒枭跛豪（甄子丹饰）和“五亿探长”雷洛（刘德华饰）的传奇故事，这部影片剧作上的突出之处是将英国人设为终极反派，在过去的香港黑帮片类型基础上叠加了民族主义情结，拉近了与当下大陆观众的距离。

民族主义情结也是现象级电影《战狼2》的制胜法宝之一，该片勇夺年度票房总冠军的另外两个剧作上的制胜法宝是快节奏、高密度的动作类型叙事和个人英雄主义的人物设定。《前任3：再见前任》是另一部现象级电影，这部口碑两边倒的电影凸显出电影剧作在观众审美接受上的一个重要的但一直被忽视的概念：审美隔离，同时，这部影片对伦理底线的触碰也值得关注和警惕。上述两部电影均为系列片运作模式，并且都惊人地呈现出在剧作上和票房上后浪高于前浪的现象。2017年是系列片令人瞩目的年份，除以上提到的两部影片之外，重要的系列片作品还包括《春娇救志明》《西游伏妖篇》《京城81号2》《绣春刀之修罗战场》和《杀破狼·贪狼》。

强调个人表达、具有鲜明作者风格的电影除了前面提到的改编作品《芳华》《妖猫传》《不成问题的问题》和《皮绳上的魂》以及取材于历史的《明月几时有》之外，本年度还有为数不少的较为突出的原创剧作，主要作品是《嘉年华》《暴雪将至》《冈仁波齐》《八月》《乘风破浪》《引爆者》《老兽》《相爱相亲》《健忘村》和《一念无明》等。类型剧作探索与创新的突出作品是叠加恐怖元素的喜剧片《妖铃铃》和叠加二次元元素的青春片《闪光少女》。本章将从剧作角度，对改编作品中的几部风格化影片进行对比分析，而对原创作品，将分别从艺术创新性、现实指向性、类型探索与创新上选取若干案例进行分析。

一、改编剧作作者表达的不同向度

1.《妖猫传》与《芳华》：两种接受机制

陈凯歌善于把简单复杂化，冯小刚善于把复杂简单化，因而《妖猫传》和《芳华》的剧作有不同的观众接受机制，前者给目标观众带来解读的快感，后者给目标观众带来移情的快感。

《妖猫传》的开端，是动作悬疑推理类型剧作建置：日本年轻僧人空海顶替师父渡海赴大唐求无上密法，却被当作驱邪师唤入宫内给德宗皇帝驱邪，惶恐之间，皇上突然暴毙。空海结识了起居郎白乐天，并发现宫中可疑的妖猫痕迹。白乐天当起居郎其实是为写《长恨歌》做田野调查，他的创作冲动来自李白写杨贵妃的神作“云想衣裳花想容”对他的刺激。一个想求无上密法，一个想写辉煌诗作，成为本片最终极的人物需求，这两条心路历程线是虚的，因此通过两人结成侦探搭档揭开妖猫案真相形成实的动作线，也就是叠加了动作悬疑推理类型。这条动作线，以“剥洋葱”的方式展开，按类型叙事规则来讲，每剥一层“洋葱”都会“辣眼睛”，且越来越“辣”，即观众的代入感越来越强，直到大 BOSS 露出真面目最后一搏，空海与白乐天陷入生死危机，逃出生天，最终揭开妖猫案真相，观众在这个高潮段落获得观影满足。三十年沉冤昭雪，空海证得无上密法，白乐天写出煌煌大作，各得其所。但陈凯歌显然不会做这么简单的模式化剧作，首先去掉大 BOSS 设定，原本观众以为妖猫兴风作浪一定越来越惊心动魄，没想到中途就解了猫谜，其后的剧情，借阿倍仲麻吕日记来了个 U 形转弯——“忆昔开元全盛日”，又借白龙（妖猫）和丹龙再次转弯——影片其实是要解开马嵬坡之变中杨贵妃之死这个千古之谜。影片后半程变成三场大戏：极乐之宴、贵妃之死、尸解大法真相，因为叙事视点的两次转变，大侦探空海和白乐天彻底成了打酱油的。带着类型观影心理的观众可能以为自己看了两部电影，而习惯陈凯歌电影套路的观众则因影片给出太多复杂变数、太多解读入口而倍感兴奋。

严歌苓的小说《芳华》是应冯小刚文工团题材电影计划而写，属命题作文。因其作品一向有女性母题，并且其本人对七八十年代文工团生活有切身体验，该小说以第一人称女性视角，“追忆”了那段岁月和身边人物命运，并采用非线性叙事手法，以思绪缝合各个叙事版块。小说对各个女性人物开掘较深，尤其赋予最重要的人物何小曼生动丰富而充满磨难的前史，使其形成特有性格。在电影剧作中，何小曼改名何小萍，前史或虚化或改变（比如父亲设定）。其他主要人物比如刘峰也进行了人物前史虚化和形象调整。此外，改编中捋顺了叙事时间线，以人物旁白补充叙事。这些化复杂为简单的刀斧功夫，虽然削弱了原作的主题深度、人物深度和现实根性，但是增强了观众的代入感，人物关系和叙事线索更加清晰，煽情效果得到加强。比如，电影中何小萍开场给劳改中的父亲寄照片，一直没有收到回信；在影片高潮段落，何小萍收到父亲去世后遗物中那些没有发出的信，在读信的画外音中，观众潸然泪下。冯小刚电影向来善于煽情，抒发个人情怀，并有真诚性。《芳华》所涉及的特定时代洪流中的青春，在20世纪80年代的《天云山传奇》《青春祭》《芙蓉镇》等电影中，均具有批判、思考和情感的穿透力，《芳华》则更重在挖掘不完美人性中的感伤层面。冯小刚的题材和套路驱动了众多中老年观众走进影院并给予好评，在扰动我们记忆里深埋的敏感神经的同时以泪水作为安慰剂。

2.《明月几时有》与《追龙》：两种身体位置

2017年是香港回归20年，香港电影人北上，带动了中国电影产业重新兴起。来自香港的电影创作者，在大陆生活体验越来越深，对大陆观众心态和观影需求的把握也越来越准，因此越来越多的电影剧作能够有效击中大陆观众的心坎。同时，此去经年的怀乡之情也会成为越来越深的欲罢不能的焦虑。《明月几时有》和《追龙》正是这一焦虑的具体呈现。

《明月几时有》在剧作上采用了双时空结构，黑白镜头中，当年东江游击队小队员彬仔面对许鞍华的采访镜头回忆方兰和刘黑仔，插入彩色空镜头，进入过去时空，展开游击队营救文化名人撤回大陆的段落，由此建构出三组人物：刘黑仔和游击队、方兰和母亲、李锦荣和日军大佐，这三组人物展开香港抗日卷轴，最终汇聚于方兰母亲因送情报被捕后展开营救的高潮段落，并收尾于彬仔接受完访谈后开出租车于彩色现实时空的街巷中远去。这种结构处理方式，使影片产生穿越70年的历史回望感，更重要的是，借由彬仔的讲述，建立了局内人视点，传达出“我们讲我们的故事”这一创作支点。《明月几时有》塑造的人物形象、呈现的人物活动空间、叙述的历史事件，为抗战题材电影补上了一块有点另类的拼图，这块拼图向七十多年后的观众传达出香港人参与抗日战争付出的鲜血和青春。影片片名源于李锦荣和日军宪兵司令部大佐的一场关于苏东坡诗词的对话，大佐将“明月几时有”记成了“明月何时有”，李锦荣纠正他，接下来俩人在对“几”和“何”的用法探讨中，大佐突然命令李锦荣用“明月几时有”开头做“七步诗”，李锦荣始而惊愕，继而出口成诗，并借诗作表达怀乡之情。《明月几时有》的剧作明显突出了创作者身体位置的在地性。

《追龙》与《明月几时有》一样，着力于专属香港环境空间氛围的营造，刻画了九龙寨城特有游戏规则下香港最底层民众众生相，给观众一种重新看到老香港黑帮电影的强烈感觉。在《追龙》之前，这两位出身潮汕的、20世纪50年代到70年代叱咤香港的风云人物吴锡豪（跛豪）和华人探长吕乐早已被分别改编为两部传记片，《追龙》在人设的创新之处是把两位传主紧紧捆绑在一起。影片开端，心有青云之志但被蔑视的华人探长雷洛遇到因供养弟弟上学不得已卷入黑社会街头械斗的“港漂”阿豪，从此缔造了港英时代警察与黑帮之间的“兄弟情”。创作者将两位陷于淤泥的主人公“洗干净”的方式，一个是建构情感史，一个是树立大反派。编剧为阿豪建置了老婆孩子因偷渡而惨死、弟弟因吸毒堕落这两条情感线，使观众深深同情阿豪，使跛豪一步步成为大毒枭的命运具有悲剧性。编剧为雷洛设置警局内部的对头，原本清白的雷洛因被歧视、被蔑视而黑化为“五亿探长”，颇似文学名著《红与黑》的主人公于连。为了更有效建置两位主人公的情感，编剧又强化了兄弟情：雷洛身边的猪油仔，跛豪身边的大威、细威、哑七。《追龙》最重要的人设是反派设定：始终与雷洛、跛豪作对并引发终极对决的华人探长颜童、英国警司亨特，这两位更黑的反派的设定，“洗白”了很黑但很重情感、很重义气的主人公。尤其亨特作为终极反派的设定，使影片以民族主义情结打底，创作者的身体位置移向了大陆观众一边，达到视点认同。

3.《皮绳上的魂》与《不成问题的问题》：两种孤独求索

《皮绳上的魂》是一部走向孤独的电影。这部影片是扎西达娃根据自己的两部小说《西藏，系在皮绳结上的魂》《去拉萨的路上》和导演张杨一起改编的，讲述一个有关寻找和救赎主题的故事。这部影片在剧作上采取了套层结构，并平行展开两条情节线，第一条情节线是，杀生无数的猎人塔贝，经活佛点拨，决心将圣物天珠护送到神秘的莲花生大师掌纹地，途中遇到牧羊女琼，发生一夕之欢，怀孕的琼一路寻找、追随和感化塔贝；另一条情节线是，郭日一直在寻找塔贝为父亲复仇，哥哥占堆一直在寻找郭日，试图阻止他卷入世代复仇的因果怪圈。以上剧情其实是作家格丹正在构思的一篇小说，他一路追踪小说中的塔贝和琼，找寻这段救赎的终极意义——这是影片的外层时空。导演张杨在接受访谈时说：“从某种意义上，我和那个作家的感觉非常接近，作家所谓的在寻找他小说中的人物，其实就是在寻找自我。你也可以理解为最后他找到自己了，回忆到小时候的责任、小时候的天珠，最后拿着天珠说咱们继续往里走。小说里的主人公往往投射为作家另一个层面的自我，所以这里面的塔贝也可以理解为作家的另一面，塔贝就是在赎罪。他懵懂地得到了一个天珠，但要去完成一个使命，意思是他在这个过程中去赎清所谓的‘罪孽’。小说家到最后碰到塔贝的时候说‘我终于找到你了’，意思是我终于找到自己的责任。我更希望这个电影的指向性是往这个方向去寻找‘救赎’的概念。”编剧扎西达娃在访谈中说：“2008 年由于种种现实的原因，拍摄搁浅了，一直搁置到2014年重新启动，张杨导演的创作思路有了变化：新的想法是不考虑票房，彻底从创作出发，做个艺术电影。”（引文均出自《〈冈仁波齐〉和〈掌纹地·皮绳上的魂〉主创访谈Q&A》）

由此可见，最终呈现在银幕上的电影《皮绳上的魂》，是一部创作者寻求理想化的、自我表达的电影，因而在观众接受上门槛颇高，显得颇为小众。《皮绳上的魂》的套层结构和主题表达，可以与《妖猫传》对比。两者的主题都大于文本，并在观众接受上有晦涩感和多重解读性。两者又都沉迷于创作者和证道者的心路历程，这一历程既披荆斩棘，又无比孤独。

《不成问题的问题》2016年摄制完成，于电影节大放异彩，2017年于院线上映，是又一部走向孤独的电影。在老舍先生的作品中，这是一篇没有受到太多关注的短篇小说。短篇小说的架构对电影改编来说，有非常大的想象空间或再创作空间。需要把很多虚化的背景信息做实，需要把一笔带过的情节做详细，必要时，要增添新的情节线和新的人物。《不成问题的问题》改编就遵循了这些思路。比如，原作中没有许宅，没有许老板、三太太、童小姐，都是编剧在改编时添加的，以达到拓展农场空间，与大时代背景产生关联、群像化的目的。这部有鲜明作者印记的电影，在剧情上远离当下，在剧作上婉约细腻，在美学上复古，在主题上以文人思路探讨“中国式人情”，对当下碎片化浅表性思考的速食观众来说，显得水土不服，有一种“落花人独立”般的孤独感。

二、原创剧作的探索创新与现实指涉

1.《嘉年华》：性别控诉

《嘉年华》是《白日焰火》制片人文晏自编自导的第一部电影作品。该片采取双线叙事，展开了两组由女性构成的人物关系和故事线：在海边酒店打黑工的未成年少女小米和她的同事莉莉；在酒店被性侵的未成年少女孟小文和同学张新新以及小文妈妈，而女律师郝洁是小文和小米两条线之间的桥梁，她要从小米那里找到小文被性侵的证据。按照各个女性角色的年龄排列的话，依次是：被性侵的12岁正读小学6年级的小文，被男同学取笑的新新，没有身份证、不知道自己确切出生日期的15岁黑工少女小米，20岁左右、夜生活暧昧不明、做人流后说“下辈子再也不当女人了”的莉莉，与丈夫分居、对女儿疏于关心、事发当晚跳舞到半夜两点才回家的小文妈妈，大约40岁、感觉像是经历复杂、全力为性侵案寻找证据的女律师郝洁。在影片的这个时间点上，每个女性角色都站在人生的分叉路口，低年龄段女性都有向高年龄段女性命运发展的可能性：“小文可能会长成小米，小米大一点也许会变成莉莉，莉莉可能会成为小文母亲那样的女人……”[①]影片中预示最明显的是小米，她几乎步了莉莉的后尘，而就在小米接受性交易的最后时刻，她突然冲出房子，砸开电动车上的锁链，“逃亡”在空旷的路上，此时，影片中最重要的象征物——原本竖立在海岸边、着一袭白裙的玛丽莲·梦露塑像，躺在一辆卡车上，与小米擦肩而过。

这尊高大的塑像象征着什么呢？“她”矗立于海边，被观看、

① 刘悠翔：《面对性侵害，“不要发一通愤慨就结束了”——电影〈嘉年华〉中的成长之痛》，《南方周末》2017年11月30日。

被窥私、被合影、被模仿——不管是男性，还是女性。在男权依然当道的社会，这尊塑像依然昭示着波伏娃所指的女性“第二性”属性。影片结尾，看上去塑像已被拆除，小米已打破“锁链”，小文在父亲那里恢复了些微亲情，但“往何处去”仍然是个巨大的问号。影片中小文被第二次做身体检查的那个场景，几个医生轮番上前对小文做体检的镜头、小文悬于床下的双脚、被打开了的玻璃窗空镜，几乎让人窒息，不由得脑补可能会发生的情况。影片中的男性角色，除了逃离主流社会的失败者小米爸爸外，要么是施暴者（刘会长），要么是诱惑者（小建），要么是自保者（旅店经理），要么是包庇者（王队长和二次体检医生），要么是权力和利益的屈服者（张新新爸爸）。女性是被侮辱与被损害的人，男性是侮辱与损害的动作发出者，背后是男权社会，《嘉年华》以女性特有的非暴力方式进行了一场性别控诉。

在《嘉年华》之前，中国电影中鲜有从女性视点出发对多个年龄段的女性遭遇到男性的“侮辱与损害”做群像化关联、做绵里藏针式的控诉。其剧作结构、人物和人物关系设置、视觉象征和主题表达，都呈现出可贵的新鲜度。

2.《暴雪将至》：时代寓言

《暴雪将至》的主体剧情设置在20世纪90年代国企改革、下岗大潮暴发前后的中国南方某城市，该地发生了多起连环杀人案，某工厂保卫科干事余国伟渴望利用这个机会参与破案立功，成为“劳动模范”，进而进入公安系统获得人人羡慕的“事业编制”。这部电影除了在导演风格上非常突出之外，剧作上也颇有创新。创新主要体现在人物塑造和超现实时空设定上，因而与韩国经典电影《杀人的回忆》迥然有别。创作者对主人公余国伟的塑造，既有基于现实的度量，又加强了时代基因，使之成为特定时代某一类被扭曲人物的缩影。余国伟的扭曲，在剧作上主要通过两个手段：一个是他和女主人公燕子的人物关系建置，一个是余国伟主观视点下对自己劳模身份的“虚幻性”代入。来自外乡的燕子在这座城市从事着暧昧的职业，对余国伟散发着欲望诱惑，而孤身住在工厂宿舍的余国伟，专注于破案立功改变身份，这种更强的诱惑完全抵消掉了燕子的肉身和爱意，当燕子意识到余国伟接近她、帮助她只是把她当破案诱饵之后，强烈的孤独感叠加了虚无感使她只能选择跌下高高的铁路桥自我毁灭，两个孤独的人始终是两座相望的岛屿。余国伟遭受的“虚无感”重击是在多年之后，出狱的他重返已成废墟的厂区，看门老头一口否认了余国伟的劳模身份，使1997年评选劳模的职工大会成为虚幻的时空，余国伟的记忆就像那个场景中飘落下来的人造雪花。同样来自外地，希望办完最后一桩重案后回北方家乡养老的警察老张，像燕子一样始终未能离开这座城市，在养老院中空转着已瘫的大脑。影片最后，获知案件真相后的余国伟仿佛如梦初醒，想要乘坐长途汽车离开这座城市，此刻，真实的雪花终于降临。

《暴雪将至》剧作上有几场非常有冲击力的戏都是有关这个工厂的：工人们聚集在工厂大门外，只有寥寥无几的人获得了继续进入大门的资格，这场戏与影片之前挤满上下班人流的工厂大门形成强烈对照；还有影片结尾，在众人围观中，工厂被炸掉，一个时代彻底化为虚无。《暴雪将至》剧作上的缺点也非常明显，因为过于注重内容的表意性，使观众很难进入叙事，很难理解人物，吸引力的大幅度下滑，也就极大降低了观众对影片主旨的接受度。

3.《冈仁波齐》：虚实界限

《冈仁波齐》在2017年的电影中非常醒目，在中国电影范畴内，该片在电影剧作本体探索上具有突出的创新度。首先，很难用虚构或纪实、剧情片或纪录片为该片明确归类。全部启用非职业演员出演剧情片这种做法并不新颖，经典案例很多，意大利新现实主义电影、阿巴斯、达内兄弟、贾樟柯、李杨均善于此道，张艺谋也曾创作过《一个都不能少》。而让全部非职业演员本色出演自己，就非常少见了。与《冈仁波齐》这一观念与方法相似的电影，是意大利的塔维亚尼兄弟编剧并导演的《恺撒必须死》，较为相似的还有阿巴斯的《特写》，都混淆了剧情片和纪录片的界限。然而，《冈仁波齐》虽然看似纪录片风格，实际上张杨对非职业演员的挑选非常“剧情片”思路，也就是预设了主题、重要情节点，并强调了戏剧性。比如杨培这个角色的选择，创作者看中了真实生活中杨培哥哥，也就是尼玛扎堆的父亲带着未能去朝圣的遗憾离世这个点，因此预设了“杨培”的情节线终点是“朝圣而死”（整个影片唯一一处对人物的虚构），再比如次仁曲珍这个角色的选择，预设了磕长头朝圣之旅中“分娩生子”的情节点，恰好对应了杨培的“死”，而次仁曲珍的19岁妹妹斯朗卓嘎在16岁时嫁给了尼玛扎堆家的三个儿子。还比如仁青晋美这个角色的选择，创作者看中了2012年曾发生在仁青晋美家里的因建新房运木料导致两死一伤的车祸这个真实前史，预设了赎罪主题。其他角色的选择也都特别看重人物的真实前史可能带来的主题和戏剧性。由此可见，在漫长的朝圣途中，表面看上去没有明显的戏剧性情节设计，实质上戏剧性冲突都蕴含在真实人物的前史里，影片更强调的是内心冲突，强调的是这趟漫长的、慢节奏的、不断重复的、充满仪式感的磕长头之旅，使每个人物内心经受考验、得到觉悟、实现净化。影院中的观众，暂时隔离了喧嚣的、充满压力和烦恼的快节奏的现实生活，逐渐和银幕上的时间节奏、银幕上的旅程合拍，与银幕上的人物一起，实现了一次“洗眼洗脑”的“朝圣之旅”。

《冈仁波齐》尽管选取了非职业演员本色出演自己，途中的遭遇看似随意，实际上大多数都是剧情设计，这种创作方法会给其他创作者提供很好的启发。“拍摄《冈仁波齐》的时候非常自由和随意，它没有剧本，有很多即兴的东西……”①，“《冈仁波齐》虽然是极致的写实，但它的故事也都是精心编排的，只不过这种编排，我们都能从生活里找到真实存在的依据。它是在一个剧情片的范畴里，采用了纪录片的拍摄手法，情节设置也都来源于真实的生活和人物，所以电影内部的真实感会非常强烈。”②

4.《相爱相亲》：爱的困境

《相爱相亲》在剧作上建置了几组相互呼应的情感困境。老一代是外婆、外公、姥姥（阿祖）之间的纠葛。外公于20世纪40年代离开家乡，在城里与外婆自由恋爱并于1953年结婚生女，而乡下的姥姥因为“守贞”一直视外公为丈夫并始终未再嫁，外公去世后归葬乡下，姥姥一直守坟，外婆去世后因为合葬问题导致“二女争夫”这出大戏的上演。中老年一代是语文教师岳慧英和驾校教练尹孝平。尹孝平年轻入伍，岳慧英一直等其归来并冲破家庭阻力与其结婚，两人相濡以沫，却因老一代迁坟合葬问题产生分歧，并因驾校学员王太太和学生家长卢明伟的介入使得稳固的婚姻关系出现裂缝。年青一代围绕着电视台编导薇薇、歌手阿

---

① 张杨：《通往冈仁波齐的路》，中信出版集团，2017，第197页。

② 同上书，第203页。

达和阿达家乡女歌手朱音展开。阿达原本要去北京寻找梦想，却因为和薇薇相爱滞留这座中原城市两年，朱音带着孩子找上门来，薇薇应激反应中要与阿达领证结婚，形成与老一代呼应的“二女争夫”的局面。老一代情感困境的最终解决，是因姥姥看到外公和外婆七十岁合影中的形象与自己记忆中年轻的外公形象差异太大，醒悟自己爱的人其实只是记忆中的那个人而已，因此放手让外公的遗骨“进城”。中老年一代的情感复苏，是岳慧英看到尹孝平给自己准备的退休贺卡、乘坐尹孝平自己做主买下的新车、听着尹孝平哼唱《花房姑娘》，猛然醒悟自己梦中那个模糊的男人形象其实正是年轻时候的尹孝平达成的。年青一代情感困境的结局是，尽管薇薇消除了阿达与朱音母子关系的误会，但阿达决意离开这座城市去北京追梦，临行前薇薇一句“我是不会等你的”放下这段情感。老一代和年青一代的情感关系呼应最强，姥姥和薇薇两位女主人公都经历了从“抓住”到“放手”的心路历程，姥姥试图“抓住”的象征物是一口棺材（合葬），薇薇试图“抓住”的象征物是一纸结婚证，棺材和结婚证，其实——都拴不住男人的心。

老一代的爱与守贞，通过很多意象性道具来揭示：村里姥姥的爱情——家书、贞节牌坊、合葬的黄土和棺木；城里外婆的爱情——合照、骨灰盒和回忆。姥姥守着的是贞操观和短暂记忆，而外婆的爱情是实实在在的相伴和一起变老。当姥姥收到与外公的PS合照时，她笑得像个孩子，十分珍惜、眷恋地摩挲着照片上的外公，擦拭落在上面的雨水，结果不小心把外公的脸“擦没了”，她大哭起来——影片中专属于老一代的、有冲击力的情节和细节对年轻女性观众有很强的感染力。然而，女性作为“第二性”的惯性思维非常明显，主题上显得老旧和刻意，某些人物概念化大于个性化。《相爱相亲》对中老年这组人物的情感困境把握与描摹更具有现代性，胜过了其他两组人物，感染力很强，也更加具有现实指向性，很可惜这条线展开不够。《相亲相爱》更具当下批判性的其实体现在一些次要情节上，比如薇薇所在的电视台不择手段录制具有传播爆点的“二女争夫”节目，比如岳慧英试图取得薇薇外公和外婆的婚姻证明但屡次被开具各种证明的程序所阻。

《一念无明》与《相亲相爱》一样聚焦于家庭伦理，但与《相亲相爱》对爱情主题的探讨不同，该片从探讨亲情关系入手，进而从人情主题深入人性主题，现实批判性更强。但该片在剧作上较为遗憾的是想要的东西太多导致失焦——原生家庭问题（腿脚不好精神躁郁的母亲、长期在外奔波的父亲、远赴美国留学不再归来的哥哥），父子关系问题（父亲不得不照顾并提防和自己有隔阂的、出院后和自己住在一起的儿子），赡养问题（父亲期盼大儿子从美国归来遭到拒绝反被劝进老人院，导致父亲愤怒情绪暴发），躁郁症问题（阿东因躁郁症误杀母亲、出院后难以完全康复），友邻问题（人人自保），赚钱供房压力问题（阿东借钱炒股亏掉），宽恕问题（前女友在教会的告解）……对比同在2017年上映的美国电影《海边的曼彻斯特》，其简约节制的剧作策略反而极大地强化了影片叙事张力和生活的悲剧性。

《八月》的剧情像《一念无明》一样展开于一对父子之间，但在叙事上采取了儿童视点，并借由张小雷的儿童视点，呈现了中国90年代国有企业转型期对普通人命运乃至人生梦想的冲击，在题材上填补了电影表达的空缺。影片在剧作上采取写实风格并且毛边化处理，生活质感和时间感扑面而来，但情节线的铺陈显得冗杂，叙事节奏有些失调。

三、类型剧作的续集“神话”、探索创新与观众接受

1.《战狼2》：家国英雄和标语口号

《战狼2》剧作有如下几个重要策略：第一，主题上，在《战狼》“犯我中华者虽远必诛”口号基础上叠加了“在你身后有一个强大的祖国”口号，强烈的爱国主义情怀促动了观影大潮；第二，人物塑造上，继续采用《战狼》中“有缺点的英雄人物”模式，并更加突出个人英雄主义，与好莱坞同类型电影的人物塑造遥相呼应，在观众接受上增强了对人物的粉丝黏性；第三，情节驱动力上，以《战狼》建置出的男女主人公情感关系为破题点，以一颗杀害龙小云的特殊型号子弹为重要道具构筑了一条复仇线，使冷锋人物动机个人化、情感化，突破了以往主旋律电影主人公崇高使命感的动机设置，避免了观众的排斥心理；第四，《战狼2》的动作桥段铺排目不暇接，节奏快，视觉奇观强，比如水下擒海盗、街头挡火箭、单臂挂飞车、肉搏无人机等在国产片中有较新创意的动作场面都给观众留下深刻印象；第五，除动作桥段外，泪点桥段也格外多，从影片开始的强拆和送骨灰场面到影片结尾的臂擎国旗过交战区场面，极大满足了观众的泪腺；第六，不同于《战狼》的边境作战，开辟了海外“战场”，特意设置了“毒箭”情节点，构筑了有一定新鲜度的奇观，迎合了出国旅游大潮和务工大潮群体的安全焦虑。《战狼2》并置了家庭、国家、英雄这几个关键词，三者叠加产生了催化效果。《战狼2》剧作上的明显问题是某些场面的煽情性超越了叙事性，口号式主题也冲破了银幕，人物行为的刻意性超过了合理性，总之，度的掌握不够好。

2.《前任3：再见前任》：审美隔离和伦理底线

《前任攻略》系列和《战狼》系列一样缔造了续集神话，也与《战狼》系列一样引发了争议但争议焦点不同。《前任3：再见前任》形成了褒贬两极化的观影人群，其原因是多重性的，观众接受机制中的“审美隔离”在暗中作祟，不同观影群体、不同的经验值和兴奋点带来了不同接受效果，不同的价值观“正确”标准也使观众有不同的站队。由此可见，《前任攻略》系列与前几年的《小时代》系列有很强的可比性。“审美隔离”带来不同的观影感受和价值判断非常正常，各自发声是民主社会的基础，各种声音的相互撞击也会使开放性的创作者突破自己的审美象限，获得创作提升，但因“审美隔离”而口诛笔伐、唯我独尊、党同伐异，就与民主社会背道而驰。

《前任3：再见前任》超越了该系列两部前作，其剧作上的有效策略是：第一，爱情片中两性战争的类型建置，由孟云和林佳情感关系构建的情节主线以“你作我也作”拉开战幕，却以“你痛我也痛”落幕，从而为观众揭示出“珍惜眼前人”的主题，上演了一出“喻世明言”，使“前任”这个敏感话题降落在安全区。第二，桥段设计总体思路是彰显具有较高消费门槛的都市夜生活时尚，给大多数普通工薪阶层年轻观众，尤其是三四线城市观众呈现一种“高阶”生活方式，这幅展开的夜生活长卷具有奇观满足效果。但需要注意的是，这种奇观如此之远，又如此之近，在年轻人满足当下、以透支刷存在感的消费心理机制下，影片具有危险的越级消费的诱惑力。第三，编剧在孟云和林佳这条人物情感关系链上建构人物三角，给孟云配置了颇具情感攻击性的富家女王梓，给林佳配置了颇具暖男气质、备胎功能的老同学，使两位主人公情感关系滑向不可逆的危机并营造了男主人公孟云在两难选择中难于放手的虐心一幕。第四，由余飞和丁点情感关系建置的分手大战情节线，充满戏谑感，对应了孟云和林佳这条线的虐心感，观众在一虐一谑中体验张弛节奏。在剧作上，《前任3：再见前任》明显烂尾，孟云和林佳在彻底放手之前的“自虐”之举过于夸张，尽管前边有铺垫但严重矫情，这种“霸王硬上弓”的情节安排使观众出戏。此外，该片明显有所谓的“低俗趣味”倾向，比如“微信群聊骚”“好兄弟泡双胞胎”桥段，那句让人耳朵窘得发烫的台词“没用过，干净”，不但触碰了伦理底线，更有洋洋自得之嫌，这是必须警惕的。

3.《闪光少女》：青春质感和剧作逻辑

讲述中学生校园生活并聚焦于中学生情感成长的电影一直以来偏少，近年来屈指可数的重要作品是《十三棵泡桐》《青春派》和《左耳》，此外还有几部回忆体、穿越体的电影。再往前追溯，这一题材的作品大都创作于20世纪80年代并且数量不多，重要作品如1985年由陆小雅和铁凝编剧、陆小雅导演的《红衣少女》，1986年由史蜀君编剧并导演的《失踪的女中学生》。从这个角度讲，讲述当下中学生校园生活和情感成长的电影《闪光少女》难能可贵。《闪光少女》的剧情发生在一所音乐学院附中，人物和剧情建置是：女主角陈惊主修民族乐器中的扬琴，几个女配角同样主修民乐并具有“二次元”属性，“女孩帮”和功能性的男闺蜜“油渣”一起组建乐队、“PK”西洋乐刷存在感，进而达到女主角博得“钢琴王子”青睐的目的。这部电影的剧作亮点是：将音乐元素、二次元元素融入青春成长类型，新鲜亮丽的青春气息，纯净美好的情感，生动幽默的台词和细节。剧作上的弱点则是，人物塑造较为单薄，尤其次要人物，油渣秒变帅哥有点突兀，四个二次元女孩的形象有些概念化；情节设置上女主人公解散乐队有其心理逻辑合理性，但内心转变、重组乐队的动力不足，太靠外力了，如果陈惊的转变不是因为突然现身的妈妈有关扬琴的一番话，而是内嵌在情节链条上的一个叙事性的情节点，化外力为自我突破或自我觉悟，就更符合剧作法，也能真正完成成长主题。

4.《妖铃铃》：类型突破和类型偏差

《妖铃铃》是2017年度在恐怖类型和喜剧类型融合上有所突破的案例。恐怖感和笑点营造之诀窍，是必须建立在观众的日常生活经验和类型观影经验基础之上，因此喜剧片和恐怖片本就是两种最难的类型片，最难控制尺度，最难把握观众接受度，最难跨越国界、跨越文化，而将喜剧元素和恐怖元素融合在一起更难。其实好莱坞电影早已形成丰富经验，比如《惊声尖笑》系列、《僵尸肖恩》等，究其规律不难发现，《惊声尖笑》系列是对好莱坞经典恐怖片的滑稽模仿、恶搞、解构，《僵尸肖恩》显然以经典僵尸片固化的类型元素为材料进行喜剧化改造。中国电影在恐怖类型喜剧化上尽管已有尝试，但还处于经验摸索阶段，《妖铃铃》将这一类型探索向前跨进了一步。向前跨进的基础主要是中国喜剧电影类型经验已有很好的积累，因此，《妖铃铃》具体的突破点是在恐怖类型叙事里考虑了观众日常生活经验，较好地完成了喜剧情境建构、喜剧性格设定和笑点的拿捏，比如装鬼吓人的剧情设定、影片开端送快递的桥段、徐大富（沈腾饰）和徐天宇（岳云鹏饰）的人设。但影片有比较明显的类型偏差，首先，因为涉及拆迁“钉子户”这个话题，并且作为情节主线去铺排，现实批判性很强，使得影片中段的某些剧情既不恐怖也无笑点，反而有些沉重；其次，恐怖片是小众类型，经典梗往往对大众无效，恐怖喜剧的立足点是以小博大，以新鲜创意取胜；最后，从观影心理来讲，恐怖类型片的受众群体以年轻观众尤其是青少年为主，这就是校园恐怖片、青春恐怖惊悚片盛行于美国的原因。《妖铃铃》的恐怖喜剧类型尝试在创意起点上如果充分考虑以上状况，就会走得更好。

2017年度的中国电影，如前所述，改编片和系列片占据主导地位，而叠加了魔幻、奇幻、犯罪、冒险元素的动作类型片包打天下，其中某些作品剧作质量不错，还有几部电影打出科幻牌，但剧作欠佳。本年度喜剧片数量较多，在剧作上脱颖而出者较少，其中重要作品是已经形成了“厂牌效应”的《羞羞的铁拳》以及大打情怀牌的《缝纫机乐队》。本年度犯罪悬疑片数量较多，但佳作较少，较为重要的作品有《记忆大师》《心理罪》《嫌疑人X的献身》等。本年度恐怖惊悚片数量更多，但剧作普遍较差。2017年度非常值得关注的是涌现出一些作者表达欲望强烈、剧作新鲜度较高并具有一定思考锐度的风格化剧作，其中很多是新锐创作者的作品。创作者形成梯队，类型上逐步成熟，风格上呈现多样探索，观众上开拓边界，如此，中国电影的剧作水平才能稳定且良性提高。

第七章

2018年中国电影剧作艺术分析

2018年院线电影中涌现出一批剧作完成度较高、具有现实指向性、意在表达社会焦虑的选题。《我不是药神》取材自“陆勇案”，上映后掀起民众对高价药的热议；《快把我哥带走》则在国家全面放开二胎政策的背景下揭开了双子女家庭中的成长问题；2013年出品的《狗十三》于2018年公映，这部影片讲述了一位13岁少女遭遇并陷入丑陋的成人世界的痛苦过程；《超时空同居》奇幻的外壳下讲述的是青春梦想被黑暗欲望吞噬后的救赎；《来电狂响》则以喜剧形式针砭现实中出了状况的婚姻、情感、家庭。

人物塑造是电影剧作的核心任务，塑造出独特、生动、难忘的人物形象是创作者最重要的艺术追求之一。本年度剧作中的两类人物泾渭分明，一类生长于现实生活，如《阿拉姜色》中的罗尔基、《狗十三》中的李玩；一类生长于技巧，如《我不是药神》中的主人公程勇，这几个人物形象的塑造在2018年度中国电影中具有明显的突破性。此外，《江湖儿女》《北方一片苍茫》《找到你》等女性题材影片在女性人物塑造上也很有特点。

在叙事层面上，通俗化叙事具有一定标杆性的影片有《我不是药神》《红海行动》《无双》和《快把我哥带走》，完成度较好的影片还有《找到你》和《无名之辈》。而个人化叙事中比较独特的两部影片《地球最后的夜晚》和《冥王星时刻》则呈现出了自我诊疗意味。此外，本年度涌现出几部具有明显的寓言化叙事倾向的影片，如《一出好戏》《动物世界》和《影》，与此三部影片相似，但又具有主题和叙事复杂性的是《邪不压正》。

一、一种焦虑

1. 民生问题：《我不是药神》

选题是剧作之本，也是电影项目开发之源。选择现实题材进行电影创作是中国电影的传统。如何从现实中抓取对市场而言有价值的选题或者素材？首先，是这个选题或素材必须蕴含某种“社会焦虑”，即具有社会普遍性、在现实中沉积已久又难以解决的、具有高敏感度或高危险性、具有病毒性话题传播可能性的现实困境。这些困境已经发生或者有可能发生在每个普通人身上。追溯新时期以来的中国电影，会发现早有这样的典型选题，比如1992年的《秋菊打官司》，讲的是民告官的故事；1992年的《大撒把》，讲的是出国大潮背景下留守丈夫和留守妻子所面临的情感和道德考验；1993年的《站直啰！别趴下》，讲的是市场经济大潮下的价值观焦虑和邻里冲突；2001年的《谁说我不在乎》，讲的是人到中年的婚姻焦虑；再比如冯小刚创作的《没完没了》（1999）、《一声叹息》（2000）、《手机》（2003）、《非诚勿扰》（2009），剧情关键词分别是“拖欠薪酬”“情感外遇”“危险的手机”和“征婚相亲”。2014年的《亲爱的》，触及的是形势严峻的儿童拐卖问题；2017年的《前任3：再见前任》，讲的是情感伴侣的分手焦虑。《摔跤吧！爸爸》和《起跑线》等印度电影之所以能在中国大热，是因为这些影片所讲的印度的教育焦虑恰好对应了当下中国的社会现状。仔细考察的话，上述影片都是从大众到业内的话题之作，也都符合上文提到的“社会焦虑”所具备的四个要素。《我不是药神》也不例外。

《我不是药神》取材于“陆勇案”，该案的关键词是一种名为“格列卫”的治疗慢性粒细胞白血病的特效药，而这种救命药价格奇高。医疗问题是中国长期以来敏感、尖锐又难以解决的民生问题，“得不起病、吃不起药”是几乎每个普通人都可能遭遇或已经遭遇的困境，所以无论在现实空间还是互联网空间，都是所谓的“病毒性话题”。

中国电影具有苦情戏传统，按照正常思路，上述绝症困境最适合改编成充满悲欢离合的苦情戏码，但《我不是药神》在改编的过程中，在人设上做了非常大的虚构，将主角从原案件中的慢性粒细胞白血病人改为了健康的普通人，这一步非常可贵。创作者准确地抓取了一个有创作价值的现实题材，却并没有局限于“现实主义”创作思路，反而采用了类型化叙事模式，讲述了一个普通人成长为英雄的冒险故事，主人公也变成了一个有缺点、有喜剧性格的小人物。这个相当重要的剧作策略，对创作者来说是很好的启发，它说明从现实生活这座宝库中找到蕴含着病毒型焦虑的现实素材，使其成为电影剧作选题，仅仅是第一步；只有找到合适的类型方向，选题才变得有价值。有关《我不是药神》人物塑造和叙事的具体剧作亮点，在下文会展开分析。

2. 双孩问题：《快把我哥带走》

2011年全国各地开始全面实施“双独二孩”政策，2013年推行“单独二孩”政策，2015年则全面推行“二孩”政策。越来越多的家庭成为双孩家庭，这是一个新的社会转型期。“两个孩子能好好相处吗？”是当下非常突出的家庭困扰，不但家长要学会当两个孩子的家长，孩子也要适应身边有兄弟姐妹的生活，因为“二胎”发生的悲剧性事件在网上比比皆是。改编自同名漫画的《快把我哥带走》恰恰在选题上切合了当下的这种社会焦虑。

《快把我哥带走》是1989年出生的双胞胎姐妹柳露霏、柳霜霏以“幽·灵”为笔名在2015年创作发表的漫画作品，这部作品在新浪微博累计超过3亿阅读量，在“快看漫画”App、新浪微博有上百万读者追更，累计点赞超过一千万。尽管这部漫画人气很旺，但制片人和编剧之一吕旭起初对这个选题有犹豫：“在是否决定卖点的问题困扰了我很久，在华语影史上，除了很早有一部叫《我的兄弟姐妹》的电影，并没有类似的以兄弟姐妹为核心题材的电影……直到2016年春节，有一个微博博主发了九张和妹妹有关的图片，讲的是他欺负妹妹，妹妹哭着把妈妈叫来骂他等。这条微博的回复和转发量超过了10万，当时上了热搜，人民网、光明网都开始转发。我翻看了每一条留言，才知道原来独生子女的生活是这样的，有兄弟姐妹的生活是那样的。”①

如同《我不是药神》一样，选对了题材和素材，下一步就是能否确定一个正确的类型方向，开发出一个正确的创意。原漫画是条漫形态，以妹妹视点吐槽她与哥哥在日常生活中发生的一个个小状况，本身就有喜剧性。而电影改编的亮点之一是加上了奇幻元素，哥哥真的消失了；亮点之二是用独孩家庭和双孩家庭做互换，哥哥变成了她好闺蜜的哥哥。日常生活中经常有两个口头禅：一个是“如果……就好了”，一个是“没有比较就没有伤害”，这两个口头禅可以作为这部影片核心创意的支点。电影在

① 随芳芳：《专访〈快把我哥带走〉制片人吕旭：没太期待漫画粉丝喜欢》，https://wemedia.ifeng.com/74048782/wemedia.shtml。

这两个支点下，设定人物，展开剧情，解决“双孩”的烦恼，讲述青春成长的主题。

3. 人性异化问题：《狗十三》

《狗十三》是北京电影学院文学系学生焦华静完成于2010年的本科毕业剧本，故事背景与作者的个人成长经历有关。有关女中学生成长题材的电影，且艺术质量上较好的，去年有一部《闪光少女》，2014年有一部《左耳》，但这两部少女成长电影在描摹主人公的青春萌动之外，并不直面严肃的社会问题。在青春成长题材中着重思考社会问题的电影，还要追溯到创作于20世纪80年代的《红衣少女》和《失踪的女中学生》，可见如今的同类题材电影作品中，社会性和思考力度是多么难能可贵。诚如《狗十三》导演曹保平所说：“中学生题材看得太多了，学院里天天看，十个作业九个是写这个的！但这个不一样，这个剧本的格局远远超越一般中学生题材的范畴，它背后呈现的复杂、形而上的表达，是很多写中学生的所谓作家作品无法企及的！那些小格局、小伤痛、小情感……这个不一样！它弥漫出的东西很多，不只是当今动荡的形态下家庭的崩溃，还有少年向成年蜕变过程中的残酷，这不只是中国的问题，世界性的语境里这样的文本同样不少，关于成长残酷的这么一种东西，这些东西使这个剧本的格局变得很大。这个是我喜欢这个剧本最根本的原因。”①

《狗十三》尽管正面触及了当下中国“家庭崩溃”和“人性异化”这两大社会焦虑，看上去可能引发大众性热议，但与前述《我不是药神》和《快把我哥带走》引起的观影效果恰好相反，《狗

① 曹保平、吴冠平、冯锦芳、皇甫宜川、张雨蒙：《新作评议：〈狗十三〉》，《当代电影》2014年第4期，第50页。

十三》引起的讨论仅局限在小众群体中。究其原因，首要的一点是该片具有明显的黑色元素，具有强烈的现实批判性，主人公除了向强大的现实妥协，没有其他出路，人物弧光是冷的。用传统文艺观来评价，这是一部批判现实主义作品，不像上述两片，虽然揭开现实问题，但走调和路线，给出人性救赎的理想化结局。院线国产电影中，像《狗十三》这样把尖锐的现实问题摆上台面加以鞭挞的异数较为稀缺，本年度的《北方一片苍茫》和动画片《大世界》，以及去年的《嘉年华》等少数剧作属于此列。

4. 沉重主题的安全策略：《超时空同居》和《来电狂响》

本年度的《超时空同居》也展现了人性的异化问题。这是一部时空和情节编排都很复杂的奇幻喜剧爱情片，里边包裹了一个救赎主题。如果从男主人公陆鸣的视点讲这个故事，就是1999年处于创业期的理想青年陆鸣发现自己在2018年走上人生巅峰，靠的是一段给他人带来命运悲剧的“黑历史”，于是以最后一分钟营救的方式重写这段历史，既避免了他人的悲剧性命运，也让2018年人性异化的自己“消失”了。从主题内核上看，这是一个“如果人生可以重来”的老调重弹，但创作者用了“两个人，一间房”的喜剧情境对故事进行了巧妙包装，于是主人公用“土味情话”谈情说爱成了电影的最大看点。尽管《超时空同居》缘起于韩剧《浪漫满屋》，但影片编剧兼导演苏伦在剧作上受到《当哈利遇见莎莉》的影响更大：“我借鉴学习得最多的是那部《当哈利遇上莎莉》，那也是一个二人冤家喜剧，两个人也是很多对白，以调侃作为一些包袱。最早在创作剧本之前，我是看了很多遍那个电影的。”[①] 此外，电影的奇幻穿越设定为其添加了进一步招徕观众的视觉奇观元素。“奇幻 + 爱情喜剧 + 人性救赎”，《超时空同居》在这三个支点上找到了剧作上的平衡。

《来电狂响》改编自2016年的意大利电影《完美陌生人》，原作将手机作了“潘多拉魔盒”，一旦打开就会暴露人性的黑暗面，且这个黑暗面是不可逆的，是无法救赎的，因此创作者只能在电影结尾处借月食结束作为反转，用“平行时空”的方式关上这个潘多拉魔盒。《完美陌生人》的七个主角是三对半夫妻，但实际上并不着重探讨夫妻关系中存在的情感问题，而是将讲述重点放在了人的两面性、假面与真相上。《来电狂响》在“本土化”的改编过程中剥离了原作的人性主题和黑色元素，改成了大众更能接受的人情主题，以喜剧形式，实打实地去写婚姻困境（好面子）、婆媳关系、青春期教育、有尊严（门当户对）的爱情和职场强暴等一系列现实问题，创作者花了很多笔墨在封闭空间之外，给每个谎言和秘密找可以理解的现实借口，电影里的人物也都在看清谎言下的现实后完成了夫妻和好、真爱回归、母慈女乖的大和解。《来电狂响》的剧作虽然结尾处有比较生硬的突转，但整体瑕不掩瑜，对大众来说，这是一部好看的、时尚的、略带讽刺但又“安全”的喜剧电影，只不过失去了思考力度。

二、两类人物

1. 干了这杯命运的美酒：罗尔基

《阿拉姜色》中的罗尔基是本年度塑造最成功的人物形象之一。

---

① 陈晨：《〈超时空同居〉导演苏伦：作为商业片导演，首先要满足观众》，《澎湃新闻·有戏》2018年5月24日，https://www.thepaper.cn/newsDetail_forward_2146812。

首先，创作者塑造了一位很不普通的普通人。在没有“摊上事儿”之前，罗尔基本是一位很普通的藏族男性，和父亲、妻子一起过着平静的生活。可他的妻子偏偏患了绝症，偏偏更爱她病逝的前夫，偏偏为了实现前夫的遗愿执拗地踏上前往拉萨的迢迢长路，偏偏在磕长头的中途病逝了，偏偏留给他一个很难相处和调教的继子，所有这些，都对罗尔基构成了艰巨的考验。创作者层层铺垫，让罗尔基迈过一道又一道坎儿，在朝圣之路上既欣然接受了命运的安排，又闪现出人物弧光，成为一个很不普通的人。

我们常讲人物性格是由有冲突的人物关系揭示出来的，是由人物面临两难困境时的抉择深化或改变的。罗尔基正是如此。罗尔基爱俄玛，但俄玛更爱前夫，不但珍藏着她与前夫的合影，还要不惧一切代价带着前夫的骨灰磕长头去拉萨，这是罗尔基面临的第一次考验。他没有选择陪同俄玛，一方面是照顾老父，另一方面因为这个特殊的三角关系，心里多少有些不爽。对罗尔基的第二次考验是在他得知俄玛竟然是隐瞒了严重病情上路之后，他迅速做出决定，安排人照顾老父之后赶到俄玛身边，这既是人之常情，又扭转了罗尔基的嫉妒心态。第三次则是俄玛去世后，罗尔基在寺院里超度妻子，处理俄玛与前夫的合影时的内心冲突，他先是把合影粘在寺院墙上，转念又将合影撕成两半分粘在两处——他的嫉妒心又作祟了。但罗尔基的行为没有引起观众讨厌（尽管引起了偷偷关注他的诺尔吾的怨恨），一方面罗尔基在三角关系中属于“弱者”，而强者只是一张照片，另一方面创作者特意做了铺垫——僧人因误会而说的那句话“这两口子一同往生了，多好的命啊！”深深刺激了罗尔基。罗尔基的第四次考验则是他决定以磕长头的方式完成俄玛的未竟之旅，这里的罗尔基，心态是复杂的，他对自己成为“第三者”耿耿于怀，因此怀揣他与妻子的彩色合影，以磕长头的方式去拉萨，内心中有嫉妒、执拗，也有爱，而爱中还带有一丝丝赌气。第五次是罗尔基决定带诺尔吾一同上路，一开始罗尔基并没有这个打算，一来徒步去拉萨对孩子来说实在是个辛苦事，二来他感到无法与性格孤僻偏执的诺尔吾相处，但诺尔吾实在是头小犟驴，罗尔基拗不过他，并且动了恻隐之心——毕竟自己曾经“抛弃”过他。两人上路之后，关系逐渐得到改善，如父如子，就在这个当口，罗尔基遭遇了最后一次暴击，他发现了诺尔吾的隐秘——这小家伙居然偷偷撕下了寺院里父母的照片，重新黏合在一起带在路上。罗尔基的人物弧光是在这里产生的，照理说他应该非常恼火甚至愤怒，但经历了漫长路途的洗礼之后，在能望得见拉萨的地方，他彻底放下了，再次哼起《阿拉姜色》，接受了命运的安排。

2. 吃了这盘鲜美的狗肉：李玩

《狗十三》中最有冲击力的场面莫过于痛失爱狗的主人公李玩，最终接受了餐桌上的那盘狗肉。开场中的李玩，朝银幕外露出戴着牙箍的“狰狞”的牙齿，别有意味。这是一个十三岁的、处于青春叛逆期的女孩，因为父亲再婚，和爷爷奶奶生活在一起，有些任性，有些野性，也像其他独生子女一样有些自我中心。这导致父亲不敢把继母怀孕、生子的事告诉她，出于补偿心理，也为了让李玩接受弟弟做铺垫，父亲送给李玩一只小狗。这些剧情建置，铺开了影片的两条主线：一条围绕狗，一条围绕弟弟。此外，还展开了两条情感主线：一条是父子线，一条是由李玩、姐姐李堂和姐姐的同学兼男友高放构成的情感三角线。不管是情节线还是情感线，都是为了塑造李玩这个核心人物形象而铺设。

电影中关于狗的情节线铺得很重很开，对于揭示李玩的性格和心理变迁具有首要作用。李玩与小狗建置亲密关系的情节点非常值得分析。影片开端，父亲送给李玩小狗，性格有些乖张的李玩是讨厌小狗的，对小狗有些刻薄，但当她发现小狗喜欢舔牛奶，而自己正好讨厌牛奶时，便让小狗代替她喝掉爷爷奶奶逼她喝的牛奶，这时的李玩才对小狗产生了好感，还让它陪着自己睡觉，并给它起名叫“爱因斯坦”。由这个情节点可见，其实爱因斯坦对李玩来说，仅仅是功能性的，帮她打理麻烦，驱散她的孤独，打发她的无聊时光。因此，当后边爱因斯坦丢失导致“真假爱因斯坦”事件暴发的时候，李玩最在乎的不是狗，也不是狗的真假，而是家人合起伙来哄骗她，把她当成可以轻易对付的女娃子，根本不去从她的内心出发去考虑问题。这是一件比丢狗更严重的事情，也导致李玩做出了一个报复性的但又具有迁怒性质的举动：她把假爱因斯坦扔掉了，但说到底李玩是个善良女孩，她又把小狗解救回家，只不过坚持自己的“底线”——这条狗不叫“爱因斯坦”。她借由对这条狗的不认同，表达了对家人的不认同。有意思的是，这条线再往下发展时，李玩成了全家唯一和假爱因斯坦亲近的人，然而，假爱因斯坦又成了家人的“障碍”甚至是“威胁”而要被除掉。此时，对李玩来说，假爱因斯坦已经变成了“真爱因斯坦”，她借由对这条狗的认同，表达了对家人的不认同。李玩吃狗肉的情节之后有个重要的情节点——李玩和姐姐在街上遇到一条很像爱因斯坦的狗，姐姐追过去，但李玩犹豫了，准确地说不是犹豫，而是不敢面对。此时的李玩，已经完成了人物弧光，只不过这是一道冷光——李玩学会了心口不一，学会了安全相处，学会了忍耐，她发现自己已经变成她所讨厌的大人了。这时再回想“偶尔露狰狞”的开场画面，此狰狞已非彼狰狞。

影片着重描摹相互伤害但又血浓于水的父女关系，并借父亲的性格和命运来反衬李玩。全篇对父亲这个形象的刻画都是硬的，只有一处是柔软的，是父女二人情感关系上的高光时刻。在影片结尾，父女坐在车上，李玩妈妈打来电话祝贺李玩考了好成绩，收音机里播放《再回首》，此时李玩问父亲是怎么和母亲开始的，父亲掉了眼泪，但又不失理性地去捂李玩的眼睛。其实父亲真是多此一举，经历了这么多事，李玩已经成为能接受“现实”的“成人”了，因此她反而安慰父亲，要给他点一首《男人哭吧不是罪》。可想而知，如果《狗十三》有续集，李玩将“进化”成一个比父亲更硬、更能处理好各种人际关系及各种蝇营狗苟的“社会人”。

3.“真实”的英雄：程勇

如果说罗尔基和李玩这两个人物是在生活中生长出来的，《我不是药神》中的程勇则是在技巧中生长出来的。如前文所述，程勇这个虚构人物有真实原型，也具有非常感人的性格和故事，但创作者笔下的程勇，已经离真实原型很远了。虚构的程勇塑造得非常“真实”或者说是具有“真实感”——当观众进入假定性情境后，认为程勇这个人物是“真实”的（现实中并不真实）。现实题材的人物塑造，其真实感的支点是现实逻辑。《我不是药神》无论在人物初始设定、人物冒险动力、人物关系把握，还是在人物转变上，都有强大的现实逻辑做支撑。

创作者把程勇设定为一个生意萧条的成人保健品商店“王子印度神油店”小老板，这个身份属性很容易使观众按照日常偏见不过脑子地给他贴上“贪财”标签和“贪色”标签，电影开篇就给这两个标签下了注脚。开场戏台词“没毬用自己不行”和带儿子洗澡时的台词“小鸡鸡长大了嘛”都引起了观众会意的笑声。开小旅馆的邻居把吕受益介绍给程勇，是因为他觉得印度神油和印度格列宁货源都在印度，且“都是走私生意”，而刚刚进过警察局的程勇很能分得清印度神油和违禁药品之间的界限，所以尽管倒卖印度格列宁利润巨高，他还是因为风险巨大而退缩了。在家庭空间和人物关系设定上，创作者给程勇安排了一个患老年痴呆症的老爹、一个想要把孩子带到美国去的前妻、一个总是看他不顺眼的警察前小舅子，这些设定的意图非常明显，让观众同情这个性格很生动、有很多小缺点，但上有老下有小、老婆还要抢儿子、各方面都陷入困顿的主人公，因此即使他铤而走险违法走私，观众也会有代入感。在没有去印度走私药品之前，可以说程勇就是我们身边的芸芸众生之一，真实感非常强。

真实原型陆勇是一位慢性粒细胞白血病患者，因为药价过高选择印度格列宁并为病友代购，天然地合情合理，可印度神油店老板程勇如何迈出走私这一步？如何建构其合理性？除了贪财本性之外，更重要的设定是他即将被生活压垮，当然还有一个是出于道义，同样疗效的药正常途径卖四万元，众多患者因巨大的经济压力，生活也垮了，而他走私的途径只卖五千元，是在“解救”患者。在此现实逻辑下，程勇走私印度格列宁这一行为就非常具有说服力，并且还能取得观众的认同。

程勇从一个“药贩子”，转变为“药神”，不会让观众感到突兀、出戏、虚假，而有一种真实感，是因为创作者在剧作上给足了现实逻辑、情感逻辑和心理逻辑，因篇幅关系在此不展开详析。《我不是药神》是一部在剧作上十分扎实的作品，主要在于主人公程勇成功地完成了从有缺点的凡人到社会英雄的转变。英雄人物塑造很容易落入虚假、生硬的坑里，中国电影中这方面的例子比比皆是，《我不是药神》给出了以剧作技巧塑造英雄人物的范本，具有可借鉴性，这是本片的可贵之处。“如何针对新的社会情境塑造新的英雄形象，尤其是平民化的英雄形象，是当今中国电影类型化发展的深层命题。《药神》曾几度易名，意图淡化影片的神话色彩，但影片本身仍塑造出新的底层英雄。”[①]

4. 独特的女性：巧巧、孙芳、王二好

《江湖儿女》一如贾樟柯之前的作品《站台》（2000）和《山河故人》（2015），剧情时间跨度长达十几年。人物命运随社会变迁而挣扎沉浮，是他一贯的主题表达。这次创作他一如既往把重心放在了人物上面："……我第一次在电影中构架结构这么复杂的人际关系。所以着力点它就是在人和时代环境上面，把人物写好是这个电影一个重要的需求……它的要求就是不能投机取巧，必须是实实在在扎扎实实地把这些人物刻画出来，这是这个电影在风格上的挑战和突破。"[②] 贾樟柯自述《江湖儿女》中的斌哥具有生活原型："其实就是我六七岁时，在家乡小镇看到过的一位江湖大哥。他人帅、仗义，身强力壮，用拳头解决问题，那个时候是我崇拜的对象。后来我上大学回家，路过一个中年人蹲在门口呼噜呼噜吃面条，身材发福，头发稀疏。我认出来正是当年的这位大哥，非常感慨时间的力量。"[③] 贾樟柯描述的这个江湖大哥人到中年时吃面条的场景非常具有感染力，但从影片来看，斌哥的塑造还是显得力所不逮，反而巧巧给人留下深刻印象。贾樟柯的"现实"更多时候是透过滤镜表达出来的诗意的现实，有很强的意念化成分，这次也不例外。巧巧是从现实中生长出来的，单给予意念化处理。在每个人成长历程中，身边总能看到这种 "大哥的女

---

① 饶曙光：《现实底色与类型策略》，《当代电影》2018年第8期，第22页。

② 西安高大尚：《〈江湖儿女〉你我都在不同的江湖里 | 导演贾樟柯独家专访》，https://www.sohu.com/a/254924181_355334。

③ 一条：《专访：贾樟柯的情义江湖》，https://movie.douban.com/review/9661929/。

人”，那些 “大哥的女人”后来都怎么样了呢？这是个很有意思的谜题。创作者给出了一种答案，巧巧不再是大哥的女人，而是通过江湖历练，成为大哥的 “大哥”。即使替斌哥顶罪坐了五年牢，即使千里迢迢找到的是有了新欢的斌哥，即使最终迎来的是已经瘫痪的斌哥，巧巧依然不离不弃。而更有戏剧性的情节是，在老贾奚落戏弄斌哥的时候，巧巧用茶壶砸了老贾的头，这一情节呼应了影片开端老贾屈服于斌哥的威严认债还钱。巧巧这个人物的塑造，源于现实，但赋予了诗意，是创作者的意念化表达。

同样具有意念化倾向的女性形象是《 找到你 》中的家庭保姆孙芳。这个人物先是借本片其他人物的回忆建构为一位奇怪的女人。在律师李捷眼里，孙芳是个在照顾孩子方面很有一套、沉默寡言且来历不明的保姆；在夜店同事晓露看来，孙芳是个极度缺钱、为了钱可以不顾一切的陪酒女；在混混张博看来，孙芳是个搭救过自己、可以抱团取暖、性格执拗的同居对象；在打工同乡女人看来，孙芳是个新婚就被丈夫暴打、孩子患有先天疾病、被巨额医疗费压垮的可怜母亲。随着剧情真相的展开，发生在孙芳身上的更加悲剧性的事件还有，孙芳的孩子在大雨滂沱中因无人施救去世，孙芳打死了开车上门勒索她并企图强暴她的前夫，而后伙同张博放火烧车毁尸灭迹，孙芳与张博为偿还高利贷打算卖掉李捷的女儿多多。太多的悲剧元素集于一身，使得孙芳的故事成为底层女性对社会的全方位控诉，显得意念化太强。而影片最后，创作者笔下的孙芳因精神出了问题，带着多多去了海岛，最终独自跳入大海，这是更加意念化的一笔。与孙芳的命运相呼应的是为争夺孩子监护权打官司的朱敏的命运和律师李捷的命运。三个女性的命运都和孩子有关，一个走上绝路，一个自杀未遂，一个失魂落魄。《 找到你 》是一部赚人眼泪的电影，但剧情有点复杂，人物也有点庞杂，承载的社会性主题太多，反而失去重点。

《北方一片苍茫》则是一部剧情简单化、主题突出的电影，魔幻化的剧情设定也格外醒目。该片塑造了一位看上去很独特，实际上长久以来被文艺创作者忽视的一类女性形象。主人公王二好是一位生活在北方农村的寡妇，因接连死了三任丈夫而被贴上了“克夫”的标签。她遭村民厌弃，在寒冷的冬天，和第三任丈夫的弟弟哑巴小石头流离失所。二好被阴差阳错地当成“大仙”，索性装神弄鬼，替人看病驱邪，借以找到一个安身之地。王二好这个农村女性形象的塑造尽管有很强的意念化成分，但其生活细节真实感较强，内心刻画也较为细腻。近年来中国电影中农村题材和农村女性形象较为缺失，因此《北方一片苍茫》就显得难能可贵。农村女性问题一直以来都比较突出：繁重劳作、身体疾患、性别歧视、孤独感、信仰盲从，以及较高的自杀率。费立鹏在一席演讲《中国预防自杀现状》中引用一份1995年到1999年的统计数据时分析：“大概从15岁一直到35岁，农村女性的自杀占了农村女性死亡的20%以上，高峰的时候有35%的死亡都是自杀的。”[①] 可见，对关注现实问题的电影创作者来说，应更多地聚焦农村女性题材，借此或可引起全社会对农村问题和农村女性问题的关注。

三、三个向度的叙事

1. 与观众博弈的通俗叙事

本年度在类型叙事上完成度较高的影片是《我不是药神》《无双》和《红海行动》，完成度尚可并获得较好的大众接受效果

① 费立鹏：一席演讲《中国预防自杀现状》，https://yixi.tv/speech/704。

的影片有《唐人街探案2》《西虹市首富》《南极之恋》和《无名之辈》等片。

《我不是药神》的选题亮点和人物塑造亮点前边已详述，这部电影的叙事技巧也较为妥当。创作者在类型选择上采取了英雄叙事模式，在情节铺排上很符合美国剧作教材《救猫咪》的“节拍表”，而如果和电影《辛德勒名单》比较，人物塑造和结构技巧上也有相似之处。类型创作的一个要点就是可复制性，而完全陷入类型模式，也非常危险，会导致叙事僵硬、陈规旧套、悬念感下降、失去鲜活度和创新性。《我不是药神》叙事上有一些缺点，比如程勇的转变是靠安排两次配角的“牺牲”引起的煽情实现的，比如警察破案线有一些断点，技巧外露也显得剧作上有一些匠气。

《无双》在叙事上胜在有一个神反转。“不到最后一刻，你永远不知道故事的真相”是观众对一部悬疑类型电影的最高褒奖。剧本在反转设定上的成功离不开编剧“以人为本”的创作思路，“这几年我自己写剧本，是一步一步走出来的。有时设定了一些结构，或起承转合，其实是行不通的，因为假如不对的话，人物会反抗。那么，我还是会顺着人物去写。”[①]庄文强的创作心得，实际是在揭示创作机制中，要想叙事写得对，先要人物写得对，尤其对叙事复杂度高的烧脑电影来说，从人物出发去建构逻辑严密而又合情理的剧情，才经得起观众的反复推敲。

《红海行动》这种军事动作片创作上的主要发力方向自然是武器装备、对战手段、对战过程所带来的视觉奇观。本片叙事上最突出的是叙事节奏快、场面铺排干脆有力，凸显大片气势。从

① 林冠：《粤语对话庄文强：如何平衡双雄故事》，《电影》杂志公众号2018年9月28日，https://mp.weixin.qq.com/s/ODjNxd4gypLsnEM5C27MDw。

以上两方面讲，影片完成度很高，但影片中毫不节制地运用大量血腥镜头，并刻意呈现细节，显然失去了尺度，创作者对暴力的宣扬值得警惕。人物刻画，尤其是当塑造的人物众多、不好集中用力的时候难免扁平化，本片也不例外，其实看完全片，观众很难对人物留下深刻印象。

类型化叙事从某种意义上讲，就是以大众三观、心智和口味为创作出发点的通俗化叙事。通俗化容易导致庸俗化或低俗化，本年度的电影中，这样的案例较多，也不乏票房上成功的作品，这里不展开论述，但值得创作者警惕。

2. 孤独的自我诊疗叙事

从心理学角度讲，电影具有某种“治愈”功能。源于日本的所谓“治愈系”电影，是指观众通过观看一部电影，对主人公感同身受，一定程度上解决或者貌似解决自己的现实和心理问题。从另外一个角度说“治愈”，指的是电影创作本身，对创作者来讲是一次自我诊疗，通过一次电影创作，达到某种“自我治愈”效果。费里尼的《八部半》很明显带有这样的意味。本年度作者自我表达叙事中有两部也具有自我诊疗意味。

《地球最后的夜晚》是2018年年底引起争议最大的片子。在接受效果上，观众明显分为两大阵营，大多数将看电影当作一次娱乐消费的观众因为看不懂而打差评（跟宣传“一吻跨年”的错误导向有关系），少数观众因为看不懂而进行剧情复盘，甚至再次观影后重新复盘，以求找到这部电影的“密码”，然后大家在相互印证中享受解谜带来的快感（其中还有少数观众在索引之后争论影片中大量的模仿是“致敬”还是“抄袭”）。不管怎样，接受效果中相同的一点是“看不懂”。“看不懂”大概是毕赣电影剧作的一种持续性的“风格”。“这种疑问从《路边野餐》起就层出不穷，当时毕赣的回答是‘电影不是用来看懂，是用来体验的’。几年过去，当《地球最后的夜晚》出现，这种疑问仍然存在。这一次，除了仍然坚持‘电影是用来体验的’之外，毕赣的回应变得更加恳切，‘当你们想要问我的时候，可以先问问自己。你们能想到的一切疑问，我都能想到，要不然我就别去拍电影了……那些隐晦的地方，大家花一点时间，甚至不用花时间，哪天想起来了可能就会知道。因为我就是一个智商正常的人，关于时间的想法，关于记忆和梦的想法，非常直接地给到了大家。你只需要把你的两个小时交给这部电影，去体验，就能得到这部电影回馈给你的东西’。”[①] 毕赣的回答强调观众的自我“体验”。在谈到如何写剧本的时候毕赣说：“也许对于其他人来说，剧本是一段一段的文字和描述，但是对我来说它就是一堆一堆块状的东西，破碎的东西，我慢慢把它整理成一个场景，像个魔方，像个积木一样，我慢慢、慢慢把它搭建起来。”[②] 显而易见，那些“块状的东西、破碎的东西”不是应虚构而生，而是来自个人直觉，这种直觉，某种意义上讲，就是个人生命体验和记忆，带有很强的私密性。“记忆”对人来说往往是主观的，带有遮蔽性的、扭曲的、碎片的，甚至是模糊不清的。毕赣电影也喜欢使用“梦”的叙事形式，现实生活中梦这种现象比记忆还要复杂，往往充满时空堆叠、纷飞意象，具有强烈的不可知性。当创作者用“记忆”和“梦”来编制一部影片的结构时，自然就会晦涩难懂，甚至尝试去看懂也是不对的。这大概就是毕赣所说的“电影是用来体验的”，而不是寻找答案的。如果非要找答案，倒不如从这种叙事的动因来寻找。

① 郑中砥：《毕赣：我如何创造了〈地球最后的夜晚〉》，《中国电影报》2019年第1期。
② 同上。

对片中一小时梦境长镜头，毕赣是这样解释的："在梦里，那些伤害你、利用你，最后离开你的人，都呈现出纯真的一刻。我希望我的主角们能够有那一刻。"[①] 那么，是不是毕赣也有过这样的梦境体验呢？或者说，他是不是希望在自己的梦境里出现"这一刻"？

对自我表达型的创作者来说，电影就像一面镜子，他会在镜中审视自己，诊疗自己。本年度《冥王星时刻》也具有这样的性质。就像《地球最后的夜晚》中的主人公罗纮武与毕赣有一定的重合度一样，《冥王星时刻》中的主人公导演王准也与影片创作者章明有一定的重合度。该片一如章明此前的风格，片中主要人物依然有着隐秘、压抑、冒险而徒劳的欲望，以及无论面对生或死的冰冷和孤独。片中女主问男主："导演你为什么要拍《黑暗传》呢？"男主的回答是："因为我一直在黑暗中啊。"女主是一位有志于当导演的年轻辈，在谈到电影的本质时说了一句"电影就是要拍我们平时看不见的东西"，男主深以为然。我们平时看不到的，会在镜中审视到，而这面镜子就是电影。面对这面镜子，是自怨自艾，是顾影自怜，是某种人生将尽般的感慨。《冥王星时刻》讲的是一次穿越，一次遭遇了种种人生境况映射的穿越，一次貌似危险，实则迷离的穿越，最后抵达老艺人演唱《黑暗传》的现场。

3. 黑暗的寓言叙事

寓言化叙事以往偶有之，本年度则呈现出一种集中冒头的现象，如《一出好戏》《动物世界》，还有《影》。对这些影片来说，最重要的是主题表达，是借人物和剧情传达创作者的某种寓意，

① 一条：《毕赣：用所有可能的方法，做自己想做的事》，https://movie.douban.com/review/9852598/。

因此，主题先行和人物的符号化是非常明显的。

《一出好戏》剧情发生在一座孤岛上，《动物世界》剧情发生在公海中的一艘赌船上，这两部电影显然都运用了封闭空间叙事。各色人物在这两个封闭空间一一登场，按照游戏规则将人设归零，然后出于原始本能相互算计、结伙、博弈、拼杀。尽管两部影片都有很强烈的荒诞性，但相对来说，《一出好戏》因为喜剧情境构造、喜剧性格设置、多条线索、多变的剧情，代入感更强，观众的接受效果更好。《动物世界》因为长时间单一地在赌局里做文章，就显得有些单调枯燥。《一出好戏》和《动物世界》这两则乌托邦寓言，皆着力揭示人性在极端环境下出于自保而唤醒的恶的本能。

同样《影》也在彰显这种恶的本能。《影》的空间貌似广阔，实际非常封闭。影片给出的情境更像一张中国象棋棋盘，沛国国君、国君妹妹、都督、都督的影子、都督的妻子、掌权文臣、掌兵武将，与境州的守将、守将公子以及众将士，分列在棋盘两方，别无生路，只有斗个你死我活，不仅与敌人斗，还要与自己人斗。显然在这样的棋盘上，比拼的是谁比谁更黑、更狠，谁更棋高一手。这样分析看来，《影》与《一出好戏》和《动物世界》如出一辙，只不过各自的表现形式不同而已。

若以类型剧作考察本年度的电影创作，则有以下几个特征：一、动作元素仍是一块金字招牌，更深地渗透到了各种复合类型创作中，但良莠不齐，如《红海行动》（动作、战争）、《唐人街探案2》（喜剧、动作、悬疑、犯罪）、《捉妖记2》（喜剧、奇幻、动作）、《狄仁杰之四大天王》（动作、悬疑、奇幻、武侠）、《无双》

（动作、犯罪、惊悚）等。二、喜剧类型原创想象力越来越贫瘠，只有《一出好戏》《无名之辈》和《来电狂响》有一些剧作亮点并具有一定的社会现实思考力度，《西虹市首富》和《李茶的姑妈》等更多喜剧片越来越单纯依赖低俗桥段取悦观众，往往尴尬情境设置不好就变成了尴尬剧情。三、爱情类型片在本年度较为消沉，剧作上有一些亮点的是《超时空同居》《南极之恋》《你好，之华》和《后来的我们》。四、含有恐怖元素的影片同往年一样仍处于创作低谷和市场低谷，剧作质量毫无起色。

其实更值得关注的是本年度出现了一批聚焦于青少年成长和家庭问题的影片，除了前边提到的剧作质量不错的《狗十三》《快把我哥带走》《阿拉姜色》之外，还有《我的影子在奔跑》《西小河的夏天》《米花之味》《悲伤逆流成河》等，以及在一些电影节上展映但尚未公映的《过春天》《郊区的鸟》《旺扎的雨靴》和《武林孤儿》等片。2018年的电影剧作，在某些方面有所突破，但放在世界电影坐标系中进行考察，并无艺术突出之作。

第八章

2019年中国电影剧作艺术分析

继《我不是药神》之后，2019年公映片《少年的你》成为又一部被热议的现实题材电影。创作者从社会现实中抓取题材，已然成为近年来的重要潮流。创作者敏锐地、不断地观察着当下社会的种种焦虑、时代变迁中的集体痛点，以及那些爱过的痛过的情感状况，不是以大众娱乐而是以人文关怀为出发点进行作者化表达，透过银幕分享给观众。《地久天长》《被光抓走的人》《平原上的夏洛克》均属此列。当现实题材的作者化表达遇上高成本大制作的时候，电影的商业属性凸显，自由度就会受限，如何把个人表达以商业类型包装好，成为严峻课题。寓言叙事电影和散漫结构电影日渐稀少，本年度各有一部代表作，《撞死了一只羊》和《过昭关》。

女性形象塑造越发硬核化，尤其体现女性电影作者的作品中。其中以亲情冲突展开叙事的有《柔情史》《送我上青云》《风中有朵雨做的云》等片，以爱情冲突展开叙事的有《少年的你》《过春天》《妈阁是座城》等片。现实题材作者电影中的男性形象也有硬核趋势，比如《南方车站的聚会》和《少年的你》。强情节类型片中的男性英雄塑造同样偏硬核，比如灾难片《中国机长》和《烈火英雄》。

本年度强情节剧作类型中，科幻片取得飞跃，《流浪地球》视觉奇观和情感奇观营造均较为成功，但除了《流浪地球》外，其他科幻片剧作不容乐观。功夫片《叶问4》成为叶问系列片的终曲，或许也将成为功夫片的阶段性终曲。主打动作元素的高票房犯罪片大多是港风续作，而内地电影人创作的《"大"人物》和《雪暴》可能预示着今后的剧作趋势。主打悬疑元素的犯罪片中，《误杀》是一匹黑马。黑色犯罪片蔚然成风，但除了《南方车站的聚会》外少有成功的风格化表达。恐怖片依旧创作力低迷。

本年度强情感剧作类型中，艺术性最为突出的是校园青春成长片。宠物电影带给观众的亲和力强，因而《宠爱》获得较好的商业效益，但其剧作水准较为一般。《我和我的祖国》充分开掘了短片拼盘电影的优势，七部风格各异的短片在剧作上达到了很高的水准。本年度喜剧片值得罗列的有《新喜剧之王》《飞驰人生》《疯狂的外星人》等，从剧作角度而言并无特别惊喜之作。爱情片《只有芸知道》的纯爱表达遗世独立，其剧作值得商榷。

一、现实题材的作者表达

1. 苦情传统

在类型化视效奇观大片的冲击之下，现实题材电影想在影院中取得一席之地非常艰难。在无法比拼视觉奇观的状况下，在剧本开发上拼选题、拼人物、拼情感奇观、拼主题深度、拼创作风格、拼有效的类型元素叠加，成为战略重点。《亲爱的》和《我不是药神》是此前的榜样之作。这两部影片有一个剧作密钥，就是苦情传统。本年度，《少年的你》和《地久天长》也使用了这一密钥。

早在2018年7月23日，导演曾国祥在微博发布了《少年的你》宣传海报，随后一则新闻成为热点——《曾国祥〈少年的你〉海报 周冬雨易烊千玺满面伤痕》[①]。在该片上映宣传期，围绕主演周冬雨"剃寸头"进行传播发酵，"所有人剃光头陪周冬雨"成为新闻热点。[②]"剃寸头"是影片中非常重要的一场戏：男主人公小北被公安局羁留问讯，失去了保护的女主人公陈念被魏莱团伙强行剪发、凌辱并进行视频传播；小北归来后，帮陈念剃寸头，并且自己也剃了寸头。这是深陷绝境的两人的一场苦情大戏，非常虐，非常催泪。

纵观这部影片的叙事，苦情戏码铺排得十分密实：倒叙结构的开端，当了英语老师的陈念在黑板上写下"This used to be our playground"（这是我们曾经的乐园），将观众带入悲伤的回忆氛围；同学跳楼之后，陈念为遗体盖上校服，从此成为被同学孤立、被魏莱一伙霸凌的对象；陈念的妈妈因为贩卖假冒伪劣面膜亏本被追债，母女俩的家成为无法安身的、危险的港湾；陈念雨夜在巷子里遇到被黑社会群殴的小北，报警被发现后，不但被摔坏手机，还被强迫去吻满脸血污的小北……比影片前半段的校园霸凌更"苦"的是影片后半段——两位少年主人公深陷罪案，小北为了让陈念能顺利参加高考、博取更好的未来，甘愿牺牲自己的未来甚至生命为陈念顶罪。两位少年充满热血的约定显得鲁莽而天真，在与成人世界玩猫鼠游戏中显然不堪一击，他俩在令人窒息的一轮轮审讯中竭力隐瞒真相，观众无不为之动情。除了人设和叙事，苦情戏的营造还离不开情境。《少年的你》在剧作上设计了大量的夜戏、雨戏，小北狭小破烂的房间是充满阴暗暴力的"哥

① Serko：《曾国祥〈少年的你〉海报 周冬雨易烊千玺满面伤痕》，https://www.1905.com/news/20180723/1298735.shtml。

② 陆芳：《专访〈少年的你〉导演曾国祥：所有人剃光头陪周冬雨》，《钱江晚报》2019年10月30日，https://zj.qq.com/a/20191030/008347.htm。

谭市”中的一座孤岛，这座孤岛是二人唯一的乐园。

《少年的你》改编自玖月晞的小说《少年的你，如此美丽》，在上映时陷入“融梗门”事件[①]，引发网友对“抄袭”“融梗”等相关热议。网友认为小说《少年的你，如此美丽》“融梗”了东野圭吾的《白夜行》《嫌疑人 **X** 的献身》等作品。为此影片创作者、影视评论界和法律界纷纷发声，主流看法是“融梗”有别于“抄袭”，在法律上尚无侵权界定，电影与小说有版权上的连带关系，又是相互独立的作品。独立来看电影《少年的你》的剧作策略，对中国当下社会现实有着非常细致而敏锐的观察描写。尽管校园霸凌现象在各个国家都是难于解决的青少年问题，但本片在处理这一题材时，本土性扎得很实，人物塑造、情节设计和细节处理，植根于中国特色的高考、阶层分化与跃迁、原生家庭问题带来的各种不幸、网购陷阱以及裸贷等犯罪现象，这些具有显性特征的社会问题，具有很强的发酵性。

另一部继承苦情传统的电影《地久天长》，讲述的是一个时间横跨三十年、空间横跨西北内陆和东南沿海、多条线索交织并进、时空结构往复回转的故事，片长将近三小时，在剧作上具有史诗野心。影片聚焦于实行计划生育政策之后的两个三口之家，刘耀军、王丽云和他们的儿子刘星，沈英明、李海燕和他们的儿子沈浩。两对夫妻是一家国营机械大厂的职工，住同一栋筒子楼，因而自然成为好友，他们的儿子刘星和沈浩一起出生一起长大，自然也是好友。故事的激励事件是刘星和沈浩一同去水库游泳，不会游泳的刘星溺水身亡。因为沈浩的沉默，使得沈浩在刘星溺水事件中是否具有责任成为一桩悬案。刘耀军和王丽云成为失独家庭后，离开家乡远赴福建海边渔村生活，试图走出生活的阴影，

---

① 孙小平：《〈少年的你〉的原著陷“融梗门”》，《扬子晚报》2019年10月30日。

然而他们领养了一个小孩仍然取名叫刘星，新的刘星成长为一个叛逆少年，因一直无法融入这个奇怪的家庭而离家出走，导致这个三口之家再度空巢，夫妻俩不但没有走出过去的阴影，又被新的阴影所笼罩。而另一边的沈东明、李海燕、沈浩一家，尽管阶层和生活水平不断变好，也一直因为当年的溺亡事件无法走出内心的阴影。影片逐渐揭开两个真相：一个观众能猜到的真相是，当年刘星溺水的确是因为沈浩，另一个让观众感到震惊的真相则是——在刘星出生之后，王丽云曾经怀过二胎，被身为计生办主任的李海燕发现后强行拉去堕胎，导致不孕症。主线剧情梳理清楚之后能够很清楚地发现，这部电影讲的是两个家庭五个人能不能摆脱、如何摆脱内心阴影的故事。除了主线，影片还有第三个悲欢离合的家庭构成的辅线，以及刘耀军和他的女徒弟——沈东明的妹妹沈茉莉构成的情感纠葛线。这个故事具有强烈的苦情奇观，抒写了好几出人间悲剧，从头至尾让人窒息。一众平凡而善良的人物，憋憋屈屈几十年。《地久天长》的电影镜头窥视了中国社会几十年来横亘于胸的若干集体记忆：计划生育政策导致的堕胎问题、独生子女家庭的失独问题、思想解放初期的扫黄严打问题，这些痛点记忆不得释怀，甚至只能逃避，这部电影具有某种敢于直面的勇气。另一方面，这部电影在剧作上也有明显的遗憾，叙事线索和人物关系庞杂，尽管影片长度将近三个小时，仍有很多语焉不详之处。

《少年的你》给出了当下社会的一个横截面，《地久天长》给出了当代中国的一个纵剖面。这两个截面所采取的不是类型策略，而是作者化表达，因而作者风格突出，主题复杂而有力度。

2. 类型羁绊

《南方车站的聚会》和《风中有朵雨做的云》同样凸显作者化表达，有黑色电影气质，在叙事模式上都趋于类型化，但前者融合度高，后者显得水土不服。

《南方车站的聚会》的开端是一个倒叙结构，开场是夜幕中的滂沱大雨，男女主人公在车站附近的立交桥下接头，交代出男主周泽农的逃犯身份。观众带着悬念，跟随影片男主的视点，闪回男主的犯案经过。刚刚出狱的男主在盗车团伙分配势力范围的地下大会中遭遇内讧，手下黄毛泄愤的一枪成为激励事件，导致“偷车比赛”中暴发火拼，黄毛惨死，男主急于复仇误杀警察，警方布下天罗地网围剿盗车团伙，并悬赏三十万元捉拿男主。在建置出警匪双方形成猫鼠对峙局面后，进而建置出“情节点Ⅰ”——男主自知插翅难飞，心生一计，想让妻子杨淑俊举报自己，领取三十万元的警方悬赏。这一叙事任务在“广场接头”高潮桥段被阻断，闪回结束，回到影片开端，陪泳女刘爱爱在车站达成契约，她将代替男主妻子执行举报任务，领取悬赏后交予男主妻子并抽成。经历情节的兜兜转转跌宕起伏来到影片结尾，周泽农和刘爱爱的计划获得了成功，刘爱爱实现了周泽农的愿望，将三十万元赏金交予杨淑俊。从影片剧情梳理可以看出，《南方车站的聚会》人物动机充分，冲突复杂而剧烈，悬念足，剧情密度高，情节曲线起伏感强，可按因果逻辑追溯，首尾呼应形成闭环，具有明确的三幕剧结构，和前作《白日焰火》相比，更符合犯罪悬疑类型片标准。

《风中有朵雨做的云》(以下简称《风雨云》) 的主视点是由办案警察建立起来的，是侦探片的类型路数。叙事框架、人物关系、时空结构很像波兰斯基导演的《唐人街》。我们将两部影片进行对比即可看出端倪。警察杨家栋对应私家侦探杰克，开篇就坠楼而死的唐奕杰对应也在开篇就被谋杀的水务局总工程师莫拉雷，唐奕杰的妻子林慧对应莫拉雷太太（两者都与男主有染或疑似有染），唐奕杰的老同学姜紫成对应莫拉雷太太的父亲（幕后大 BOSS，早年与莫拉雷是合伙人），林慧的女儿小诺则对应莫拉雷太太的女儿。两部影片都有一个关于人物身世的幕后真相，小诺的亲生父亲不是唐奕杰而是姜紫成，莫拉雷太太的女儿亲生父亲不是莫拉雷而是莫拉雷太太的父亲——《唐人街》的身世真相是父女乱伦，《风雨云》的身世真相没有那么"黑"，仅仅是三角恋情下的悲剧后代。两者更大的不同是，《唐人街》非常严谨地按照黑色侦探片的类型叙事要求丝丝入扣地展开剧情，悬念充足，人物动机和人物关系简单而明确；而《风雨云》将小诺推到台前，更多地承担了《唐人街》中莫拉雷太太的功能。在人设上最大的不同是，《风雨云》加入了连阿云这一角色，连阿云死亡之谜的破解成为警察林家栋侦破整桩案件的关键。《唐人街》的幕后剧情已经很复杂，尽管创作者对人物前史做了大量的留白处理，观众仍然需要很好的脑力才能跟上思路；《风雨云》的幕后剧情更加复杂，并且用大量笔墨对人物前史进行追溯，信息量的过度饱和远远超过了观众的接受度。同时，人物动机的暧昧性、情节转折的偶然性，也给观众在观看过程中"完形"剧情造成困扰。《风雨云》呈现出来的诸多不确定性、多变性、复杂性，与类型电影所要求的逻辑性、明确性和简单高效性显然水火不同炉。

《风雨云》取材于广州冼村拆迁事件[①]，该片的可贵之处是透过人物命运和情节，让观众看到了我们这个时代的一些隐性的局

① Otaku：《那些无法在大银幕上看到的〈风雨云〉——拍摄幕后二三事》，https://movie.douban.com/review/10088321/，访问日期 2019 年 4 月 14 日。

部状况，比如城中村拆迁，比如权钱色交易，比如欲望的膨胀所导致的人性黑化。《南方车站的聚会》也取材于新闻案件，[①]影片也在实地拍摄，影片中呈现的摩托车盗窃团伙开会的场景、拆迁动员大会的场景、野鹅湖陪泳的场景、夜色中广场街舞场景，仿佛真实又恍惚的幻觉，这些场景一直是我们身边的隐性存在，在电影中以视觉奇观的方式呈现在我们面前。

像《风雨云》一样困扰于类型羁绊的还有影片《被光抓走的人》和《平原上的夏洛克》。《被光抓走的人》的创意具有科幻性，但作者完全无意于创作一部科幻类型片。“外星人抓走了那些相爱的人”仅仅提供了一个高度假定性，是个由头，剧本想要讲的是发现真相或者不得不撕下虚伪的面纱面对真相的那些“不相爱的人”接下来该怎么活的问题。创作者非常严肃地通过几组人物探讨了这个关于“爱情”的难题，由中学老师武文学、妻子张燕和小韩老师构成的三角情感叙事线最为浓重，武文学一方面千方百计地为自己和妻子“为什么被留下”找个借口，继续维持相爱夫妻的假象，一方面又要面对单恋自己的小韩老师步步紧逼的进攻，显然这是个中年危机的故事。另外一条叙事线讲述濒临离婚的李楠因为老公失踪而执迷于解开“到底与老公相爱的人是谁”的真相，最终走向的是一个有点荒诞、有点虚无的结局。这是一个爱情虚无主义的故事。此外还有两条相对薄弱的探讨同性情感和青少年爱情的叙事线。若干条不相干的线索交织在一起，既像摊大饼，又缺乏融合度，满满的冷淡风，代入感、悬念和人物形象稀薄，其实莫不如老老实实讲好一个故事，并且，以喜剧形式讲述这个脑洞设定下的故事可能会更妥帖。

---

① 杜思梦：《〈南方车站的聚会〉导演刁亦男：想给观众一个故事，也想给观众一个世界》，《中国电影报》2019年12月11日第9版。

《平原上的夏洛克》具备一定的喜剧性和悬疑性，但创作者意不在创作一部喜剧片或者悬疑推理片，如同片名，采取的是滑稽模仿或曰“解构性叙事”，骨子里更看重的是借由两位主人公的冒险追凶之旅，展现农村空间与城市空间的割裂状态，那些惯常的城市场景，在农村人眼里显得就像西洋镜一般。卖马的场景、骑马的场景、推三轮车上坡的场景，以及影片最后三个老伙伴进入树林深处一片瓜田的长镜头，抒发了对正在逝去的“美好”的田园生活的喟叹，对主人公超英的完美形象塑造，也体现了创作者的某种理想化寄托。当下的农村其实早已淹没在密林一样的电讯信号发射塔中，在乡村视频直播如此盛行的当下，在人口流动如此剧烈的当下，割裂的不再是物理空间，社会冲突也不再是城乡身份冲突。从这个思路讲，《平原上的夏洛克》所表达的主题已经明显滞后了。

3. 寓言叙事

在讲求视觉奇观的类型片大行其道的当下，一部分电影作者将目光投向广阔的现实生活空间，致力于对社会焦点问题的揭示和探讨，还有极少的电影作者，仍在坚持形而上主题的探索和寓言化叙事。本年度万玛才旦导演的《撞死了一只羊》非常引人注目。电影所讲的是一个四段式故事：司机金巴在荒原上开货车时意外撞死了一只羊，并偶遇了搭车的复仇者金巴；两位金巴在短暂的旅途交集之后，走上不同的岔道，司机金巴去寺庙超度亡羊，复仇者金巴去寻找杀父仇人；司机金巴在返程中一念之间拐上复仇者金巴寻仇之路，发现后者已放弃复仇不知所踪；司机金巴重新踏上返程之路，做了一个梦，他在梦里穿着复仇者金巴的衣服，完成了复仇。这个特别像博尔赫斯小说风格的具有异域魔幻色彩的故事，改编自两部藏地短篇小说，故事前半部分以万玛才旦本人的《撞死了一只羊》为主，后半部分则以次仁罗布的《杀手》为主。两部小说融合在一起后，产生了奇妙的化学反应，两个金巴形成了镜像关系，使原本主题清晰的两个故事变得晦涩而暧昧不明。“其实在剧本阶段没有特别强调他们的镜像关系。在小说里面能隐隐约约感觉到这两个人物之间似乎有内在的联系，比如说司机遇见杀手，他们分开之后，司机心里放不下这个杀手，最后他知道杀手没有杀掉仇人而是离开了，又在梦里面完成了复仇。你能隐隐地感觉到人物内在的牵连，但是没有那么明确，所以在改编的过程中就强化了这个东西。从人物命名开始，给了他们同样的名字金巴。”① 藏语“金巴”是佛教中“施舍”的意思，司机金巴车前窗悬挂的吊牌一面是女儿照片另一面是佛像，影片中的这些细节信息揭示出宗教与世俗的一体两面，就像两个金巴一样构成镜像关系。构成镜像关系的还有插曲《我的太阳》，现实中是用汉语歌唱，梦境里却用意大利语歌唱。影片的镜头语言也一再强化镜像关系，比如当复仇者金巴告诉司机金巴他的名字是活佛起的，车内构图就完全变成了左右对称关系，再比如小酒馆里的现实戏和回忆戏，镜头构成和场面调度，都在强调两个金巴的镜像关系。从《塔洛》开始，万玛才旦电影越来越工于叙事和视听技巧，越来越醉心于形式感、符号化和隐喻性的追求。那么，上述这种镜像关系到底隐喻了什么样的主题？下面我们从司机金巴的心理角度来分析。

虔信宗教的他因为意外撞死了一只羊而产生内心焦虑、负罪感（羊在藏地是重要的民族图腾），按宗教解释，这个杀生行为是前世今生因果链条中的一个节点，此刻所种之因也必将引发今后

① 万玛才旦、叶航、董璐瑶：《镜像与寓言：访〈撞死了一只羊〉导演万玛才旦》，《北京电影学院学报》2019年第6期。

某刻之果，这个果会以“罚”的形式呈现，而彼时之“罚”，又将种下新的“罪”，这就是俗话说的“冤冤相报何时了”。打破这个因果链条的唯一方式就是“息冤”，因此司机到达目的地之后的最重要动作就是花钱请寺里喇嘛念经为死羊超度，超度行为可能会让冤者出于施舍心而“放下”，破解罪与罚的轮回魔咒，使得双方都获得解脱。如果司机没有遇到复仇者，这一因果链将完成闭环。可他偏偏遇到了复仇者，这显然也是此前所种之因在此刻所结之果。这个果，成为复仇者放弃复仇的因。司机的前世是不是复仇者的父亲？或许是，但显然不可以确定。不管怎样，司机在复仇者放弃复仇这一动作转变中成为“外力”，司机并非宗寺中的喇嘛，他仅仅有个宗教内涵的名字，因此这个外力既有宗教一面，又有世俗一面。从世俗一面讲，司机所施加的外力依然会产生新的果——也就是新的焦虑。这个焦虑，就是复仇者在放弃复仇的那一刻，大哭了一场，他的内心并没有获得真正的解脱，仅仅是仇恨心被压制了而已。复仇者的这个内心焦虑该怎么彻底解除呢？司机在返程的路上做了一个梦，他在梦里化身为复仇者实施了复仇行为。梦中杀人也是罪，从一体两面的思路讲，在解除复仇者的内心焦虑，使之获得解脱的同时，司机也重新背上了新的但是显然比此前更轻的“罪”。司机就是这样背负新的轻量级的杀生罪，怀着一颗犹如地藏王菩萨般的心，踏上回家之路。司机梦中杀人的行为，即创作者所谓的“大施舍”。“这部影片其实从大的方面讲就是在讲施舍，正如金巴的名字，是施舍的意思。最后通过一种大的施舍——梦中杀人，完成了个体意义上的解脱。”[①] 如果“复仇者的父亲—复仇者—司机”构成线性时间中

① 万玛才旦、杜庆春、于清：《也许这才是讨论世界的方式——与万玛才旦导演谈〈撞死了一只羊〉》，《当代电影》2019年第5期。

的迭代轮回关系，这个解脱就不是个体意义上的，而是集体意义上的。值得注意的是，被复仇者玛扎完全处于被动态，在现实中他被宽恕了，在梦境里他被惩罚了。两个金巴的解脱更像是自我解脱。

4. 散漫结构

《撞死了一只羊》的故事发生于旅途，节奏缓慢，但叙事结构十分紧凑。另一部同样属于公路片性质的电影《过昭关》，则有着散漫结构。

霍猛编剧并导演的《过昭关》剧情看似简单实则复杂。七岁的宁宁被工作繁忙的爸爸送到乡下爷爷家过暑假，爷爷开着三轮车，带着宁宁踏上旅途，到千里之外的三门峡寻访很多年不见的老友，一路上遇到形形色色的人与事。“家—公路—目的地三门峡中心医院—家”构成了现实空间结构，现实时间线、对哑巴叔叔的回忆线和《过昭关》戏中戏构成了多重时空结构，路遇的钓鱼男子、卡车司机、哭棺拦路一家人、养蜂老人则构成了开放式的插线结构。总体上呈现出散漫叙事的结构特点。这部影片以丰富的细节来塑造人物并传达人生况味。掉牙成为重要的意象，影片开端，宁宁掉了下牙，被爷爷压在屋瓦下；结尾，爷爷吃宁宁给他的泡泡糖，粘掉了牙。泡泡糖还承担了另一个剧作任务：当卡车司机和祖孙俩遭遇哭棺拦路要钱时，宁宁把一颗泡泡糖送给了这家人中的小孩。风车也是一个重要意象，爷爷给宁宁做了一个风车，最后与卡车司机告别时，宁宁把风车插在卡车后视镜旁边。此外，祖孙俩比赛撒尿、用罐头瓶钓鱼、在中心医院认错了老友，这些场景或充满诗意，或生动有趣。爷爷在片中数次咏唱《过昭关》中的唱段“我好比哀哀长空雁”，则抒发了老人家感怀人生的主题。哑巴叔叔的下葬，老友的亡故，使得这一诗意主题平添了黑色调性。

这类漫游式的诗意风格的电影佳作，近年来越来越少了。

二、现实人物的硬核塑造

1. 硬核女性

在人物塑造方面，本年度呈现出一个显著特点，就是现实人物的硬核化。硬核女性构成的相爱相杀的母女关系设置出现在若干部作者风格影片中，如《柔情史》《送我上青云》《少年的你》《风中有朵雨做的云》和《过春天》。

杨明明编剧并导演的《柔情史》呈现在观众面前的一对母女性格强硬、言语锋利，生活中处处凸显人性的动物本能，豆瓣有一条热门短评说："母女关系写得真好，刻薄，丑陋，一辈子纠缠牵扯，互相憎恨又彼此依赖。"而另一条更热门的短评则说："令人生理性不适的真实感，是那种仿佛从身下抽出血淋淋的卫生巾甩你脸上的女性题材。故事是好故事，但还是有点吃不消，尤其母亲的角色，像是《编辑部的故事》里牛大姐的疯狂升级版，每一句台词都像是奔着抄家来的，太可怕了！"显然，这部作者电影走向了"软性电影"的反面，仿佛一块高硬度又棱角突出的石头，给了很多观众迎头一击。《柔情史》的主空间是北京老城区胡同，室内母女双人戏居多，场景狭小局促，情节线索被埋在母女俩的日常生活中，三段式的情节结构以三个小标题"奶""羊蝎子""瓜"做划分。粗粝的纪实风格、袒露的生活褶皱、横陈的隐私、狰狞的人性，让观众强烈地感受到自己处于偷窥位置，或多或少地产生道德焦虑，这就是豆瓣热评中所谓"不适""可怕"

的原因。近年来像《柔情史》这样风格凌厉的女性电影十分鲜见，与其构成呼应关系的是宁瀛导演的《无穷动》，那已经是2005年出品的电影了。关于电影的主题表达，创作者是这样解释的："拍这个电影，想表达的一个核心，就是揭开日常家庭生活中岁月静好的假象。'柔情'肯定不是字面意思，不如说是从日常生活的伤害和绝望中萃取的几滴足以让她们继续生活下去的希望。至于'史'字，是因为她们之所以形成今天这种状况，都在之前有很多很多的积累，很多细节一点一滴累积所导致的。不是说帝王将相的历史才是历史，我们这种平凡日常，也可以构成一部个人生活史。"为何影片中的人物如此硬核？"我发现世界上所有的母女关系都是一样的，女儿经常跟自己的母亲过不去。……我母亲算是一个职业女性，她对我要求很严格。我知道她其实不想要孩子，她觉得我中断了她如火如荼的事业。……日常生活中，我自己与母亲也存在某种紧迫感。《柔情史》其实到现在都不敢给我妈看，我觉得那会颠覆她对自己的认识。……很多母女关系，包括我自己，有时候是内耗、消耗的。我觉得要尽量避免那种内耗。……我觉得不论是成功的女性，还是失败的女性，她们其实永远处在焦虑的一个状态。女性的那种焦虑好像更把伤害面向自己，是伴随终生的。"①

滕丛丛编剧并导演的《送我上青云》尽管也有些生猛，但在硬度上比《柔情史》弱了一些，对人性的动物性描摹之下，蕴藏着浓郁的文艺气质。这部影片最为醒目的是成功地塑造了一位独特的、倔强的女性，"盛男"这个名字谐音"胜男"，创作者赋予她与所处环境、与周遭人物、与自身命运的不妥协气质。盛男是一个始

---

① 一条：《杨明明自述|柔情史：一段并不温柔的家庭史》，https://movie.douban.com/review/9856819/。

终未被社会现实驯服的人，即使身为大龄剩女，即使被检查出卵巢癌，即使她面临三十万元的治疗费用，即使她在筹款中遭到冷遇或嘲笑，依然不改嬉笑怒骂的泼辣本性，保持着独立人格和独立思考的能力。反观与她形成映衬的另一位女性——盛男的母亲梁美枝，性格软弱，思想幼稚，后知后觉，行为荒唐，没心没肺。这对母女像是被错置了关系。该片在剧作上的缺点比较明显，诚如谢飞导演所说："情节结构把握青涩。它偏离了'一人一事'（李渔《闲情偶记》）的结构法则，既不是'一人多事'，也不是'一事多人'，有些陷入了'多人多事'的中心不突出的境地。"①

《少年的你》中的陈念如同盛男一样硬核，她的母亲也如同盛男的母亲一样，是一位状况不堪的中年女性。母女关系也同样具有错置感。少女陈念的人物塑造显然比大龄女盛男更为细腻和生动，其性格和心理揭示从电影本体出发，依赖情境烘托、视听元素、细节设计和一系列充满仪式感的场面。而盛男的性格和心理更多时候是靠对手戏、对白和表演直接呈现，因而显得粗放了些。《过春天》也塑造了一对硬核母女，具有学生和水客双重身份的"单非"少女佩佩，顽强地穿梭在成人社会丛林中，她的母亲终日赋闲在家打麻将，对佩佩的思想和行为显得漠不关心，与盛男的母亲、陈念的母亲具有很大程度的相似性。母女关系的相似性设置，是剧作上很值得研究的一个课题。

2. 硬核英雄

本年度有两部取材于真实事件的灾难片着力于塑造硬核化的英雄人物，有成功之笔，亦有失败之处。

---

① 谢飞：《我谈〈送我上青云〉》，https://movie.douban.com/review/10459650/。

《中国机长》根据2018年5月14日四川航空由重庆飞往拉萨的3U8633航班机组在高空遭遇驾驶舱前挡风玻璃碎裂脱离后临危不乱、成功迫降的真实事件改编。尽管影片的开端建置显得琐碎冗长、人物庞杂，并且有的叙事线索显得多余，但在激励事件发生之后，主线瞬时明朗，情节和节奏顿时紧张起来。万米高空的强风、低温、座舱释压、剧烈颠簸，以及极为凶险复杂的地形和天气，成为机组人员必须战胜的一条条拦路虎。在极度危机的灾难情境中，由张涵予饰演的机长刘长健塑造得较为出彩。出彩是因为生动，生动是因为抓住了人物的细节真实。对原型人物进行敏锐的观察，进而抓取有效细节，是编剧应对改编题材必备的本领。影片开场时刘长健在冷水下淋浴时憋气四分钟、驾驶飞机时不苟言笑、飞机遇险后与同伴用短句交流、安全迫降后一个人默默地巡视机舱，均来自刘传健真实的日常。性格显得非常硬核的刘长健，其实就是非常硬核的英雄机长刘传健本人。除主人公刘长健之外，其他人物的塑造有些粗糙生硬。

《烈火英雄》改编自鲍尔吉·原野的报告文学《最深的水是泪水》，故事原型是发生在2010年7月16日的大连输油管道爆炸事故。2000多名消防官兵彻夜奋斗，在7月17日上午控制住火情。这一事故造成一名消防员牺牲，一名消防员重伤。近年来，火灾CG特效技术越来越完善，难度门槛越来越低，因此在国内不断涌现出救火片。《烈火英雄》较有冲击力的视效奇观制作和一线男性明星阵容是吸引观众走入影院的重要原因，最大破坏力相当于“20颗原子弹”的火情设置、全市大逃亡的情节设置、惊心动魄的救险桥段，以及对消防员群体的英雄化塑造，增强了影片的可看性，这也是这部影片取得较高票房的重要原因。与《中国机长》较为克制的处理不同，本片在英雄人物塑造上过于煽情，很大程度上损害了剧作质量。影片主要塑造了四个消防员：一个是深受PTSD创伤折磨，最终在火场战胜恐惧、手动关阀门，最后壮烈牺牲的江立伟；一个是还差几个月就要退役，在训练中偷工减料，最后在火场上壮烈牺牲的郑志；一个是与父亲有情感隔阂，承担多方面压力的特勤一中队队长马卫国；还有一个是拍婚纱照中途接受紧急任务，负责为火场远程供水，最终因排除管道口上的垃圾而溺亡的徐小斌。这些平凡的英雄人物大多取材于朴素感人的真实原型，可惜在改编塑造时没有拿捏好。“假若《烈火英雄》能在渲染牺牲上稍微克制一些，不要为了煽情而煽情，而能够在之后的反思上做一些延展，将对火灾的反思，落实到政府部门、企业、个人乃至消防部门身上，以避免火灾的再次发生，尽可能保障每一个消防战士的安全，那么，《烈火英雄》会得到更高的评价。”[①]

三、类型剧作的奇观策略

1. 强情节类型：视觉奇观与情感奇观并重

本年度的类型片成果首推科幻片《流浪地球》。作为一部高投资作品，视觉奇观营造得非常成功，并且进行了有效的情感奇观设置。影片开端，地球表面遭遇大灾难，地下避难城无法容纳所有人，刘启的母亲身患重病无法照顾刘启，刘启的父亲把仅有的一个监护人名额让给了刘启的外公，当年的这个决定直接导致了刘启对外公的叛逆，以及和一直在太空站工作的父亲的情感隔阂。父子情和祖孙情构成了影片的情感双线。情感线带动了主情节线的推进，而主情节线又促成了父子情感纠葛的解决：刘启不

① 曾于里：《〈烈火英雄〉：主旋律商业大片该怎么拍》，《澎湃新闻》2019年8月1日，https://www.thepaper.cn/newsDetail_forward_4057840。

想看到老爸回家→带着表妹韩朵朵“偷渡”到了地球表面→兄妹俩卷入火石小分队，听到空间站爸爸关切他的声音→勾起刘启对童年阴影的回忆→小分队屡遭危机，全体地球人拯救地球失败→爸爸牺牲自己用空间站撞木星拯救地球→父子和解。从扼要的剧情归纳不难看出，影片高潮段落处的煽情泪点十分明显。情感设计尽管有些老套，但对观众来说的确有效。《流浪地球》剧作上的问题非常明显：线索过于复杂导致无法充分展开，次要人物过多导致人物刻画简单苍白。与《流浪地球》相比，同为科幻片的《上海堡垒》的剧作问题严重太多，直接导致了该片在票房和口碑上的双重失败。具有科幻元素的电影《疯狂的外星人》，其主类型其实是喜剧，这也正是影片创作者所擅长的风格；外星人误入猴戏团的设定构成了奇特的视觉奇观，空间设置、人物关系和情节桥段处理上充满了荒诞感和嘲讽感。

功夫片《叶问》系列今年拍到了最后一部。《叶问4》有着中规中矩的叙事结构，功夫桥段的安排也一板一眼。功夫片在中国电影类型的快速发展中日渐式微，作为视觉奇观的功夫打斗场景很难再开发出新意，前些年王家卫导演的《一代宗师》成为功夫片的绝响。《叶问》系列一直能够续命的重要因素之一是浓郁的民族主义情结，《叶问4》将擂台摆到20世纪60年代的美国，叶问对阵旧金山的一众武林行家是民族和丛林内部问题，一旦大敌当前则迅速联合起来抵御外侮，因而高潮戏自然是叶问对阵并击败美国海军陆战队那位极其张狂的恶霸，替华人复仇出气。在剧作上，叶问徒弟李小龙的设置显得有些局促，为了彰显叶问，李小龙的功能主要是激化门派冲突和敌我冲突的催化剂。

本年度动作犯罪片中市场影响力较大的作品如《扫毒2：天地对决》《反贪风暴4》《使徒行者2：谍影行动》具有共同的剧

作特点：均为电影市场品牌级的系列片，故事空间设置在香港，警方与帮派组织对峙，为营造最大化的戏剧冲突，正反双方的人物塑造走极端，赌博、贩毒、抓内鬼老三样不断组合翻炒，模式化很难突围。去年尚有《无双》这样的创新惊艳之作，今年一片空白。值得一提的是内地电影人创作的动作犯罪片《"大"人物》，这部翻拍片运用港片套路进行本土化尝试，在动作元素和犯罪元素的基础上，融入喜剧元素，以打击商业犯罪和黑社会犯罪为叙事主线，设置了敌我双方强烈对峙的戏剧冲突，叙事速度快，人物性格塑造简单明确、类型化明显，呈现出一种生猛之势，有很好的接受快感。剧作上的问题是，动作场面缺乏新鲜创意，主人公孙大圣人设和反派赵泰人设都有些简单粗暴，局长决定派手下刑警团队彻查赵氏集团这一战略转变有点硬，编剧技巧痕迹过重。内地电影人创作的另一部动作犯罪片《雪暴》则呈现出冷硬荒蛮的风格，该片将剧情设置在白雪皑皑的东北边陲深山老林，看似广阔，实为封闭的叙事空间，颇有些类似科恩兄弟早年创作的《冰血暴》。影片开端，由三个坏蛋构成的雪地犯罪经验丰富、心狠手辣的劫匪团伙，劫掠黄金后遭遇并枪杀了一名警察。一年后，另一名警察王康浩发现该团伙居然趁着冬季试图偷偷地将窝藏的黄金运出去，双方在雪暴来临之际进行了一场惊心动魄的正面对决。这部影片剧作上的主要问题是叙事节奏拖沓、动作桥段缺乏创意亮点。

《南方车站的聚会》和《风中有朵雨做的云》是彰显作者风格的悬疑犯罪片，本年度公映的其他一些悬疑犯罪片《犯罪现场》《铤而走险》《你是凶手》和《长安道》等在剧作质量上均不突出，近年来悬疑犯罪类型片的创作特点是：数量虽多但同质化严重，艺术水准日益下滑。于岁末上映的《误杀》倒是成为一匹黑马，非常值得关注。《误杀》是一部翻拍片，该剧作原创于印度，因剧作扎实、市场成功而被翻拍过多次。印度原作的中国本土化显然是不可能完成的任务，因此这次翻拍将空间情境设置在泰国。该剧作的亮点在于“被欺压的底层草根人物凭借独特本领与警方斗智斗勇完成脱罪任务”的故事创意。“脱罪”是悬疑犯罪片中很重要的情节元素，成功之作比如《嫌疑犯 X 的献身》《无双》《少年的你》，脱罪情节设置最早可以上溯到三四十年代古典好莱坞时期的黑色电影，比如《双重赔偿》。《误杀》的成功与所表达的社会阶层冲突的主题密不可分。归于悬疑犯罪类型的《吹哨人》，其实有很强的动作元素，一系列较有规模的动作追逐戏在澳洲和非洲展开。原本这些动作戏可以形成视觉奇观，可惜没有达到目的。这部影片在剧作上的主要问题是情感三角两难困境设置，溢出了类型要求。影片《六欲天》因为票房惨败成为被忽略的一部悬疑犯罪片，影片触及了抑郁症所带来的伦理问题，具有黑色电影风格，在人物关系和现实空间开掘上比较用心，可惜叙事节奏没有掌控好，影片第三幕显得过于拖沓。

院线恐怖片已经消沉多年，几年前就已制作完成的《碟仙》于今年上映，取得了超过五千万的票房成绩。《碟仙》的剧作问题十分明显，创意缺乏新鲜度，剧情套路化严重，人物塑造有些刻板。剧作上的亮点也十分明显——恐怖氛围浓郁，观众代入感强，悬念营造较为成功，“吓人指数”高。无论恐怖片剧作还是惊悚片剧作，如果没有独特新鲜的创意，没有切合当下社会焦虑的主题，很难在艺术与市场上获得突围，只能苟延残喘。

2. 强情感类型：情感奇观与社会奇观并重

校园青春片在今年呈现出别样风景。除了《少年的你》，可圈可点的作品还有《过春天》《老师好》《银河补习班》等。《过春天》塑造了深港“双非”和“单非”群体中的一个女孩佩佩，她居住在深圳，却在香港上学，因此不得不每天往返于深港两地。当她和同伴许下冬天去日本看雪的愿望后，为了赚到足够的费用，便成为水客大军中的一员，每天冒险过关。在这条情节线之下，牵绊着一条情感三角线，佩佩和阿Jo是好友，阿Jo和阿豪是情侣，阿豪成为佩佩加入水客帮的引路人，两人之间因阶层的相似而产生情感暧昧。“影片的外壳看似是一部关于女性成长的青春片（Teen Film），但其内核不同于近年火热的一批商业性极强的‘小妞电影’（Chick Flick），是一部有着明确现实面向的女性电影。白雪以女性导演独有的细腻和敏锐，展示了‘单非少女’这一特殊女性群体的存在与觉醒。影片不仅涉及友谊、初恋、叛逆、迷茫、代际关系等青春片的常规主题，更巧妙地将‘单非’子女的身份认同、‘深港’关系、两地年轻人的精神困境等一系列深刻的社会性话题包裹在这个成长故事之中。”[①]

《老师好》和《银河补习班》都是讲述中学校园的故事，却有着迥然不同的剧作处理方式。《老师好》里的人物群像建立在从80年代中学校园里走出来的成年人的集体记忆基础之上，可以说，每个人的校园记忆里都有一个对学生严厉、被学生捉弄、观念古板而又认真负责的“苗宛秋”老师，每个人的校园记忆里也都有“生”“旦”“净”“末”“丑”各种类型的同学形象。同时，上了岁数的老同学聚会时，总会讲起一些校园糗事。电影《老师好》的人物和情节，不像是以剧作法虚构出来的，而更像是从记忆里生长出来的，情感真实、饱满、生动。这就是这部剧作缺点

① 张琦：《跨过青春的关口：评白雪导演作品〈过春天〉》，《北京电影学院学报》2019年第4期。

明显、其貌不扬的影片对观众具有莫名吸引力的奥秘。《银河补习班》则是凭借编剧技巧和研发策略策划出来的，也有一些明显的剧作弊端，正是这些剧作弊端成为木桶上致命的短板。“影片有意嵌入具有时代特征的元素，用《亚洲雄风》《渴望》《走四方》《弯弯的月亮》《快乐老家》《当年情》等流行歌曲串起故事，这些流行歌曲已经构成集体记忆的一部分，最容易产生代入感，勾起过来人的记忆……但它在运用时多作为背景声出现，增加现场感，或者是叙事链条中的一环。反之，则有可能让人觉得突兀。比如，上学路上，编剧有意设计了一个父子玩捉迷藏的桥段，结果马飞遇到了一伙不良少年，在紧急关头，马皓文出现，结果被暴打。在这样的时间节点，人物所处的‘困境’不是自然而然出现的，而是为冲突而冲突，影片中类影片中类似的逻辑不通畅的桥段不少，桥的倒塌、马皓文背锅、马飞成绩的飞跃，都缺乏必要的铺垫和因果关联性，带有一定的随意性。……如果说局部的失真还不是伤筋动骨，更主要的是在大的逻辑层面上无法‘合情合理’。”①

《只有芸知道》是本年度最为特别的一部爱情片，这部影片根据冯小刚身边朋友真实的爱情经历改编，以男主第一人称口吻进行追忆和讲述，一个跨度长达二十年的纯爱故事以极为缓慢的节奏徐徐展开在银幕上。《只有芸知道》票房与口碑均遭受冷遇，难道真的是因为，这部中年人讲述的纯爱故事在爱情观上和青年观众的口味、爱情观之间有一条巨大的鸿沟吗？可能未必。一位评论者认真地对剧作进行了剖析，发出四点疑问：“1. 隋东风和罗芸的感情真是美好的典型吗？东风一头扎进去，一劲儿地全力爱，

① 陆绍阳：《〈银河补习班〉：游移在现实和梦想之间的得失》，《电影艺术》2019年第5期。

却一下子被抽空。罗芸对东风一开始就缺乏信任和坦诚。由于自小病弱所以没有安全感，这个理由还是不足以支撑她在婚内隐瞒病情十五年。如果她只能陪东风走一段，更应该全身心相对，让对方知晓实情。况且开餐馆是一桩很累的生意，想必两人不止一次地面对过罗芸身体不适的突发情况，那么多次罗芸都回避真实原因，在一定程度上是对丈夫的不坦诚，虽然是不得已和出于善意。2. 罗芸去世后，东风在她家人口中才得知罗芸病情真相，看到这里，我有一丝感觉，这不是浪漫，反而觉得有一种恐惧。至少片中给出的那些理由没有说服我相信罗芸的爱含有利他性。东风在妻子病逝后需要独自消化那段爱的岁月很久，其中的不完整和不敞亮，或许带给他莫名的伤痛吧。3. 虽然赌博定婚姻的荒唐行为或许带有在无常生命面前的超然态度或者面对死亡的赌博心理，但还是比较难撑起罗芸对东风有深爱的理由。另外影片提供的一些点，例如初次见面吹长笛、为车位打架、送护手霜、给家里电话，来推进罗芸决定嫁给东风的矛盾心理，我觉得也有些不准确和不动人。可能这样的处理，给这段婚姻和这份感情从一开始就铺垫了不公平、不尊重和不真实的基调。4. 极光许愿烧毁饭馆，这种负面能量，让我觉得罗芸不是一个可爱的人。直到因饭店起火毁于一旦，他们也不得不放弃房子离开时，她还是对东风隐瞒，而去选择告诉招待员朋友在她死后转告东风自己对极光许愿的忏悔。看到了这里，我基本对罗芸这个人物完全没有了认同感。”[①] 作为一部爱情片，如果剧中主人公的塑造不被观众认同，那可能真的不是在爱情观上，而是在剧作上出大问题了。

本年度的爱情片和喜剧片剧作相对于其他类型片剧作来说，

---

① 王凡：《〈只有芸知道〉：在时间里简单地存在》，《中国电影报》2019年12月25日第7版。

显得有些营养不良，在此不赘述。本年度出现一部较受目标观众群体喜爱的“宠物电影”《宠爱》，票房成绩不俗，但其剧作尚未达到一定水准，在此亦不赘述。在单身率越来越高、养宠物蔚然成风的社会趋势下，宠物电影值得关注，其未来发展空间较为广阔，对宠物电影类型剧作的研究和探索，将成为一个重要课题。

纵观2019年中国电影剧作，现实题材的作者表达有以下几个重要现象：苦情传统、类型羁绊、寓言叙事、散漫结构。现实题材的人物塑造，无论女性还是男性，都有硬核化趋势，年轻女性创作者更倾向于塑造硬核女性形象、设置相爱相杀的母女关系。在类型剧作上，强情节类型的重要策略是视觉奇观与情感奇观并重，强情感类型的重要策略是情感奇观与社会奇观并重。

第九章

2020年中国电影剧作艺术分析

本年度中国电影的剧作艺术质量总体上较为一般，少数作品在人物塑造、叙事结构以及风格化上，有一定的探索创新。比如《别告诉她》塑造了一位陷入东西方文化夹缝、努力寻找平衡的年轻主人公，《气球》塑造了一位陷入生育困境和身份困境、有一定独立性觉醒的藏地女性，《春潮》继上年度的《柔情史》和《送我上青云》之后，再次探讨相爱相杀的母女关系并试图寻找其成因。类型人物上，《除暴》着力塑造了两个人物，一正一邪，对观众有较强的吸引力；《拆弹专家2》着力塑造了一个人物，亦正亦邪，因“失忆”和“记忆再植”陷入自我认知的冲突，有较强的情感冲击力。《一秒钟》塑造了特定年代的三个构成相互冲突的“一根筋”式的人物，借由这几位主人公交织在一起的动作线表达了创作者的主题与情怀。

在时空观念和叙事结构上有一定探索性的是《春江水暖》《夺冠》和《八佰》。《春江水暖》模仿中国画卷轴展开的特点进行横移长镜头叙事，呈现现代化进程中一座文化城池和一个传统式大家庭的种种焦虑，缺点是剧作观念与现代艺术趋势脱节。《夺冠》以充分的原型调研为基础，根据特定的时空跨度、人物关系和事件选取量体裁衣，试图超越好莱坞叙事结构，这一创作观非常可贵，遗憾的是影片成片在叙事结构上有一些虚焊点和断裂点。《八佰》从“看”与“被看”的多重视角入手，试图融合“再现”与“表现”两种风格，构建复杂的叙事层次和主题层次，但处理手法较硬，观众接受有难度。

本年度院线电影中作者表达式的风格化剧作，除前述作品外，较难找出更多佳作。本年度的类型化剧作，一方面，呈现出的模式化倾向和对标仿写倾向比以往更加严重，导致本土类型剧作创新力匮乏；另一方面，主旋律剧作因为看重观众接受效果，集中优势创作力量，以集锦叙事、类型叙事尤其是喜剧风格的加强，较好地传达了特定主题，近两年效果较好，比如去年的《我和我的祖国》和今年的《我和我的家乡》。

下文将对具体的剧作案例展开剧作艺术分析。

一、人物与主题

1. 女性人物的身份认同焦虑

《别告诉她》：东西方观念碰撞中的跨文化新生代女性

《别告诉她》讲述了一场为了告别的聚会，故事开始于“善意的隐瞒”——从小在美国长大的女主角碧莉得知奶奶被确诊为癌症晚期，随同父母由纽约返回长春老家，所有家族成员聚齐，假借一场婚礼的名义，陪奶奶度过最后一段“幸福”时光，而始终向奶奶隐瞒患癌真相。“别告诉她”是中国文化传统中的常见现象，但因主人公碧莉特殊的成长经历，这场陪伴和告别让她陷入两难困境。碧莉成长在美国，但六岁前的童年时光是在中国度过，在碧莉的身上，我们可以直观地看到文化认同焦虑。西方文化更看重“个体”“自由”，在刚回国的碧莉看来，对奶奶隐瞒她患了癌症的真相是剥夺了她的知情权，极有可能导致奶奶在人生终点处的遗憾，如碧莉所说，“在美国这是 illegal（违法的）”。

深受西方文化影响的碧莉在东方氛围之下不免感到困惑，她不断询问“难道我们不应该告诉她吗？”，询问对象由父母到家族亲戚再到医院中同样有过留学经历的医生。每一次得到他人的回答，都是碧莉接受东方思维冲击的过程。在东方文化中，集体大于个人，家庭带来的责任也远远重于所谓的“自由”。更多家庭倾向于向身患绝症的亲人隐瞒病情，避免亲人被将死的恐惧折磨，中国人更希望亲人在喜乐与宁静中走向终点，因此隐瞒病情也只能算作一个善意的谎言。碧莉的大伯进一步解释了这个善意谎言的内涵：“东方人是把生命看作是集体的，家庭、社会……我们之所以不告诉奶奶实情，就是为了分担她的思想压力。”

碧莉的童年是在中国度过的，与在美国本土出生并长大的华人有所区别，性格中有内向与隐忍的成分，这样的性格使她无法用尖锐的对立姿态面对中西文化的不相容，她一直忍受着困惑与煎熬，多次面对奶奶欲言又止；同时，她在家族活动中体会着血亲之间的相处带来的亲情与温情，渐渐接受着中国式的情感表达方式。在婚礼一场戏中，原本掩饰着情绪的亲人们借这个特别的时刻表达了自己的真实情感：大伯在台上哭着表达对母亲的感恩，堂弟也不禁在婚礼现场流下眼泪。这一幕再一次给碧莉以冲击，她终于也如自己的亲人们一样，选择对奶奶隐瞒病情，甚至主动修改了奶奶的检查报告。

直至结尾，碧莉都并未用直接的方式解决自己心中东西方文化的矛盾冲突，两种看似对立的文化以一种升华的方式达到了和解——亲情。亲情是超越文化的存在，碧莉无法回答“美国好还是中国好”的问题，却能够精准回忆出自己最幸福的经历是小时候在奶奶的家中玩耍，为了亲人的快乐，她最终愿意放下自己的坚持，而做到了这一点的主人公碧莉，也终于实现了自己的一次成长。《别告诉她》中塑造的这个新生代形象，在中国电影剧作中非常新鲜，也揭开了当下现实的某种症候。

《春潮》：被女儿身份和母亲身份双重羁绊的知识女性

近年来，中国电影市场上逐渐出现了一些聚焦于母女关系的女性题材电影，从《柔情史》中的硬核母女，到《送我上青云》中的倔强女性。女性，尤其是母女关系中的女性，逐渐开始受到人们的关注。《春潮》与这些女性题材电影多有相似之处，但又有着自己独特的侧重点。

《春潮》讲述了祖孙三代女性的命运羁绊，报社记者郭建波、母亲纪明岚与女儿郭婉婷同住在一个屋檐下，三代人因亲情关系捆绑在一起的生活，看似平静实则暗潮涌动。姥姥纪明岚精明强势、控制欲强，在外人看来开朗外向、擅长组织与社交，在家庭中却时时刻刻以怨妇姿态对往事进行追忆、控诉和咒骂；郭建波始终隐忍、沉默，但内心充满来自原生家庭的伤痛以及对母亲的强烈叛逆意识；小女儿郭婉婷少年早熟，她的体内早已种下来自母亲与姥姥的叛逆、强势的种子，小小年纪就学会了成人世界里的种种生存法则，时常说出尖锐到让大人们尴尬的无忌之言，却也不乏一个儿童的天真与幼稚。

在“纪明岚—郭建波”这组母女关系中，母女之间的平衡并不建立在母亲与女儿两人硬碰硬的交锋上，一个人的焦虑、痛苦只能对应另一人的冷漠与回避，怨恨与反抗虽未被言说，却暗流涌动，如同片名“春潮”。纪明岚始终活在对家庭的怨恨中，丈夫在她口中俨然是一个自私、无耻、四处骚扰女性的流氓形象，丈夫的存在给她的家庭带来了无尽的羞耻和灾难，而愿意相信父亲是一个好人的女儿郭建波在纪明岚眼中无异于一个“背叛者”，她对丈夫的怨和对自己无力掌控家庭的恼最终转嫁到了女儿身上。郭建波在母亲的冷漠与恨意中成长，这让她始终在母亲形象与意愿的对立面寻找着自我的定位，母亲期盼的是一个在人前大方得体的好女儿，她便在母亲组织排练活动的时候抽烟，将烟头按灭在饺子皮上；母亲希望她拥有结婚成家的安稳生活，她便流连于情人床榻，未婚生女，用大胆出格的语言吓退适合结婚的追求者。

“郭建波—郭婉婷”这一组母女关系承担了影片中少有的母爱温情段落，然而这样的母爱又是充满缺憾的，郭建波注定无法成为一个好女儿，因此也无法承担一个好母亲的责任，原生家庭带来的阴影与伤害使她回避家庭，忽视了女儿的成长，因此不能像正常母亲那样全身心地向女儿传达自己的爱。同时，作为女儿的郭婉婷一方面逐渐理解与依赖自己的母亲，另一方面又始终处于对母爱的怀疑与不安中。

在结尾处，《春潮》提供了面对母女关系困境除和解之外的另一种处理模式。母亲陷入昏迷后，郭建波站在病房窗前，面对玻璃上躺于病榻的母亲的影子，进行了一段长达八分钟的独白，几十年来对母亲的积怨与不满终于被说出。讽刺的是，母亲此时已经昏迷。郭建波从失语走向反抗，而这终究不是交流，亦非和解，在压抑中隐而不发的情绪与情感，终于还是只能如春潮，漫无目的与边际地奔涌流淌。

本年度在女性人物塑造方面具有一定开拓性的影片还有《日光之下》和《除暴》,《日光之下》塑造了一位特殊成长环境下与哥哥产生情感羁绊和身份焦虑的少女,《除暴》塑造了一名抢劫犯罪团伙首领的女友，虽然着墨较少，显得单薄而功能化，但创作者试图在反派人物塑造中找寻新的空间值得鼓励，囿于本章篇幅就不展开分析了。

2. 反英雄人物的身份认同焦虑

《拆弹专家2》：警匪身份集于一身的悲情人物

《拆弹专家2》的主人公潘乘风是一个格外特殊的人物，如果说《除暴》中警匪角色的设置是对传统港片正邪双雄对峙模式的效仿和复刻，那么《拆弹专家2》中的主人公设置则是对这一模式的改造——正邪一体——潘乘风对峙的是他自己。

影片开端建置部分先是用两次拆弹救援行动确立了观众对潘乘风的认同感。第一次营救任务揭示了潘乘风的人物性格与特征：他有足够的专业能力，可以轻松解救危险处境下的人质，同时，相比于搭档董卓文，他更加跳脱“规则”，在危急时刻宁愿兵行险招。如同众多犯罪片中的正面英雄形象，潘乘风兼具魄力与智谋。在第二次营救任务中，潘乘风成功拆弹后放松警惕，因解救微波炉中的猫咪而意外引爆炸弹，失去了一条腿——这是一个激励事件，装了假肢的潘乘风努力复健，重返警队的愿望极其强烈，然而未能如愿。观众和主人公产生共情，又对他性格中偏执而爆裂的成分感到担忧。为使观众与主人公失忆后的视点一致，从而营造悬念，编剧采取了省略叙事，直接跳切几年后的香岛酒店爆炸案，成为犯罪嫌疑人的潘乘风因海马体受伤丧失了陈述性记忆。被解职后的潘乘风，究竟是罪犯中的重要头目，还是如前女友所述是警方特意安插进恐怖组织的卧底，无论对潘乘风本人还是对观众来说，均无法判断。观众和重归理性后的潘乘风一起，逐渐回溯过往，发现被辞退后陷入愤怒中的潘乘风的确成了恐怖组织的核心成员，点出了“愤怒会摧毁一切”的主题。然而当愤怒的时效性过去，主人公又该如何面对自己的“邪恶”立场呢？

后续的故事发展以一种安全而正确的方式解决了这一困境：潘乘风亲眼看到恐怖组织成员虐杀自己昔日的警员同事，人性中的善念让他对此感到无比痛苦，理性的他幡然醒悟，回归正义阵营。随后，故事走向警匪片惯常的发展方向——正义一方需战胜邪恶一方的“大反派”，并解决他（们）造成的危机。区别在于，潘乘风需要战胜的“大反派”正是他自己，通过记忆残片推理出恐袭行动的内容、阻止极端组织反人类行动的过程不仅是正义与邪恶的交锋，也是潘乘风在失去陈述性记忆状态下，对自我进行理性剖析与重新认知的过程。最终，潘乘风用自己的牺牲换来营救任务的成功，完成了自我救赎。

身份认同话题在港片中并不少见，《无间道》《无双》等影片都曾涉及身份错位带来的焦虑，而《拆弹专家2》在此基础上更进一步，加入了精神病学范畴的新设定，让人物从身份到灵魂都处于“正与邪”“黑与白”的双面性中，潘乘风既是警察也是匪徒，既是英雄也是杀人狂，警匪形象集于一身的设定可谓是华语犯罪片的一次重大尝试与突破。

《八佰》：在“小我”和“大我”中抉择的群像人物

影片《八佰》在人物塑造上有两个突出的特点：“群像化”和“反英雄化”。《八佰》的创作者显然有着构建“群像”的野心，《八佰》并没有严格意义上的主人公，而是用群像英雄取代了“个人英雄主义”，为观众展现出战火之下性格特点鲜明的众多普通士兵形象：暴躁粗犷的老兵油子“羊拐”、在战争中逐渐成长的新兵“端午”、懦弱惜命的逃跑文职“老算盘”、由只顾自保到视死如归的“老铁”……这种“群像化”的设计有得亦有失。一方面，群像的刻画扩大了整部影片的格局，也更能唤起观众的家国情怀——战争从不只是个体英雄的成败，家国安宁依靠的是无数战士的坚守与牺牲。同时，《八佰》确实塑造了若干有个性有缺点的群像角色，端午、羊拐、老铁等许多人物都拥有清晰的人物弧光，他们在战争中的生与死也都足以引起观众的共情。另一方面，“群像化”也带来了一些弊端，无分主次、面面俱到的人物展现削弱了对单个角色的刻画，从而造成角色塑造的扁平化，许多人物的内心转变显得过于轻易、生硬，说服力不足；此外，人物众多也导致影片的情节线索和落点稍显混乱。

“反英雄化”则体现在，《八佰》的人物区别于中国传统主旋律影片中自带神性光环的英雄主人公，他们是战士，也是真实的人，观众可以在他们身上看到诸多人性的弱点。羊拐粗鲁、老铁懦弱、老算盘惜命而精于算计、谢晋元有作为领导者的无奈和无能为力……影片中还加入了逃兵的人物形象，这些都使得人物的真实性与复杂性进一步加强，在真实性的前提下，士兵们的牺牲与视死如归才显得尤为悲怆动人。当然，《八佰》的“反英雄化”尝试仍存在不够完美之处，对人性弱点的刻画或是为了给人物弧光的出现做好铺垫，或是为了与视死如归者形成鲜明对比，还远远未深入对复杂人性的探讨层面。

3. 极端情境人物的身份焦虑

《一秒钟》：被时代扭曲的偏执人物

谈论《一秒钟》涉及的三个人物之前，先要梳理影片发生的时代背景。《一秒钟》故事发生在20世纪70年代中期，一方面，那是一个动荡不安、人人自危的特殊时代；另一方面，在那个精神贫瘠的时代，电影作为稀有的娱乐活动显得格外珍贵而神圣。在这样的时代背景下，劳改犯张九声、孤儿刘闺女、电影放映员范电影这三个本应毫无联系的人物因一盘电影胶片而产生了命运的纠葛。

电影分为两个层次去塑造三个多面、复杂和矛盾的人物：

张九声的女儿在学工学农活动中意外去世，而这一切正是因为她想要摆脱劳改犯父亲带来的出身阴影，于是不顾一切地积极表现，冲在前面抢着扛第一袋面袋子。张九声不但没尽过父亲的责任，而且间接导致女儿去世，极其内疚之下，想通过电影新闻简报看女儿最后一眼成为张九声的偏执愿望。面对偷胶片的刘闺女，他近乎偏执地一次又一次将胶片抢回，面对可能阻碍他看到女儿的范电影，他不惜使用暴力。然而值得注意的是，他在与刘闺女互下狠手的过程中，他们形成了“拟父女关系”，张九声主动为刘闺女出头，替她“教训”欺负她的男孩们；得知刘闺女偷胶片的原因后，他又多次表示自己会帮她弄到胶片。张九声借由刘闺女缓解了焦虑，使永久缺憾的“父亲身份”得到替代性补偿。

刘闺女的弟弟不小心烧坏了借来的台灯上用胶片做的灯罩，为了帮弟弟修补灯罩，她决意偷走本来要给农场职工放电影用的一盒胶片。剧作开端，刘闺女的人设是精于偷窃、随意说谎、顽劣狡黠，根本看不出女性特点；而当观众了解了她的身世与行为动机，这一“混蛋形象”被保护弟弟的“姐姐形象”矫正；而在影片最后，动乱年代结束，“假小子形象”回归“女性形象”。刘闺女的“假小子形象”和“混蛋形象”只是在动荡年代下不得已的自保，嚣张之下潜藏着人物的恐惧和不安。在与张九声的“拟父女关系”中，刘闺女某种程度上找回了缺失的父爱，在一场极具象征意味的戏中，刘闺女与张九声被绑在一起同看《英雄儿女》，电影演到父女相认的戏码，刘闺女垂泪说“其实，我还挺想我爸的”，那一刻，人物坚强、生猛的伪装被暂时卸下，取而代之的是对亲情的渴望。这场戏是人物内心转变的重要节点。

范电影这一人物的身份焦虑与恐慌同样明显，作为受人爱戴的电影放映员，他既拥有“吃面多加一勺油辣子”、对革命群众发号施令等的特权，又时时刻刻处在危机感中——想要取代他成为新放映员的杨河、胶片运送过程中出现的失误，都有可能使他陷入危险处境。范电影有着小人物的谨小慎微、精明和利己，人人自危的时代环境塑造了他的处事风格，他懂得煽动群众，在胶片被自己的傻儿子毁掉后，立刻以话语的推拉来调动群众的情绪，让大家统一口径，将责任推到杨河身上，杨河成了“人民公敌”，而范电影仍然掌握着是否让大家看电影的绝对权力。编剧还特意给这个人物设置了一个前史，儿子小时候误喝胶片清洗液，发高烧烧坏了脑子，尽管家人遭此不幸，范电影依然热爱这份神圣的职业。显然，范电影被象征权力的电影放映员身份绑架了。张九声被捕后，在同样身为人父的共情心理驱使下，范电影偷偷塞给张九声有他女儿形象的两格胶片，这一行为揭示了人性在这一刻摆脱了职业身份的桎梏，使人物的内心焦虑得到某种程度的缓解。

二、叙事与结构

1. 家庭结构叙事

《春江水暖》：基于家庭成员展开的多线叙事

《春江水暖》讲述了杭州富春江畔，四兄弟轮流照顾中风后失智的母亲的故事。影片以多条并行的故事线展现四兄弟及其家人的生活。《春江水暖》中徐徐铺展开来的南方地带人物生活画卷具有中国泼墨山水画的意境与神韵，多线并行的叙事结构是人文山水画的散点透视在剧作上的呈现。

我们可以将《春江水暖》所涉及的深层表达看作是一圈圈的涟漪，由家庭这一核心，一层一层向外辐射、扩散。故事由一次家宴中老母亲的忽然病发展开，随后的叙事重点分散落在大家族下每一个小家庭细密而日常的生活中：母亲的疾病、大哥身为长子承担着整个家族的重担、大哥女儿不被家人看好的恋情、二哥儿子的婚姻、三弟患有唐氏综合征的儿子、三弟欠下的赌债与赌博生意带来的危险、四弟迟来的恋情……对家庭生活的展示折射了更深层的问题：养老问题、子女婚姻、买房压力……这些小家庭间的问题又彼此影响，辐射到“家族”层面：四兄弟面对金钱、养老等现实问题产生矛盾，但这些矛盾依然无法掩盖家族血亲间由血缘凝结的情感。由“家族”层面再向外辐射，则是人与城市的关系，在富春江附近居住的三代人面临着城市的巨大变迁，房屋拆迁、城乡冲突，人们面对“城市化”变迁的不安和迷茫与富春江畔散漫诗意的山水影像形成强烈的对比，同时，充满冲突的现代化空间在讲求和谐的古典美学形式的包装下，传达出特殊的意味。

另一方面，《春江水暖》的多线叙事结构有较为明显的剧作弊病，架子搭得太大，想要表达的太多，导致内容过载，有限的电影时长难以承担，徐徐展开的叙事线难以收束；每条叙事线单拎出来只是现象和状态的呈现，欠缺起伏设计，观感上平淡、冗长；中年四兄弟面临的困境在本质上大同小异，叙事陷入重复。如何平衡电影时长、内容信息量与结构的关系，是本片带来的创作反思。

《别告诉她》：基于家庭事件展开的单线叙事

与《春江水暖》不同，《别告诉她》是基于家庭特殊事件展开的单线叙事，可以用一句话讲清楚这个故事。情节线是，奶奶被诊断为癌症晚期，所有家族成员以举办一场婚礼为由头，从天南地北赶回长春，陪伴奶奶度过最后一段时光；借由孙女碧莉展开的伦理冲突是，该不该向奶奶说出被隐瞒的病情真相。

因此，影片在叙事上始终以碧莉的视点来展开，尽管人物众多、人物关系错综复杂，但每个人物只在与碧莉产生交集时呈现，这些人物各自不同的人生故事、现实状态、文化观念，乃至时悲时喜、时紧时松的心理状况，观众所见一如主人公碧莉所见，观众借由碧莉，得以窥见一个中国式大家庭的面子和里子，也不由地从西方文化视野出发去感受和揣摩浸透了东方文化观念的一些日常习惯、判断方式、血缘关系、生活态度、处世哲学、伦理观乃至人权观。

碧莉在回乡之旅中对文化与亲情的感受和思考是一条铺排较为细致的曲线，她一直在东西方文化之困中寻觅和解之法，影片最后，主人公迎接了自己的成长，呼应了影片开端，故事随着人物的弧线走向工整的收场。

2. 时间结构叙事

《夺冠》：双峰叙事结构

以中年郎平（巩俐饰）的出现为分界线，《夺冠》被分为了“老女排”与“新女排”两个部分，两部分叙事相对独立，构成了双峰叙事结构，或者可以称为两段式叙事结构。这两段叙事的特点均可以概括为 “从失败走向胜利”。贯穿整个叙事结构的人物结构也是双峰：郎平和陪打教练。高潮事件是三场比赛。老女排时代两位主人公冲突关系的构建依靠反差，不同性格、不同身份、不同观念；新女排时代北京奥运会这场比赛两位主人公的关系是对战者；第三场比赛中的陪打教练成了辅助式人物，两人之间不再有冲突，主要的人物冲突关系发生在郎平和新女排队员尤其是朱婷之间。

老女排时代是双主角加群像叙事，观众跟随陪打教练的视角进入中国女排队伍，在这一部分中，女排精神、每一个女排成员的坚持与努力、队员间的合作互助与情谊得到了较好的展现。郎平的形象在一众女排队员的群像刻画中较为突出，但并不算突兀，她与陈忠和的友谊也为后续情节做出了铺垫。艰苦训练的情节和“从失败走向胜利”的结构揭示了老女排拼搏精神、集体精神和为国而战的主题。第一部分结束后，影片以黑底字幕加影像的方式简略介绍1981年到2005年中国女排的发展状况，以及郎平、陈忠和的人生经历，将“老女排”与“新女排”的叙事段落进行了衔接。这种手法有点像中场休息，使得两段叙事之间产生了割裂感。

随之而来的第二部分由2008年“中美大战”揭开序幕，昔日老友作为双方教练成了赛场上的对手，胜利者郎平承受了巨大精神压力，老女排队友的去世成为激励事件，郎平于2013年出任中国女排主教练。这是第二部分的第一幕。“新女排”部分较之上一部分，从人物塑造到主题表达都发生了转变。拼搏精神、集体精神和国家主义主题被“享受排球”“为自己而战”的主题替代，因此进一步造成了两个部分的割裂。割裂的两段式结构使《夺冠》在艺术层面留下遗憾，但也应看到这类题材改编的巨大难度，在时代跨度、真实历史、敏感事件掣肘下，写人与叙事均能找到平衡点，剧作技巧及主题的实现度较高，已经难能可贵。

《拆弹专家2》：在补充叙事中不断反转

《拆弹专家2》在本年度的国产商业犯罪片中是非常独特的存在，除了前文所述在人物塑造上的创新，其叙事结构也在传统线性结构的基础上有所突破。

影片在一段机场爆炸的虚假叙事中展开，短暂的视觉奇观展现后，故事进入传统警匪犯罪片固有的线性结构，叙事较为常规。线性叙事在主人公归队不成处戛然而止，进入反常规叙事，时间突然跳转到五年后，潘乘风暴力闯入被恐怖组织布下炸弹的酒店中，受到爆炸波及而昏迷。警方怀疑潘乘风是造成爆炸的犯罪嫌疑人。这段突兀的叙事消解了观众此前建立起的对“英雄主角”的认同与预期。潘乘风因海马体受伤而丧失了陈述性记忆，不但观众——就连主人公本人也对自己是正是邪无法判断。

后面的故事充满了一次又一次的反转，在此过程中，人物的身份与前史也在不断进行着重建：第一次反转建立在对“空白的五年”的补充叙事之上，前搭档董卓文的叙述帮助潘乘风回忆了自己被警察制度“抛弃”后的愤怒和消沉，而在前女友庞玲的叙述中，她因潘乘风的性情大变与之分手，又因不忍看到昔日男友继续消沉颓废而帮他争取到了进入极端组织“复生会”卧底的任务；第二次反转，潘乘风再度“潜入”极端组织后，确证自己是恐怖组织的核心成员，并毁掉警方的追踪设备，彻底回归邪恶阵营；第三次反转，潘乘风亲眼看到恐怖组织成员虐杀自己昔日的警员同事，人性中的善念让他对此感到无比痛苦，于是幡然醒悟，回归正义阵营。此时，最大的悬念已不再是“他是谁”而是“他将如何解决危机”，故事重新回到传统的叙事模式：主人公需要解决反派设置的危机，只是，这一次潘乘风要面对的反派正是失去记忆前的自己。

在观众已经不仅仅满足于传统叙事的今天,《拆弹专家2》利用情节与叙事结构的翻新创造更具吸引力的悬念，无疑是一次巧妙而成功的尝试。

3. 空间结构叙事

《八佰》：由战场、看台、舞台构成的空间结构

《八佰》的空间设置非常特殊，以苏州河为界，一岸是灯红酒绿歌舞升平的租界，另一岸是充满硝烟、战火与死亡的四行仓库，两岸鲜明对比极富视觉冲击力，“这边是天堂，那这边就是地狱”。这样的空间设置，既实现了对真实历史状况的还原，也结构了叙事。

河界的存在使两岸天然形成了“看与被看”的关系，地面战场与高空飞艇亦形成了“看与被看”的关系，多重的相互观看推动并扭转着众多人物的行为。从战场看向对岸的租界，绚丽的霓虹招牌、来往穿梭的人群合力构成一个梦幻美好的乌托邦。四行仓库战士们是租界的观众，对岸上演的京戏也点明了这种“舞台—看台”的空间结构关系。一方面，对岸的歌舞升平勾起了战士们的思乡与感怀，也诱惑着畏惧死亡的士兵们泅水偷渡到对岸；另一方面，在叙事的推进中，对岸百姓的生活不断提醒着士兵们他们所肩负的责任——有他们在，河对面的百姓才能安然无恙。从租界看向战场，“舞台—看台”空间结构仍然存在，起初，市民们保持着隔岸观火的姿态，对岸的残酷战争似乎只是一场与己无关的“表演”，他们盼望的只是战火早日平息，不要烧到此岸。随着战争的持续，租界百姓终于意识到“亡国之恨”，对岸战士们的无畏牺牲点燃了他们的救国热情，从筹集物资到帮助战士们渡桥，这种转变正是在租界对战场的观看中完成的。

国际观察员乘坐飞艇，于高空俯看着两岸的所有人。如果说苏州河两岸虽然境况天差地别，但至少是以相对平等的身份和姿态进行对望，那么国际观察员完全是以上帝姿态俯视着芸芸众生，而事实上，四行仓库一役本就是国军准备给列强的一场“表演”。

可以说，《八佰》的叙事在三种视角下的两个空间内展开，既避免了单一战争场景带给观众的疲惫感，又利用空间对比带来的强冲击力更高效地完成了情感的传递。

4. 短片结构叙事

《我和我的家乡》：短片拼盘的剧作策略

《我和我的家乡》（以下简称《家乡》）作为去年国庆档影片《我和我的祖国》（以下简称《祖国》）姊妹篇，依然是一部拼盘电影。《祖国》以时间逻辑进行划分，七个导演各自选择中国历史进程中的重要时刻，讲述不同时代背景下的中国故事。而《家乡》则是以空间逻辑进行划分，五位导演分别讲述发生在中国不同地区的“山乡巨变”故事。

《祖国》的横空出世提供了献礼片拼盘叙事的模板，但重复的模式很难再度取悦观众，于是，《家乡》在类型和叙事表达上都进行了一定的翻新与突破。首先，《家乡》单个短片的平均时长由《祖国》的二十几分钟延长到半小时左右，给创作者的叙事提供了更大的展现空间。同时，《家乡》将喜剧（或悲喜剧）的类型与主旋律的主题、情感相结合，增强了对观众的吸引力。

有人说，《家乡》是一部“小品电影”，“小品”在此处并非贬义，而是恰恰点明了五部短片在叙事上的技巧。传统小品的优势在于可以快速将观众带入充满戏剧冲突的规定情境，并用密集的笑料为观众提供高密度观赏快感。五部短片均以“欺骗”作为核心矛盾，并由此展开强情节叙事，同时将复杂矛盾进行简化处理，切除核心冲突以外的旁枝，使人物在单一化的戏剧行动中化解危机。这种模式化的设计对在较短篇幅内快速吸引观众无疑是有效的。

《家乡》的主题表达也同样符合小品逻辑。近年来晚会小品的“喜头悲尾”“上高度”实际上服务于意识形态的表达，作为一部主旋律献礼片，《家乡》同样选择了用喜剧故事表达歌颂的意味。近年来，“主旋律 + 战争”“主旋律 + 动作”等类型融合电影获得了普通观众的认可，“主旋律 + 喜剧”的类型融合也达到了较好的观众接受效果。除了《家乡》，本年度的“扶贫电影”《一点就到家》也是一部成功案例。

三、类型与风格

1. 类型剧作难以摆脱模式化

除以上提及的有一定创新突破性的类型剧作之外，本年度电影市场上主要还是中规中矩的模式化类型片当道，它们完成度相对不错、类型定位清晰，但缺点也同样明显，模式化的类型呈现使得它们缺乏亮点与新意，较难成为在剧作上独树一帜的黑马。

春节档院线转网播的喜剧《囧妈》延续前两部《泰囧》《港囧》的故事模式，主人公是遭遇婚姻、事业等多重危机的中年男人，阴差阳错进入一段旅途，被迫与令人哭笑不得的“猪队友”共处，并在途中经历过一系列令人啼笑皆非的事件后，走向人物的成长。不同之处在于，《囧妈》中的“猪队友”同时也是主人公的母亲，这让故事在喜剧叙事之外多了一层伦理维度的原生家庭问题探讨。但人物冲突与公路结构显得有些模式化，缺乏新意和亮点，部分桥段僵硬，观众接受效果一般，与之前的现象级作品《泰囧》相比，剧作有较大落差。

与《囧妈》同类型、上映档期相近的另一部"竞品"电影是喜剧《大赢家》。影片讲述了凡事认真、过分恪守原则的银行职员严谨在一次偶然的机会下接到在抢劫演习中担任劫匪的任务，大家都想敷衍了事，没想到，严瑾却认认真真当起了"劫匪"。《大赢家》改编自日本小说《永不结束的游戏》，该小说曾先后在日本、韩国进行电影化。对成功的类型故事进行本土化改编往往是一把双刃剑，一方面，《大赢家》在国产电影的创作语境下做出了大胆而有趣的尝试：对社会现状的辛辣讽刺、让"反派"获得最终的胜利，这些都使得这部影片可圈可点，具有足够的吸引力；另一方面，影片在剧作层面仍存在缺点：男主角过分耿直、不知变通的人设不够讨喜，演习的动机与主人公的坚持在逻辑上无法自洽，结尾处强行升华主题过于生硬俗套。

本年度还有众多类型电影如《沐浴之王》《如果声音不记得》《紧急救援》等，尽管票房尚可，但模式化、套路化或者剧情狗血的问题更加明显，在此不赘述。

2. 风格化剧作陷入困顿

2020年度国内少有引起热烈讨论或者观影热潮的"文艺片"，风格化剧作陷入困顿。

《气球》是万玛才旦继《撞死了一只羊》之后的新作，与前作相比，艺术探索的力度有所减弱，叙事较为常规。如前文"人物与主题"部分所分析，新作《气球》将镜头重点聚焦于藏地女性，主人公卓嘎受困于夫权、神权的"生育"展现了导演对女性处境的独特关照，尼姑卓玛面对过往情事的回避与失语也塑造了藏地宗教背景之下一个不同于以往的崭新女性形象。与以往作品一样，《气球》中同样充满着象征与隐喻：种羊、母羊与男人、女人的对应关系，“气球”意象对避孕套（对“性”的束缚）、子宫（生育）、精子（生命）、生与死等的隐喻……象征与隐喻、影像符号晦涩的指涉、对超现实梦境的使用，给影片打上了醒目的作者标签。《气球》依然过度依赖意象，而象征与隐喻流于直白浅显。

《春江水暖》是彰显作者风格的一部家庭剧情片，如前所述，影片的基础视觉概念来自中国山水长卷，其叙事与意境的营造也与中国山水画的神韵契合，志在打造一部史诗般的平民家族志：多线叙事结构展现了杭州富春江畔四兄弟及其家庭成员的生活，台词也多使用日常语言，拉近“电影”与“真实”的距离，使人物及其生活更具有真实性。遗憾的是，《春江水暖》的叙事结构较为老套，叙事节奏的把控也不够好，整体情节给人缺乏重点、冗长、拖沓之感；日常化叙事中舞台感和意象性片段的插入也使得整体风格难以统一。

《风平浪静》是一部缺点与优点同样明显的犯罪片。比较突出的是影片的主人公塑造和主题表达：原本成绩优异的主人公宋浩因十五年前的一次意外杀人而被迫出逃，十五年后，他回到家乡，与老同学潘晓霜的重逢与相爱给他带来久违的光亮，他决定揭开那个十五年来始终不敢触碰的伤疤，完成一场似乎不可能的自我救赎。在这个故事中，男女主人公都有着各自的复杂性与张力。男主角宋浩背负着命运沉重的包袱，不得不以极端内敛的方式掩藏惨烈情感，或者可以说，宋浩性格的两面，就如电影片名与其暗含的潜台词，表面“风平浪静”，实则“暗藏汹涌”；女主角潘晓霜性格中同样存在着强烈的反差，她脆弱、敏感，却又大胆、倔强而真挚，面对高中时的暗恋对象宋浩，她义无反顾地以猛烈攻势展开追求，不惜死缠烂打、主动献身，这种集脆弱与强大于一身、饱含生命力的女性形象在近年来的华语电影中并不多见。而《风平浪静》的缺点主要体现在剧作逻辑无法自洽、诸多情节与人物动机都存在漏洞：故事开端宋浩闯入一户居民家并失手将住户捅伤的情节在逻辑上非常生硬；宋浩不过是失手伤人，无须承担过于严重的后果，父亲宋建辉却出手替儿子补刀，使他成为杀人犯；做出为子杀人的不理智行为后，父亲却又将杀人罪责都推给儿子并让儿子远走他乡；一桩非常“业余”的凶杀案发生后，警方既没能调查出案件的真凶，又任由“嫌犯”宋浩逍遥法外十五年；成年后的李唐仗势欺人、为所欲为，甚至可以在收费站因贿赂宋浩未果公然用钱袋大砸排队等待缴费的车子而无人管束……影片的逻辑问题包括但不限于上述种种，情节中的大量漏洞与人物逻辑的割裂、混乱使观众完全无法与人物共情，也导致了电影在人物塑造、主题表达方面的亮点被彻底掩盖。

《一秒钟》是一部有关“电影”的电影，劳改犯张九声、孤儿刘闺女、放映员范电影三人因为一盘胶片而产生了命运的纠葛，“胶片电影”也作为重要符号在情节的推进中反复出现。如电影的宣传语所言，这是“张艺谋写给电影的一封情书”，20世纪70年代人们对观影的渴望、生产队放映电影的流程、胶片被弄脏后烦琐细致的清洗过程都来自导演本人的真实体验与记忆。张艺谋导演曾在访谈中提到：“像《一秒钟》这样一部电影，也许是其他导演拍不出来的，因为有很多细节，他没有经历……胶片代表电影，但是真正从物质角度来说，胶片这个行业其实已经消亡了，胶片时代结束了，所以年轻的电影从业者已经看不到实物了，也不可能跟它产生更密切的联系了。还有就是我个人许多独特的经历，所以我就开玩笑地说，也许只有我一个人能拍出来这样的细节。”①有关胶片电影的记忆也是有关那个时代的记忆，《一秒钟》除了是一部颇具迷影气质的作品，还是一部对时代历史的回顾、反思、控诉之作。三位主要人物都是被环境扭曲的角色，他们的不安、恐惧与焦虑显然也体现了创作者对那个动荡时代下人物心理的精准把握。电影的叙事技巧与类型模式是可复制的，而个体在时代洪流中的经历与体验却是不可复制的，这正是《一秒钟》的可贵之处。

纵观本年度中国院线电影，无论是类型剧作还是作者风格化剧作，与以往相比都不容乐观，或许是影市寒冬所致，或许是受疫情影响，或许是因为更多优秀创作者并未在本年度推出作品。不管怎样，低谷意味着拐点，期待下一年度有更多优秀剧作涌现。

① 张艺谋、曹岩：《〈一秒钟〉：返璞归真，以“情”造“梦”——张艺谋访谈》，《电影艺术》，2021年第1期，第72页。

附

《夺冠》编剧张冀访谈

1. 切题：通过两个时代的呼应，看到国家的变化

张民：《夺冠》是今年非常重要的一部电影，在刚刚结束的第三十三届金鸡百花电影节上，获得了最佳剧情片、最佳编剧和最佳摄影三项大奖，非常令人瞩目。首先想请张冀老师回顾一下《夺冠》项目的剧本构思过程。

张冀：2018年初我们才正式启动这个项目，2019年国庆节档期就定了，实际上时间非常短。当时我们见郎平，郎平说这电影你们什么时候上？我们说2019年“十一”，她说绝对不可能，（所以说）压力非常大。“中国女排”这四个字是金字招牌，实际上有很多导演想拍，国内的导演我知道的都有好几个。那么选择陈可辛（做导演）可能也是基于陈可辛导演的一些优势，他有拍《中国合伙人》、拍《李娜》的经验。所以压力还是非常大。

我们上来就要切题，在有一个资料的、概况的了解（之后），马上就要切题。我记得我先跟陈可辛谈了一次，是不是拍一场比赛？比如说拍距我们最近的，或者距80后年轻人最近的集体的记忆就是2016年，朱婷那一届。那我们就拍一个单纯的体育片，就是拍这场比赛的前前后后，郎平回国执教，把当时不被看好的一帮年轻的球员带到2016年的奥运之巅。这个是我们第一个否定的方案。因为觉得“中国女排”这四个字，还是要有80年代，它是

80年代那个特殊时期诞生的。如果你只是拍一个《绝杀慕尼黑》，我觉得会显得不是很中国。我一直有一个观念，上次星期五那个讲座上我也说了，就是有人找我看剧本或者看大纲——当然找我的一般都是比较现实主义或者写实的、真实改编的东西，有各种类型，比如说有犯罪，有剧情片，也有一些爱情片，或者像体育也有——我就告诉他们，我觉得我判断的第一个标准，先不论好坏，第一个标准就是在选题的时候，一定要想这个故事是否只能在中国发生。如果这个故事就是在中国大陆发生，我觉得就值得做。比如说这个故事能够在韩国、日本、中国台湾、中国香港，甚至可以在美国发生，那我觉得在目前的制片环境下，我不建议做。可能前几年，比如说前十年还可以做一做，那个时候大家渴求看到类型，因为那时候还是要破除传统的我们电影的一些格式，所以它是需要类型的。特别是非常单纯的商业类型，哪怕你不太本土，但是只要类型上很娱乐，节奏快，信息量大，符合好莱坞商业类型的格式和信息量，你就有可能会在市场上取得突破。但是经过这十年（这种渴求已经消逝了），中国观众也很敏感，非常敏感。因为变化快嘛，实际上也跟社会心理有关，我们是一个变化很快的社会，都说五年一代，三年一代，是吧？

张民：迭代非常快。

张冀：迭代非常快，对。而且你看每年的流行词的变化，今年的流行词跟前年的流行词，就完全是两个语境。我觉得在其他的国家，虽然它是电影大国，比如说像好莱坞，像美国，像欧洲，他的电影文化跟我们是不一样的。中国电影的市场，中国电影市场的观众是特殊的。我们在考虑一部电影的时候，不要把它想得很简单，所谓简单就是经验主义。比如说拿前三年的东西套今年的创作，可能就不一样。所以你要不断地去做调研，不断地去接触，（去）生活。（这）也让年轻人有机会，让新的导演有机会，这几年最活跃的观众市场和创作市场，我觉得都在中国。实际上我是中国电影市场时代改变的一个很好的体验者。

我绕回来说啊，当时我就讲，不能拍一个单纯的体育类型片，第一，它配不上《中国女排》，我比较早就有这个观念，是对它的一个判断。我觉得《中国女排》是只有在中国才能发生的故事，因为没有一支球队跟一个国家的转变发生如此深刻的联系。女排是独一无二的，为什么呢？因为这个国家，在1978年宣布改革开放的时候，实际上是用什么来激励中国人的？是用一支运动队。当年中美在1971年开始破冰，是通过什么？是通过乒乓球，后来又让乒乓球去联合国表演，然后西方人看见中国人能够把球玩成那样。实际上中国的体育跟政治、跟时代的这种接触是独一无二的。所以我觉得我们要拍就一定要了解，不能说为了类型而拍类型。我觉得特别是现阶段，为了类型而拍类型，观众的辐射面会小。第二，题材的挖掘度，格局会非常小。第三，会容易走套路。所以我就说一定要加大中国女排的格局，这个就注定我们不是一部单纯的像《绝杀慕尼黑》那样只拍一场比赛，只拍一个教练去运动队的故事。

要拍中国女排，我们就要拍80年代，这个是我跟陈可辛导演迅速确定的，我们一定要拍80年代和2016年这两场比赛，这是两个时代，一头一尾要呼应。通过这两个时代的呼应，看到这个国家的变化，当然第一要看到人的变化，郎平的变化。第二要看到运动队的变化，第三要看到国家的转变。改革开放是我所有叙事的主题。我写的所有剧本，在某种程度上都是对改革开放（所带来的）变化的某种展现、展示。对我来说最重要的那几件事，就是（影响）我生活的事，改革开放是其中一件。它至今在影响着我们中国人的生活，中国人的生活（如果）要用影像表达出来，你一定要关注这个东西（改革开放所带来的变化）。所以我们就确定了要拍80年代，我们很快也确定了拍80年代哪一场比赛，就是第一次夺冠。从0到1是最难的，从1到100都没有从0到1难，它是无中生有。所以我们就确定了要拍1981年那场比赛，（拍）1981年那场比赛，就要拍最早的漳州基地。她们从那儿走出来的，1976年开始建的。通过（1981年）这场比赛，我们先展示中国女排精神的诞生。

2. 结构：两个人物在三个时代三场比赛中的关系

张冀：那么我们拍谁？是拍整个群像，还是拍具体某个人？我们很快锁定了郎平，她是绝对的中国女排的代言人。同时，她也很符合陈可辛做人物的方式，陈可辛是非常喜欢做外来者视角的导演。因为郎平是1981年那一届的女排的主攻手，她1987年左右去了美国留学，当时留学潮是80年代又一个关键词，很特殊的一个（时代潮流），举国留学潮。这是我们在做《中国合伙人》的时候接触过的资料。所以他非常喜欢郎平出走者的这个身份。但是从她2013年回来第二次接手中国女排主教练的时候，她的身份再次变化。我们都喜欢讲环境、人的身份转变这种故事，所以我们就首先确定郎平。

但是如果只做郎平一个人，实际上我们当时就认为有《郎平传》的嫌疑。我们当时就跟陈导说，要区别于《郎平传》，我们就得做一对人物关系。陈可辛导演所有的片子里都有一个女强男弱的关系，我个人也很喜欢女强男弱，那个才是“故事”，因为它是颠覆于传统男权社会的人物结构的东西。从《甜蜜蜜》《中国合伙人》到《亲爱的》全部是女的比男的强。到了陈忠和和郎平的关系，这个故事好就好在（陈忠和）有很多唯一，首先陈忠和是唯一一个从女子排球队的男子陪练，一步步跻身为世界级男教练的第一人。而且他拿过两个世界冠军，一个奥运会冠军，一个世界杯冠军，他是中国女排中兴的一个代表人物。同时，陈忠和是福建人，口音非常重，他是不善言辞的。他不像郎平，郎平是讲外语的，我们在下面见到郎平，她是我在生活中见过的所有女性中，包括在生活中，包括我采访对象中，气场最强的。而且不是做出来，就是那个战场把她“打”出来的，她的目光，她周身的那个气场是很强的。但是后来熟了以后呢，发现她也很幽默，她性格中也有其他的一些层次。而这个人物（陈忠和）却又是本土的，他在福建，也没出过国，更不会讲外语，他的“体系”是直接从80年代走过来的。而郎平实际上是经过意大利、美国的执教，它是有一个新的潮流的。郎平几乎跟国外所有的裁判，包括大裁判、官员、顶级教练都有私交，都是用英文可以谈笑风生的人。他们这两个人物完全不一样。我们想一下韩国电影《杀人回忆》，它（的人物关系）就是一个本土派、一个留美派，是东亚转型期社会里非常标准、典型的人物关系。因为我们经过震荡、变革的社会，特别是我们落后于西方的时候，这种关系是永远有效的。我们马上确定了就拍（郎平和陈忠和）这一对人物关系，就通过他们两个人拍两个时代，从80年代到2016年，通过这两个人参与运动队的比赛，他们两个人在训练、比赛、生活这些过程中来映射中国女排四十年的变化，同时映射国家的变化。

所以就定了这两场比赛，这两个人物，这两个时代。然后因为导演非常喜欢2008年这两个人从战友变成对手的情节，一个站在美国队，一个站在中国队，他说这是他最想拍的一段，就是这两个人站在不同的位置上，各为其主。(其实)它也是一个非常好的戏剧关系的转变，就是它的变化。我们知道戏剧最重要的就是变化，人物关系的变化，身份的变化，戏剧的变化。确定以后，就渐渐地浮出了三场比赛，就是1981年、2008年和2016年。这两个人物在三个时代的关系，完全都能够照映、辐射出主题，都能够有人物关系的转变，都能够有情感的递进。所以就确定了这么一个人物和结构的方案。

它(指《夺冠》)肯定不是那么严谨的三幕，我们后来讨论过几次，我是这么设定的，这可能也是我的方法，我就找了一句话："以前我们靠精神赢得了女排的冠军，后来我们失去了这个冠军，我们也失去了这个精神。然后郎平回来以后，她告诉我们，可以用科学，用技术，用管理来重新夺回这个冠军。但是在里约的时候，我们才意识到我们仍然需要找到一种精神，哪怕它是一种新的精神，这样我们才能真正地赢得胜利。"我觉得这句话实际上也是个三幕。

3. 调研：只有在真实的现场才能破除套路

张民：您非常看重调研，请您跟大家分享一下，您的调研方法和调研的一些经验，在调研的进程中，有哪些点起到了非常大的作用？

张冀：比如说我做女排的调研，包括接下来项目的调研的时候，我有一个自己的感受，首先要大量地看，这是笨功夫，不要投机取巧，自以为是，自作聪明。我经常直接说到一些人物（来举例），是因为我在平时生活中非常注意，听别人说，我就记下来，我就会吸取。这个是讨不了巧的，就是要大量地看。女排我也要求团队所有人必须（看），我们有各种资料，十几本书吧。加上李娜，我估计得有五十几本书。不光是书，还有资料，还有录像资料。首先你得看，我全都看，一本不落全都看。还有传记、报告文学，郎平传，陈忠和传，各种传，只要是排球的全看。排球战术的教练执行表我也看，结合录像资料看，就跟教学片一样，我觉得我那两个月都能当一个中学教练，我说我演一演可以当一下。就是你感觉你看球的时候你有点看懂了，以前不是解说员说这个术语不明白吗？这个东西是你要有感受的。所以先不要急着写，不要上来就写，不要上来就说我们编故事，上来你就当一个观察者、聆听者、记录者，先进去，就像生活一样，浸润。我们浸润进去，像海绵一样吸，不管去芜存菁，那是后面的事，我们先泥沙俱下，我们先吸取先进入这个现场，生活现场。

还有一个阶段就是面采。面采的不可替代性就是，真实地接触永远比隔着屏幕的接触要重要。而且面采也有经验，你要去尝试，你不尝试的话，你就永远缺乏技巧，面采的技巧也是会经过你的实践提升的。我打个比方，我们女排的何教练，何指导。她是一个地方队的指导，是我们片子的一个教练，场外指导。我坐在那跟她聊天——聊天很重要的是，你要让对方信任，不是对你身份的信任，而是对谈话氛围的信任，而且你主要是听，我们要学会倾听，要有一个倾听的态度。我一坐那儿她就跟我讲，反正排球界所有八卦我全部知道，她聊八卦确实也特有经验，各种各样的事。那个是让我在建立经验，到了现场有经验感，好像又长了一层。然后那天下午，她就把我叫到场子上，她说：“什么叫排球？就是当一传（把球）传到二传的手上，这个二传可以传这五六个位置。”我就跟她站在网边，她就把手一举，“有可能是在后边，有可能是在左边，有可能是在右边。但是二传的这一传，她的快，她的稳决定了排球最终的质量。”我一下子觉得我全通了，我站在现场，一个打了几十年排球的女人在阳光下，她举着手跟你说，就这五条线路，万变不离其宗，一下子我就觉得那就是电影，真实和电影我分不清楚了。

所以（面采的时候）我觉得最重要的是我们要带着真诚去聆听。为什么我会有这个心态啊，我越来越发现，电影会让我很奇怪，我做电影的剧本越来越多，我会更感知到生活不可知的魅力。比如说我每次去采访对象的现场，我设计了一个预期，这个被采访者一定会打破这个预期。我到了法庭去采访法官，我们想象中法官正襟危坐，代表国家机器的威严，对不对？一定是板着身子板着脸，然后我们去看，（法官说）“哎，你等会儿，我接杯水”，就拿一包枸杞茶跑到饮水机去接了杯水，回来还继续说——这是人民法官。就把你破除的一干二净，这个我们就用在了《亲爱的》里，那个法官起来接了杯水继续说。这是人，这是现场。

张民：如果不去这个现场，你写法官的时候就可能很刻板。

张冀：对，因为你就都是按照好莱坞写了！因为我们看法官都是好莱坞，特别是电影学院的学生，心中魔就是好莱坞那个套路的法官。破山中贼易，破心中贼难。因为你很痛苦，要把你建立的很多感知的、二手的经验，你要去破它。因为你只有破了它，才会跟别人不一样，而且你才会写出真正的、流动的、质感的、现场的东西。好的路子，就是你们去采访，去接触原型，去接触罪犯、警察、精神病，利用一切机会去接触，接触以后你就会有共通的感受。就是说你发现生活是变化的，生活不是你预期的，你的采访对象永远是不按牌局牌理出牌的。只要这个通了，你以后写戏就会特别流动，你就没有定法了。但是前提是你会定法。因为我也是会定法的，我是带着预期去的。比如说《亲爱的》法庭戏我写了好几个版本，有非常好莱坞版本的，有电视剧版本的，就是很多对话版本的，（当然也）有这个端杯子的版本。我写过很多版本。定法我也会，但是你会发现什么呢？你到了真实现场，他给你的启发永远是最牛的，只有真实才能破除套路，只有真实的感受和体验，才是破除所谓写戏套路最根本的利器。

我觉得你随便在街头，我有时候停下来看一个画面，我就想可能这个人有他的故事。我们去长沙调研，凌晨两点，解放西路人山人海。解放西路，两点哦，人山人海，南方长沙。北京簋街两点最多（的画面）就是人多，红男绿女，痴男怨女在那儿，一堆。但是解放西路是生活现场，是堵车，两点堵车，然后一个男的抱着一个女的，女的可能喝醉了，穿着个小短裙，（男的）把她抱出来，去马路上拦车……我当时就浮想出各种故事情节。我说的是什么呢？我说的就是，你只有在现场，然后再根据你的套路，去想创作的这个东西，去思考创作的东西，找到你本土的身份、本土的眼睛、本土的情感……它才会有那种魅力。

以上文字根据访谈录音节选

访谈人：张民

访谈时间：2020年12月22日下午

访谈地点：北京电影学院文学系

第十章

2021年中国电影剧作艺术分析

2021年中国电影剧作最为突出的剧作特征是家国情怀成为主流表达，用类型化叙事承载主流价值和民族想象的“新主流电影”剧作纷纷涌现。新主流电影是主旋律电影的概念在新时代的延展。自20世纪80年代至今，我国主旋律电影进行了一系列发展与迭代，从“主旋律往往不商业、不艺术；商业片往往不主旋律、不艺术；艺术片往往不商业、不主旋律”[①]的尴尬局面逐渐转向通过“以类型化叙事承载主流价值和民族想象”[②]的创作方法，将主旋律故事与灾难、战争、喜剧等观众喜闻乐见的元素结合，使作品在商业性、艺术性、主流价值观呈现三个向度上皆有可称道之处。在此行业大背景下，本年度恰逢中国共产党成立100周年，诸多将主旋律表达与商业类型叙事进行融合的“新主流电影”在国产院线中强势崛起，展现了家国情怀剧作成为主流表达的新趋势。

本年度还涌现出众多剧作质量较高的、从私人情感尤其是女性情感出发、聚焦于家庭伦理思考、讲述亲情爱情友情故事的作品。这类剧作切中群体痛点、时代痛点、家庭痛点或成长痛点，

---

① 尹鸿、梁君健：《新主流电影论：主流价值与主流市场的合流》，《现代传播（中国传媒大学学报）》2018年第7期。

② 张李锐、范志忠：《新主流电影的工业化制作与类型化叙事》，《北京电影学院学报》2021年第4期。

因此容易引起观众共鸣，从而带来较好的市场反响。

本年度强情节的类型化剧作呈现了一些佳作，这些作品大都追求情节上的强冲突、强烈度和高饱和的情感。

本年度国内电影市场涌现出一批形式感与风格化突出的作品，值得注意的是，这些作品中有很多都采用了“元叙述”模式，聚焦电影、戏剧等作品的创作过程，对创作规律进行探研，在独特的结构中进行自我指涉、自我解构的自反性创作。

本章将以上述四个总体剧作特征为出发点，选取本年度较为典型的剧作案例展开论述和分析。

一、家国情怀剧作成为主流表达

1.《我和我的父辈》：聚焦家庭、以情动人的叙事策略

《我和我的父辈》（以下简称《父辈》）是“我和我的”系列继《我和我的祖国》（2019年，以下简称《祖国》）、《我和我的家乡》（2020年，以下简称《家乡》）之后的第三部作品。经过了前两部作品的探索与实践，“我和我的”系列已经拥有了一套独特的把握情感表达与观众情绪的“段落式”叙事策略。如果说《祖国》提供了献礼片拼盘叙事模版，《家乡》在主旋律叙事与喜剧类型的融合上进行了突破与翻新，那么《父辈》则进行了将个人“小家情感”与时代记忆、爱国主题进行融合的新尝试。

《父辈》的叙事与主题表达形成了“家与国”的结构，每一个叙事段落皆以家庭（即父辈与子女的关系）作为切入点，聚焦亲情叙事，在“家”层面保证剧作的完整及故事的可看性，而通过回溯父辈作为个体在时代潮流节点或重大历史坐标上的奋斗历程，影片主题由“家”升华至“国”的层面，将“父辈”的含义

由狭义的父母长辈扩大为广义的曾为祖国、时代使命进行过拼搏的前人们，展现出中国人的血脉相连与时代传承。

在“家与国”的叙事结构下，《父辈》中的四部短片作品皆使用了“以情动人”的叙事策略，在较短时间内高效引起观众共情或调动观众情绪。在这一点上《乘风》《诗》两个单元通过悲剧情节的设置调动观影者的情绪，《鸭先知》《少年行》两个单元则借助喜剧元素实现对观众的吸引。

《乘风》由吴京导演，俞白眉、张彦编剧，描绘了抗日战争时期冀中骑兵团与冀中人民共同抗击日寇的军民群像。在群像之中，短片又选取了马仁兴、马乘风父子作为主要叙写对象。二人之间存在“军旅中的上下级”和“父子”两重关系，父亲马仁兴作为指挥员肩负着指导作战与保护百姓的重任，他讲原则、讲纪律，并以同样严格的标准要求儿子马乘风，而回归到亲情关系中，马仁兴是一位中国式的“严父”，他对儿子爱得深沉，时刻担心儿子在战场上的安危却又不善用言辞表达。这两重关系间的冲突也引出了全片叙事中最重要的情节点——马仁兴毅然决定牺牲儿子乘风以换取百姓的安全转移。在悲剧情节与悲情氛围的烘托下，“牺牲小我，成就大我”的主题得以展现，短片也因此更具美学与情怀的厚度。

由章子怡导演、李媛编剧的《诗》以一个普通航天家庭为切口，通过探讨“死亡”的方式书写生命与理想的重量。与《乘风》单元一样，这一单元的悲剧氛围也建立在“牺牲”与“死亡”元素之上。短片开端通过一系列与家庭有关的情节塑造了温柔诗意的父亲形象与温馨和睦的家庭氛围，而这一切终结于父亲施儒宏的意外死亡——他为了祖国的航天事业，在科研中不幸牺牲。美好事物的灭亡正是悲剧之所在，从这一情节点开始，一种有关

“死亡”的悲情氛围便弥漫于整部短片之中。“死亡”成了一个“麦高芬”，坚毅的母亲一边继续科研，一边强忍丧夫之痛向孩子们隐瞒丈夫死亡的真相，而小男孩与妹妹施天诺察觉到了父亲的消失，却无法真正触及真相，无法理解这种突然的离去代表着什么，他们恐惧、控诉、悲伤，直到暴雨夜这个戏剧性冲突的暴发点，小男孩知道了真相，有关“死亡”的问题第一次如此直接地摆在了人物面前。短片在这一问题的处理上显现了足够的艺术性与主题深度——正如父亲在故事开端时告诉小男孩“我是诗人，在天空中写诗”，整部短片一直在用更为崇高的诗意消解死亡在现实层面带来的恐惧，孩子知道真相后，母亲对他言明了航天事业的意义与风险，“生命是用来燃烧的东西，死亡是验证生命的东西，宇宙是让死亡渺小的东西”，当个体的渺小（“小我”）与更为宏大的意义与价值（“大我”）结合，航天精神乃至民族精神的深沉与博大得以展现于观众眼前。

相较于前两个单元，《鸭先知》（徐峥导演，何可可、徐峥、华玮琳编剧）的喜剧类型和其对上海市民生活的描绘使得短片的基调更加轻松、接地气。主角赵平洋作为“第一只敢于下水的鸭子”，在“勇立潮头”的尝试中屡屡碰壁，但其乐观积极、百折不挠的态度深深影响了儿子，也让他成为儿子崇拜的对象。父亲带儿子一起推销滞销产品，在儿子的帮助下拍摄中国第一支电视广告的尝试，这些颇具趣味的情节为短片的喜剧表现提供了可能性，在对平凡生活以小见大的喜剧性描绘中，主旋律叙事脱离了“沉重”“严肃”“苦大仇深”的窠臼，用更为轻松的方式彰显了时代风貌。

《少年行》单元由沈腾导演、林炳宝编剧，该单元扣“父辈”之题，依然是一部聚焦亲情、以小见大的作品，但其“破题”方式在《父辈》的几部短片中显得十分特殊。首先,《少年行》中的情感是一种“类父子”的亲情，机器人邢一浩的出现填补了男孩小小缺失的父爱，在两人短暂的相处过程中，邢一浩不仅扮演了父亲的角色，还作为“知己”鼓励了小小的科学家之梦。其次，影片有一个十分精巧的设计——机器人邢一浩是主人公成年后所造，在实验中，主人公让它从2050年回到2021年，陪伴自己度过那一小段最需要父爱的童年时光。也就是说，主人公小小是机器人邢一浩创造层面上的“父亲”，而邢一浩又是小小精神层面的“父亲”。或许我们可以将这一单元中的“父辈”看作一种精神上的指引，前人指引与鼓舞后人，后人由此被激发出无限的创造力，这正是对中国人精神传承的一种演绎。

2.《1921》和《革命者》：以人为中心来叙事和表情达意

《革命者》与《1921》同是纪念建党100周年的献礼作品，两部影片题材相近，但叙事方式与侧重点各有不同，具有值得比较分析之价值。

《1921》由黄建新、郑大圣联合导演，余曦、黄建新、赵宁宇担任编剧。该片并未延续黄建新导演此前两部献礼作品《建国大业》和《建党伟业》的编年史结构，而是“以人为中心来叙事和表情达意”，在叙事结构的设计上“只取横截面，基本不做纵轴”。[①] 李达同志是中国共产党的主要创始人和早期领导人之一，影片将李达作为牵引整个故事的主要人物，以李达联络全国各地共产党员代表到沪召开中国共产党第一次代表大会为叙事主线，横向展开多条“人物—事件”线索，包括一众党代表的人物线、

① 黄建新、李道新:《〈1921〉：献礼片的创新实践与中国电影的整体思维——黄建新访谈》,《电影艺术》2021年第4期。

日本间谍与日本共产党的悬疑线、共产国际代表被华人探长黄金荣派人跟踪与反跟踪的情节线、黄金荣与工人阶级的博弈线等。这些看似庞杂的线索在历史大逻辑下聚合向同一个中心，暗示了历史的残酷与悲情，以及建党叙事中人的命运，从而体现中国共产党建党的艰辛与不易。

由徐展雄导演，管虎、吴兵、张珂、京榆编剧的《革命者》则以李大钊先生作为叙事中心，以李大钊被执行绞刑前的三十八小时作为时间主轴，对革命领袖李大钊一生的事迹进行非线性回溯，以点带面，引出时代革命者群像。

值得一提的是，两部影片都摒弃了脸部化的历史人物塑造模式，而是用“生活化细节 + 革命情怀”的方式塑造伟大却又真实的历史人物，用“以情动人”的方式取代传统的说教与强硬意识形态灌输。《1921》中有两个颇具感染力的情节：一是李达对妻子说，自己带人抵制日货、焚烧日货，但划火柴时发现连火柴也是日本制造的，彼时的中国甚至没有自己的火种；二是何叔衡对参会党代表讲述了自己同乡的故事——同乡寒窗苦读，终于得进殿试，却依然只能以奴才姿态跪伏在地，“不准抬头”。这两个情节丝毫不具说教意味，却向观众阐释了所有革命先辈的革命起点与最初理想——让中国拥有自己的“火种”与希望，让天下苍生皆获得尊严，抬头做人。而在《革命者》中，影片虚构了徐阿晨、徐三、庆子等人物，报童徐阿晨仅因与俄国人发生争执便被射杀，背后是国力衰微之时国人性命如同草芥的悲惨境况；小人物徐三目睹学生抗议、斗争，在革命精神的感召下由初始时的畏惧、退缩、只求自保转变为自发加入抗争的洪流；孤儿庆子在遇到李大钊先生后才懂得“为天下人谋幸福，才是真正的大事”，从而走上革命道路。这些人物与情节的设置将革命从一种似乎只与“枪杆子”或“笔杆子”有关的“上层叙事”转化为关乎全体国民之尊严、天下苍生之福祉的宏大集体叙事，更能引起观众的共情。

除上述几部作品外，本年度还有一些各具叙事特色的新主流电影作品。如《长津湖》用史诗般的叙事还原了波澜壮阔的抗美援朝战争历史；《穿过寒冬拥抱你》用多线叙事结构刻画了疫情时代背景下普通市民守望相助、真挚动人的爱情群像；《峰爆》将灾难类型与主流价值观的融合，讲述了在西南某山区一座修建了十年的隧道即将竣工之际，一系列地质灾害接踵而至，基建人洪赟兵、洪翼舟父子于绝境之中对隧道与整个县城展开生死救援的故事。这些作品热度高、影响力大，但也存在一些剧作上的缺憾。中国“新主流电影”剧作仍在走向发展与探索的路上。

二、私人情感剧作切中群体痛点

1.《你好，李焕英》：子欲养而亲不待

《你好，李焕英》（以下简称《李焕英》）由北京大碗娱乐文化传媒有限公司创始人贾玲、孙集斌及旗下成员王宇、刘宏禄、卜钰、郭宇鹏编剧，是本年度颇受观众欢迎的一部作品，观影者的正向反馈不仅是工整剧作的成功，同样也是创作者私人情感取得大众共情的胜利。

《李焕英》的叙事建立在奇幻设定之上。相较于《夏洛特烦恼》《羞羞的铁拳》等带有奇幻元素的喜剧作品，《李焕英》的主题与人物目标是前置的，奇幻设定产生的新秩序并不成为主人公贾晓玲的困境，摆脱混乱秩序恢复常态也并不是主人公的第一诉求，相反，“穿越”设定反而让贾晓玲获得了填补遗憾，让自己成为母亲的骄傲的机会。人物明确的目标和快节奏的叙事加速了观

众对穿越设定的接受，同时，主题与人物目标前置的设计也使得整部影片的叙事主线更加明晰，穿越后的“帮母亲抢购电视”“与母亲一同组队参加排球比赛”“为母亲撮合姻缘”等一系列承载了诸多喜剧包袱的情节看上去松散，但因其完全服务于“让母亲开心、弥补母女间遗憾”的叙事主线，并不给人特别割裂之感。

在以20世纪80年代为背景的主要叙事版块中，《李焕英》的叙事无疑是有技巧性的。首先是穿越后母女关系的建构，贾晓玲在意外穿越后以母亲表妹的身份进入母亲年轻时的生活，二人关系从“母女”变为“朋友”，这重关系的错位改变了母女在既定伦理关系下的相处模式，对母亲与女儿因年龄、身份、人生经历不同而产生的情感交流鸿沟进行了弥合。正如片尾字幕所呈现的，“打我有记忆起，我妈就是个中年妇女的样子，所以我总忘记，妈妈也曾是个花季少女”，影片为观众提供了用另一种视角对母女关系、母亲形象进行关注的可能性。

其次是影片对时代记忆的捕捉，《李焕英》把握了20世纪80年代工厂集体生活的细节，通过凭票购买彩电、集体观看女排比赛等情节营造出具有怀旧气息的“80年代”氛围，既能唤起中老年一代观众的生命记忆，又能满足年青一代观众对“上一个时代”的好奇。

此外，影片在结尾处进行了一次叙事上的反转，通过母亲李焕英的缝补衣服技巧这一细节，贾晓玲发现，原来母亲和自己一同穿越回了20世纪80年代。这重剧作上的反转解释了影片前半部分一些看似不符合逻辑的细节，同时衔接了剧作中的“喜”与“悲”两种情绪，当故事由女儿一人对于填补遗憾的努力变为母女二人心照不宣的和解，影片的情感力度与艺术境界也得到了很大程度的提升。

《李焕英》以“亲情”作为情感着力点。“子欲养而亲不待”很容易引起大众的广泛共鸣，然而真正能够打动观影者的不仅是情感的大众化，还有创作者真挚情感的投入。《李焕英》是导演贾玲从自身情感经历出发创作的作品，片中许多情节都改编自贾玲与其母亲之间的真实故事，这让影片的亲情叙事更加细腻、真实，饱含浓厚而真挚的情感表达。

总的来说，《李焕英》的剧作虽未借助穿越设定对代际关系进行深刻、有创新性的深挖和探索，但其叙事工整，情感动人，对大众来说是一部诚意满满的佳作。

2.《我的姐姐》：重男轻女家庭中的女性突围

《我的姐姐》是一部有着清晰“女性主义”定位的影片，该片导演殷若昕与编剧游晓颖作为女性创作者，为影片注入了颇多来自女性角度的观察与思考。

影片讲述了失去父母的安然在面对追求个人独立生活还是抚养弟弟的问题上所展开的一系列故事，很具社会争议性和话题度的题材使影片拥有了探讨女性议题的独特角度，电影文本对女性作为个体的独立意识的凸显也引起了受众的共情。

影片以男权社会下的“重男轻女”现象及“二胎”政策背景下“姐姐”这一群体的处境作为切入点，设置了姑妈和安然这一组互为对照的人物。姑妈一直背负着家族中“长姐”的身份与责任，正如她在影片中对安然所说，“我是姐姐，从生下来就是，一直都是”，“牺牲”成了姑妈在人生节点上唯一和必然的选择，她为了弟弟放弃上大学的机会，又为了照顾弟弟的孩子放弃了自己的事业，这一人物身上承载的是传统男权社会中作为“他者”存在的女性们的悲剧宿命——她们的生命自身似乎并不承载价值，所有的价值仅体现在她们对家族、对男性的供养与付出上。而安然则是试图打破男性中心秩序下女性的从属地位，对传统价值体系的重压说“不”的新时代女性，她拒绝让自我价值完全让位于家族利益，对“姐姐牺牲自我抚养弟弟”这一传统观念中约定俗成的规则进行了控诉与抗争。这一组镜像人物的设置对比了不同时代背景下的女性形象与女性意识，一方面展现女性长久以来在男权秩序中遭受的压迫，另一方面也呈现了女性个体意识与反抗精神的觉醒。

影片的叙事策略还体现在话题点的设置、对社会议题的渐进式呈现等方面。影片设置了“安然与弟弟因父母遗产（学区房）归属问题产生争执”“安然与弟弟一同回忆父亲，却发现父亲在二人记忆中判若两人”“安然回忆父母为生二胎逼自己装瘸”“安然回忆自己小时候被表哥当沙包练拳、被姑父偷看洗澡”“安然在医院撞见已生过两胎的高龄孕妇为了生男孩不得不继续生育”等情节，由点及面、由家庭到社会，展现了“重男轻女”的社会现象和女性所面临的男权压迫之困境，既保证了戏剧性冲突的尖锐性，又实现了对人物前史、社会现象的渐进式呈现，在引起共情的同时并不给观众以叙事过于强势、生硬的压迫感。

值得注意的是，《我的姐姐》不仅是一部阐述女性议题的电影，也是一部讲述姐弟情感的亲情电影。一面是女性的独立意识，另一面是无法割舍的血脉亲情，这两股力量的拉扯构成了影片主人公的两难困境。而《我的姐姐》的剧作也不可避免地陷入了这样的两难困境中：影片既要表达女性的抗争与“出走”，又要渲染符合社会主流价值观的人伦温情，然而在故事结尾的处理上，这两点又是相互冲突的，安然要追求独立，就必得放弃抚养弟弟，反之亦然。影片显然并未找到解决两难困境的可行性途径，只能留下一个态度暧昧的开放性结局。然而无论结局是安然选择自己的人生还是选择抚养弟弟，影片此前建构的深刻立意和女性主义的表达都在注目于温情的叙事中受到了一定的折损与消解，更深一层对女性主义进行思辨的可能性转化为了对社会问题的单一揭示和控诉。

《我的姐姐》展现出的虽然是带有妥协意味的女性主义，但其作为一部聚焦社会问题与女性处境的院线电影仍有很大的社会意义，为全社会对女性议题的关注与反思创造了一个突破口。我们或许可以将之视为一个开端，期待未来会有更多对女性主义进行更深层思考的影片出现。

3.《爱情神话》和《寻汉计》：都市原住居民的哀与乐

本年度出现了《爱情神话》（导演邵艺辉，编剧邵艺辉）和《寻汉计》（导演唐大年，编剧赵赵）这两部讲述都市中土生土长人物的生活与爱情的电影作品。两部影片都渲染出了真实、有质感的都市氛围，在爱情叙事方面也各具突破与创新，颇值得在剧作层面进行对比分析。

《爱情神话》讲述的是上海中年男人老白与单亲妈妈李小姐、前妻蓓蓓、画画班学生格洛瑞亚三位女性间的浪漫情感故事。《爱情神话》中的上海是充满市井烟火气与文青气的上海，人物对白皆用沪语，主人公们生活在上海弄堂里，有接小孩子放学，买食材下厨“烧小菜”，和街边小皮匠搭话聊天的市井气息，也有坐咖啡馆、看戏剧、办个人画展的文艺腔调。影片中的人物也是只有上海这座城市才能孕育出的人，主角老白是个懂生活的上海男人，会用艺术自娱，也懂得下厨做菜，他身上虽有中年男人的钝感，但这种钝感中也融合了上海人骨子里的精明——因此老白又是敏感的，对生活、对情感，他都有自己的计较和考量。主角的朋友老乌同样是一个很 “上海” 的人物，他是一位十分典型的上海 “老克腊”，拥有上海人特有的腔调，考究，精致。正是在如此的上海都市生活图景当中，《爱情神话》这样一个轻松、“灵光”却有颠覆性的爱情故事才得以成立。

《寻汉计》讲述了大龄女青年王招意外怀上前夫的孩子，为了给这个非婚生的孩子登记户口，她开启了一段阴差阳错的 “寻汉” 之旅，并最终奇迹般地觅得良人、收获爱情。故事发生在北京，北京这座城市的独特之处，在于现代与怀旧的并存，影片并未着力展现都市现代性的一面，而是将叙事的主要空间放在北京普通市民的生活区域内，人物活动在老旧的街道、楼房之间，过着自足的日子，“生活的缝隙里，有温热的东西流淌出来”[①]。影片的人物对白、角色做派也同样透露出 “京味”，两个主要男性角色——姥爷和杜微都是十分典型的 “北京爷们儿” 形象，没有太远大的志向，以逛公园、看下棋、在家做几盘菜喝几口酒为乐，他们有着自己的自卑与敏感，但表露出来的全都是老北京人的硬气和骄傲。这样 “落地” 的城市质感为影片的爱情叙事增添了真实感，也更能营造出普通人爱情故事的温情氛围。

作为爱情片，《爱情神话》和《寻汉计》两部作品都在一定程度上打破了传统浪漫爱情类型的拘束，剧作上各具新意，可以称得上本年度爱情片中较为突出的亮色。

《爱情神话》的 “新”，首先新在题材，影片聚焦于中年男人老白与几个成熟女性间的情感关系，突破爱情片必须与 “青春”“年轻态” 挂钩的刻板套路，填补了国产都市爱情电影的一

① 柏邦妮：《都是充满瑕疵的普通人就不讲爱情了》，https://movie.douban.com/review/13524726/。

个题材空白。爱情并不一定要发生在懵懂之时、极尽炽烈才算精彩，中年疲惫生活中那些因爱情而纠结、悸动，想要拉近关系却还要犹豫、摇摆、顾及现实与人情的瞬间也同样可以展现爱情在生活中的本真模样。

影片在剧作上充满巧思，全片少有强戏剧性设定，叙事结构也并不复杂，以老白的中年情感、艺术生活为主线，老白家的几次聚会为支撑点，串联起李小姐、格洛瑞亚、蓓蓓、老乌等人物，简练的故事线天然具备轻盈特质，而填充于轻盈框架中的恰到好处的戏剧冲突、诙谐又不失深意的机灵调侃、细腻真实的生活细节更是让影片有了一种“四两拨千斤”的巧劲。

此外，在女性主义表达上，《爱情神话》也具有一定的颠覆性和超越性，故事文本越过对男权社会的控诉与反抗，跳过了对男性主权历史的清算，而直接将男女两性放在完全平等的地位上。影片颠覆了传统“男强女弱”“男性主动”的两性模式，三位主要女性角色皆经济独立、人格独立，对待情感也有着自己的洒脱态度，相较之下，男主角老白反而在情感中更显被动。影片有一些颇有趣味的设计，全片的每一次饭局都是由老白下厨做饭，女性成了“食客”，“吃好之后，嘴巴一擦，头也用不着回，跑路呀”。片中许多金句式的台词也同样展现着这样的性别强弱错位，如前妻蓓蓓的“我只是犯了一个全世界男人都会犯的错误”、格洛瑞亚的“我老危险的，你不要爱上我”，这些错位台词在喜剧性中展示了当代情感关系的新模式。

如果说《爱情神话》等电影彰显的是女性意识的高扬，那么《寻汉计》的主人公设置看上去似乎是当代独立女性塑造潮流中的一次“倒退”，主角王招温和、懦弱、没有脾气，自尊感与存在感低得可怜，在男性世界中被挤压得几乎难觅生存空间。然而这恰恰构成影片对普通人的独到关怀，电影不回避小人物性格特质中的缺陷，男女主角的形象都不够完美、充满瑕疵，但他们的卑琐之中又透出一股质朴的善意，这也让这个由为腹中子寻找“冤大头”的算计开始的粗粝现实主义故事逐渐转变为结尾时的“爱情童话”——王招和家人苦心设局“一夜情”即将成功之际，她却对杜微坦白了一切；杜微发现了自己的被算计，大发脾气后却又意识到真正的爱意不该受到世俗条条框框的拘束。两个人物同样狡黠却又小心翼翼地计较着情感的分量，然而在他们犹豫、动摇的瞬间，闪烁出的却是小人物本性中最诚挚可贵的善良和人格力量，这也让电影展现出一种平庸世相中的独特温柔。

4.《盛夏未来》：离异家庭中的莽撞青春

“青春爱情片”是国产电影中经久不衰的一个类型，从前出现的佳作有《那些年，我们一起追过的女孩》《我的少女时代》这样描绘青春浪漫纯爱的作品，也有《少年的你》《过春天》这样将爱情元素与现实主义叙事结合的影片。而本年度由陈正道导演，沈洋、詹晨编剧的青春爱情电影《盛夏未来》在这些作品序列中显得相对独特，这是一部没有“爱情”的爱情片，女主角陈辰与男主角郑宇星为反叛校园、家长而假装情侣，在二人携手面对成长中种种困境与难题的过程中，陈辰逐渐喜欢上郑宇星，然而郑宇星实际一直身处一段无望的单恋之中，经过了彼此陪伴的一段时光，他们终于学会面对各自的爱而不得，勇敢地面对真实的自己。

影片为男女主人公设置了各自的现实困境，陈辰看似拥有和睦美满的家庭，但她的父母其实早已离婚，母亲也有了新的恋人，陈辰知晓这一切，却只能隐瞒自己的知情，笨拙地努力着让破碎的家庭恢复从前的模样；郑宇星迷恋着 DJ Ming，但这种情感终究只能是单方面的痴恋，无法得到任何回应。区别于传统青春爱情片模式，这些现实困境的设置并不仅是为了服务爱情叙事，相反，爱情元素只是少年成长叙事中的一部分。在诉说了青春之中的种种伤痛过后，影片的主题落点落在“勇敢地面对真实的自己”，于现实主义基调之上又铺陈了浪漫主义的色彩，令整个故事更具深度和张力。

《盛夏未来》上映后口碑呈两极分化的状态，这也与影片剧作中相对大胆的设定有关。通过影片中的诸多细节可以判断出，郑宇星所单恋的 DJ Ming 是一位男性，同性元素的加入颠覆了影片前半部分的“浪漫爱情”逻辑，郑宇星对陈辰的情感变得模糊而不可界定，他所做出的暧昧举动也因此存在一定的非道德性，违背了观众对浪漫爱情故事的预期。导演陈正道曾在一次讲座中回应过这一问题：“主人公的价值观和创作者的价值观是要分开看的。当我们站在探讨角色道德层面，我们也肯定是斥责的，但站在创作层面这件事是会发生的。因为在那个情境之下，人物的动作不仅被他的本能驱动，也被他那个情境驱动。”[①] 十七八岁是迷茫的年纪，人物身处于这段青春当中，无法对爱的本质进行定义，或许正是这些无法被界定的情愫、莽撞而不多做顾虑的冲动，才展现出青春特有的青涩和美好。

---

① 北京电影学院文学系：《[创作讲堂]电影〈盛夏未来〉嘉宾讲座》，https://mp.weixin.qq.com/s/7G8ReTTqel_WgDYAVtXv6W。

三、强情节剧作凸显冲突烈度

1.《怒火·重案》：双雄模式下的反英雄人物叙事

《怒火·重案》是本年度动作犯罪类型片中的佳作，该片由香港导演陈木胜执导，陈木胜、凌伟骏、唐耀良联合编剧。影片延续传统香港警匪片的双雄模式，故事开端相对中规中矩——重案组布网围剿国际毒枭，却突然遭遇“黑吃黑”的蒙面悍匪，牺牲惨重，重案组督察张崇邦开始对案件进行深入追查——至此，刚正不阿的警察张崇邦和残暴嗜血的蒙面悍匪构成了正与邪的二元对立关系。随着叙事的推进，张崇邦发现悍匪首领竟是自己昔日的警队好兄弟邱刚敖。此时影片的叙事策略转变为从人性出发建构警察与匪徒之间的情感关系，通过闪回叙事，交代阿邦、阿敖两人间充满悲剧宿命感的前史。曾经身为香港警察的邱刚敖在一次对富翁被绑架案的侦破中接收上级暗示，对绑匪动用私刑逼供，却不慎将其打死，在法庭上，作为目击证人的张崇邦指认了事实，致使邱刚敖等人获刑入狱，几人刑满释放后踏上了犯罪复仇的不归路。反派人物的愤怒与委屈感迸发出强大生猛的力量，很大程度地增强了叙事张力，同时也在类型故事中植入了反思价值。

讲述心怀委屈与不甘的失意者进行复仇的故事在国产警匪片中已有先例，本片导演陈木胜从前的作品《扫毒》便讲述了扫毒警察被同伴抛弃，侥幸被毒枭女儿救下后失去对正义的坚持，为了生存走向邪恶一方的故事。而2020年上映的电影作品《拆弹专家2》和本片也有着同样的反思，《拆弹2》的主人公潘乘风和本片反派角色邱刚敖一样是曾经心怀正义却被抛弃的人物，他们的控诉与挣扎正体现了法理与人情之间可能存在的不可调和的矛盾。

不同之处在于,《拆弹2》的主人公同时承担正与邪双重身份，因此他的迷途知返也就成为叙事上的必然，而《怒火·重案》展现的是势均力敌的双雄对决，邱刚敖的反社会之路走得更加极致、彻底，贡献了本年度大银幕上一个非常出彩、独特的人物形象。

总的来说,《怒火·重案》叙事完成度较高，情感戏与动作戏配比得当，很好地平衡了叙事节奏，在主题表达层面，影片展现出对“公义”问题的探讨与反思，可以说在扎实地完成了犯罪类型叙事之外小有突破与创新。

2.《扬名立万》：密闭空间悬疑叙事的喜剧化呈现

由刘循子墨导演，里八神、刘循子墨、张本煜、柯达联合编剧的《扬名立万》是国产院线中相对少见的密室悬疑推理作品，影片以喜剧为外壳，悬疑为内核，作为本年度院线黑马，影片在叙事上的成功是多方面的。

首先是影片缜密的逻辑架构。故事发生在民国时代背景下，大老板陆子野为将轰动上海的“三老案”改编成商业片，召集了一群电影人到废弃大楼开剧本会。开端建置部分介绍了本片的核心悬疑事件“三老案”，在电影人们对真实案件进行梳理剖析的过程中刻画出电影行业的众生相，也奠定了影片影射现实的反讽基调。直到凶手现身，众人发现顾问齐乐山实际正是“三老案”中的犯罪者，影片正式进入悬念揭秘与反转的叙事节奏中，这一段叙事使用的是剧本杀中的“初次推理—现场搜证—搜证后再推理—最后揭秘”的剧情推进模式，人物在当年的案发现场中寻找线索，一步步接近真相，然而随着突发事件的出现（如齐乐山挣脱镣铐，堵住大门，众人被迫爬通风口出逃，从而搜寻到新证据；齐乐山挟持苏梦蝶，编剧李家辉不得不重推案发经过），案情不断反转，“真相”一次又一次被颠覆，这些反转与颠覆均建立在剧作逻辑的缜密与自洽上，复杂线索所指向的事件原貌在经过不断解构与重塑后仍然通顺合理，经得起推敲。

其次，喜剧桥段的铺设也是《扬名立万》在叙事层面的一个闪光点。影片延续了导演刘循子墨在从前作品中的无厘头风格，通过对喜剧人物身上的莽撞、谄媚、贪慕荣利、不合时宜等特质进行放大，营造喜剧效果。全片的喜剧叙事修辞沿“模拟（戏仿）—象征—反讽”的路径进行，无论是颇具迷影情怀的对经典影视作品场面的戏仿，对已有类型符号的解构，还是对娱乐圈乱象的暗指，对影视行业及影视创作的自反性讽刺都展现出一种较为高级的喜剧性。将悬疑与喜剧类型结合进行叙事在国产片中并不多见，此前也仅有“唐人街探案”系列等较少几部作品进行过成功尝试，《扬名立万》在“悬疑＋喜剧”的基础上又糅合了爱情、犯罪、战争等类型，叙事野心颇大，却又能很好平衡不同类型元素间的关系和比重，就这一点而言，《扬名立万》无疑是一部类型突破之作，拓展了国产电影在类型杂糅方面的可能性。

《扬名立万》是一部很典型的“元电影”。从原片名“一部电影的诞生”便可直观看出，影片聚焦于电影创作过程，围绕一部电影诞生的始末展开故事。有趣的是，《扬名立万》无意于探讨天然与“元叙述”模式相关联的“真实与虚构”问题，影片叙事主体与“戏中戏”部分的界线清晰分明，不存在任何混淆的可能性，一定程度上减轻了观众的观影压力，拓宽了影片的受众面。电影的“元叙述”手法更多体现在对经典电影的戏仿、对类型创作的解构和对创作大环境的反讽，与之相关的情节均带有很强的“彩蛋”性质，这些“彩蛋”指向的并不仅是创作者的自反与思考，而更多是对影视行业的揭秘、对观众窥探欲与好奇心的满足以及通过打造迷影氛围激发观影者的兴趣。无论是对行业乱象等的讽刺，还是“有商业元素才有票房”“十个项目九个黄”等对行业创作规律的揭示，抑或是对《闪灵》《功夫》《无间道》《英雄本色》等经典作品的戏仿、致敬，都能够广泛引起观影者共鸣，使人会心一笑。

四、风格化剧作聚焦新奇结构

1.《刺杀小说家》：嵌套与对位的形式探索

《刺杀小说家》改编自作家双雪涛同名小说，由路阳执导，陈舒、禹扬、秦海燕、路阳联合编剧。该片是一部通过元叙述文本将两种风格、两重空间进行融合的作品。影片嵌套结构的外层叙事是现实世界中一个“父亲为寻女儿而受命执行刺杀任务”的类型故事，内层叙事则发生在网络小说《弑神》里的异世界中，同样是一个看上去独立的类型故事，少年空文与女孩小橘子躲避重重追杀，向统领皇都的邪神“赤发鬼”发出最后的挑战。影片用浪漫化的设定（《弑神》小说的情节出现在关宁的梦境中；小说与现实中的人物存在对应关系；小说中的情节发展、人物命运走向影响和改变着现实）、“小说有改变现实的力量”的感性表达，弥合了内外叙事层级中风格差异巨大的两个类型故事。美中不足的是，影片作为小说改编作品并没有完全把握住实现跨媒介转码的要点。原著作者双雪涛在小说创作中喜爱用留白片段营造气氛，在人物塑造上也更偏重对角色抽象的、浪漫化的、带有浓重文艺倾向的独特气质进行打造，而较少对其在现实层面的行为逻辑进行深究，就小说而言，这种“缺失”本身自成一种美学，但影片在进行改编时过度依赖原著逻辑，难免导致出现无法达成逻辑自洽的漏洞和割裂感，不能完全符合更要求具象与真实性的影视作品逻辑。此外，影片对“元叙述”模式的运用未臻完美，虽然对小说创作过程和小说家的创作状态进行了关注，但较少有对创作自身的反观，“创作”更多是一个形式上的“壳”而非具有深层探讨与结构价值的“核”，这虽然是影片在向商业化靠拢时不得不做出的舍弃与牺牲，但也是其在艺术探索层面的遗憾。

2.《第十一回》：现实闯入戏剧的多重表达

如果说《扬名立万》是“电影闯入现实”，《第十一回》就是“现实闯入戏剧”。《第十一回》由陈建斌执导，陈建斌、牛建荣、牛牛、雷志龙联合编剧，该片是一次对先锋戏剧进行电影化的突破性尝试，影片围绕着一出改编自三十年前一桩杀人案的舞台剧展开，“戏中戏”的设定展现了影片有关“真实与虚假”“真相与谎言”的深层思考。话剧团排练着由真实事件改编的新剧《刹车杀人》，戏是“假”的，但“虚假”的艺术创作源自生活，便也必然意味着某种程度的真实，更是会对现实产生决定性的影响，因此当年事件中的“杀人犯”马福礼闯入剧场，试图通过改戏洗脱长达几十年的冤屈，为自己翻案，这是影片最浅层的真与假之辩。马福礼的“闯入”与陈冤引发了一系列令人啼笑皆非的连锁事件，影片进行了“罗生门”式的叙事，当年案件的知情人纷纷登场，在他们对当年那段往事的主观性阐述当中，真相似乎被彻底掩盖，无法还原。而影片为“如何抵达真相”这一难解之题指出了解决途径——艺术具有拨开迷雾、令真实复现的力量，由“戏”产生的困境最终复归到“戏”中得到解决，影片最后，马福礼站上话剧舞台，在当年的破旧拖拉机底部，他得以窥见被历史尘埃所掩埋的真相。除了对“真实与虚假”的命题进行思考，《第十一回》

还通过“元叙述”模式为观众展现了一部艺术作品诞生过程中的辛酸。年轻导演胡昆汀在排练新戏的过程中不断遭遇来自各方面力量的掣肘，当事人要为自己平反、死者弟弟掏出重金要求改戏、市领导对戏剧内容进行审查后提出若干修改意见，不仅戏剧创作丧失了自由，就连导演本人也因出轨女演员贾梅怡变成过街老鼠，惨遭封杀。从这些情节中观众可以窥见创作者的无奈，艺术分明具有其崇高性，但在面对世俗、商业、权力等的种种博弈之中只能败下阵来，甚至很多时候人们不得不脱离艺术本身而在这些无关的范畴内谈论艺术。影片中的许多细节都隐喻了创作者对艺术理想的被迫自我阉割，这无疑是对现实的一种影射，荒诞，却又真实。

3.《吉祥如意》和《兰心大剧院》：挑战观影惯性的形式实验

由大鹏（董成鹏）兼任导演与编剧的《吉祥如意》是一部“元纪录片”，即关于纪录片的纪录片。影片分为“吉祥”与“如意”两个部分，《吉祥》通过伪纪录片手法展现了一个传统中国家庭中的亲情羁绊，以及整个大家庭因家族长者去世而分崩离析的人情冷暖。作为纪录短片，《吉祥》有较强的戏剧性，这种戏剧性一方面源自导演的干预、引导与专业演员的介入，另一方面也有赖于“天意”——导演大鹏本想回到农村老家拍摄一部关于“姥姥如何过年”的影片，然而姥姥在此时突然离世，“死亡”的出现势必激发被拍摄者的感性情绪，同时也引出了对诸如“失智者王吉祥的去留问题”等伦理问题的聚焦探讨。《如意》则是对纪录短片《吉祥》的一次解构，解析了《吉祥》中的真实与虚构，还原了导演拍摄纪录片的出发点和历程。两部短片的衔接点是《吉祥》的最后一个镜头，王吉祥走在雪中的画面转变为放映活动中大银幕上的画面，打破了观众与影像间的“第四堵墙”，自此,《吉祥》与《如意》形成了一个奇妙的嵌套式结构，与传统的“戏中戏”模式不同,《吉祥如意》的套层叙事并非“由外及里”地进行呈现，而是从嵌入文本开始呈现，当观众自认对影片形式有了完整的认知和判断后，再将视角拉开，展现外层叙事，通过在一定程度上违背观众预期的方式营造叙事的新颖感，同时为观众体悟情节与情感提供了更为多元的角度。

《兰心大剧院》根据虹影《上海之死》及横光利一《上海》改编，由娄烨担任导演，马英力担任编剧。该片在类型片框架下通过实验性的“戏中戏”套层结构讲述了1941年发生在上海的一场谍战故事。影片从第一场戏便展现出其对叙事结构进行实验性探索的野心，故事开始自话剧导演谭呐的一次现场排练，此时观众可以明确意识到舞台上发生的是“戏中”的故事，影片通过“男配角登场过早，导演喊停重来”的情节强化了观众的这一认知，随后谭呐走向了舞台上“酒吧”的外走廊，这虽然脱离了戏剧排练的场面调度范围，但观众仍有理由相信此时的谭呐还是“戏中人”，然而谭呐径直沿着舞台戏剧外空间中的长廊走向了现实时空中的酒馆，此时的“戏里”与“戏外”的人物关系也变得模糊——谭呐走出酒馆后，看到在剧中饰演配角的男性和饰演罢工者秋兰的于堇打斗在一起，在谭呐的帮助下，于堇将刀捅入男配角的脖颈——至此观众已经很难在空间逻辑与人物逻辑的“不通顺”中辨清事情全貌以及人物身份的真实与虚假，而影片想要塑造的，正是这种使人如坠迷雾的迷离、混乱之感。在之后的叙事中，影片多次使用了如开头一般真假难辨的套层结构，不仅没有通过场景、服饰、道具的不同对观众进行区分戏内戏外的提示，反而借空间的相似、人物状态的相近进一步模糊现实与虚构的界限，混乱而迷离的叙事基调与影片框架文本中敌我难辨的时局形成呼应，也隐喻了主人公在多重身份中的混乱和难以自我认同。同时，这种叙事结构模式也在对银幕外的观众进行着提醒——舞台上的暴力可以介入现实，“一旦暴力进入剧场，演戏的和看戏的无一幸免”，电影所呈现的不仅是遥远的历史，而是与每个人都相关的过往。此外，影片设计了多组“舞台—演员”的空间人物关系，兰心大剧院是戏剧演员们的舞台，华懋饭店则是间谍们的舞台，人物身份的多重性也展现了《兰心大剧院》作为谍战故事的复杂性与格局。总的来说，《兰心大剧院》虽然具备鲜明的类型元素，但仍然以先锋性姿态挑战了观众的观影习惯，可以称得上是一部尝试在商业类型与文艺实验性之间开辟新路的强风格化之作。

纵观本年度中国电影剧作，表现最为突出的是以大众观影接受为重点考量，以类型化叙事承载主流价值和民族想象，将商业性、艺术性和主流价值观融为一体的电影作品，家国情怀剧作成为主流表达。可以预见这一趋势将会持续发展并不断加强和创新。近几年，注重个体情感和命运表达的剧作也逐渐找到了密钥，切中记忆痛点、引发大众共鸣的强情感剧作将继续涌现。凸显冲突烈度的强情节类型化剧作在稳定发展，这类剧作未来的努力方向仍然是如何稳中求新。以艺术表达和深层主题思考为核心诉求的作者化、风格化剧作偏重新奇形式，探索面趋于窄化，这个现象值得关注和深入研讨。

附

《1921》编剧黄建新访谈

张民：我查了一些资料，电影《1921》这个项目是2016年就开始启动的，咱们编剧团队一共是三位，您、余曦，还有赵宁宇老师。请问您三位编剧是怎么展开合作的？

黄建新：一开始是上海方面找我，说快到一百周年了，上海是一大会址，中国共产党从这儿起步，这个事儿上海要做，希望我们公司能够一起帮着做。我们当时觉得很难，就决定早点开始，搜集资料，看能不能找到一些新鲜的东西。一开始是我跟宁宇一起弄了个大纲，但是觉得不行，觉得我们俩的努力并没有突出。拍过《建党伟业》之后，再做这个，编年史的方式就使不得了，就想开拓。我和公司任宁总商量，请她找新人，她就找到年轻的编剧余曦。我们全部重新来。我希望能找到新的资料，新的东西，新的角度。我也会介入编剧，这本是我的老本行，大家一起介入。余曦是清华学理科的学生，他喜欢电影，也跟杜琪峰团队做过编剧，我觉得他跟主流表达、跟电影观众衔接这块可能会有点特点。我们大概是从2019年开始，我们剧本讨论最忙的时候是在2020年春节前后，由于疫情，开会时人经常到不齐，都是在网络上开会。

张民：我看到有的访谈中提到，为了《1921》这部片子，您这几年看的书、看的史料非常多。我想问一下有哪些史料是您觉得特别重要、打开了想法的资料？

黄建新：大家看到的常见的至少有几十本，还有大量的是章节，在各种回忆录里，这些就太多了，这些东西加起来真的有上百部。我们有一个策划团队，他们把所有的资料找出来发给我们传阅。在阅读的过程中，我们渐渐明了，共产党是国际共产主义运动带来的，是当时国际共产主义运动的一部分。做《建党伟业》的时候，对共产国际这一块实际上只是象征性地交代了一下，不是作为主要枝干表现的。这次创作共产国际的角色得变重，比以前要实，要有行为，要有逻辑，要贯穿始终。于是最早的时候，宁宇就把马林所有的踪迹——从哪儿上船，从哪儿走，中间在哪儿被扣住了，怎么出来的，怎么到的上海，他把这块摸得比较清楚。后来我们又查实了一遍，就形成了一条线的起始。

除了共产国际这条线，还有日本的这条线。在上海的图书馆资料室，我们查到1921年日本共产党、朝鲜共产党派代表都到过上海，但是没有特别翔实的历史记载，没有档案记载，都是小报里的报道。后来任宁去找了跟我们一起合作过的日本公司，委托他们帮我们在日本那边查阅档案，看有没有这样一个史实。日本档案保留得非常完整，合作方查到警视厅曾经派人跟踪日本共产党的代表一直到了上海。档案里还有当时谁要参加这个会，中国共产党的这些最初的党员代表都从哪儿来，连这个都有，非常详细。我们觉得这是特别新鲜的故事线，共产主义运动到了东方，东方的共产党包括日本共产党、朝鲜共产党，南洋也有，他们的代表交错在上海这个地方，上海就很有意味了。这就解决了我们的第一个疑问，大会为什么会在上海开。

还有一个疑问是上海各种势力错综交叉，都出现过什么问题。在暗流涌动之中，对马列主义政党在世界的兴起，那些固有的势力采取什么样的态度？什么样的反应？产生了什么样的冲突和对立？这样，就有人物了，人物就有心理了，我们就可以描写人物的心理，描写他们的性格。大家觉得这是一条不错的思路。我们多次在网络上开会，慢慢向这个思路集中。在这样的基础之上，我们让余曦放开胆子写。这样的思路果然带来了一些新鲜的东西，比方说日本这条线大家都没见过，我们还把电报的复印件送给了一大纪念馆，很多人包括一些搞党史研究的人都觉得很新鲜。这样，就构成了《1921》是不同于《建党伟业》的一个故事。

《1921》影片的故事核心发生在上海。我们决定不写编年史，就写上海，写那一年的上海。那一年的上海有公共租界，有法租界，有华界。在这些空间里头，我们能看到一些社会特征，比方说公共租界和法租界的交通的行进方向都是反着的，所有法规都是他们制定，中国人没有权利，这个样子的国家怎么能行啊！我们通过这些形象的特征就能感到，国家必须要改变。这是一个新的即将诞生的为了救国的政党面对的社会特征。一方面清朝灭亡后被各种势力侵占引起军阀混战，另一方面是世界列强在瓜分中国。中国的共产主义运动，就是中国的这些状况和世界文化、政治交织在一起，在这样的大背景下产生的。这就是我们最后要归结的那个点。

张民：《1921》这部电影特别像1921年的一个横断面，有上海，有北京，有广州，有巴黎，有共产国际，还有日本共产党，一开篇就能感觉到这是一个很恢宏、非常错综复杂、非常有特点的年份。能感觉到十月革命取得成功之后，共产主义思想的蔓延。但有一个问题，因为线索非常多，交织起来错综复杂，观众看电影的时候可能会有些吃力，这一点您是怎么考虑的？

黄建新：没办法，历史就是这样错综复杂。我们尽量讲的生动和感性，你有兴趣就自己去补补课啦。就像你读《红楼梦》，你得了解当时那个社会，那是你的外延的部分。当时的政治背景，你不理解的，你一定要自己去更多地了解。不能抱怨为什么要写这么复杂。史实原则跟感性表达之间一定会有这样一个差距，但是不能由于感性的表达，要用故事的表达，就把史实原则删掉，这不行，这是要遵循的一个原则。就像我们看很多世界有名的电影，看完我们都得补课，对国外背景我们更不清楚，但如果那电影真的好，我们都会去补课。它其实是一个正常的欣赏与补充或者学习之间的一个正常关系，所有东西都是这样。任何一部好的电影，对你的启发都是要求你补课的，不仅是一个文化消费，还是一个文化表达，是比较大的历史背景下的一种表达。作为这种电影的严肃性和史诗性，情节和人物一定比一般的情节剧要复杂得多。我这次特别想用一种诗意的表达去呼唤起一种激情，因为我们发现，那个年代就是充满了激情的年代，这批年轻人充满了激情，有远大的梦想，决心改变中国。这种激情如果能够被表达出来，就会对观众产生影响。

张民：影片中李达和王会悟这条线，戏是最重的，您能谈一谈李达这条线的创作思路吗？

黄建新：这部电影我是想让它具备故事片的最基本元素，就是说，需要能构成中心的人物。我们研究了党史，发现当时由于陈独秀离开了上海，李大钊去不了上海，李达承担着所有的会务和推进工作，那个时期他也是上海小组的领导。大会要在上海召开，他要负责所有的细节推进，他承担了聚合组织的责任。正好在这前不久他结了婚。他和我们现在的年轻人一样，有他们的生活，有他们的爱情，有他们的理想，有他们的工作，我们就希望能够有这样丰富生动的表达。我们看了当时王会悟的照片，觉得她年轻时候非常有气质，很漂亮，李达的照片也非常有气质，我们就希望能够从这个角度进入，形成一个叙事的中心。因为经常被法租界搜查，他们的压力其实非常大。被迫搬家，刚刚结婚就得搬到亭子间，非常窄，只能放一张床和一个桌子，在这样的地方继续做会务，这样就构成了叙事和人物关系，构成了多元的空间关系，这个电影讲起来就不像流水账了。我们能看到各地来的代表，集合在一起的时候，有一个关联，关联到一个中心点，这个中心点不只是一座房子、一个地点，还有一些人。这样就构成了比较有趣的人物关系。李达作为主要的角色出现，这个电影就跟以前这类电影不大一样了，它有了"三一律"的基本原则。

张民：您曾说拍这部电影有一个原则叫"大事不虚，小事不拘"，您能举例说说吗？

黄建新：比方说用到的意象表达的手法，就属于"小事不拘"。在李达的戏里我加了一个小孩，在李达家对面，他老能看见她。李达是一个很高级的知识分子，他常常有孤独感，我看到自传里头写他常常会一个人独处，这个很难表现，但是如果有一个对应的小孩，跟他在一起表现，就能够反衬出来，不用语言大家都能体会。等最后他到了房顶上一声呐喊，就达到了心理递进。这是用电影手法去扩展内心。这个方法我们也用到了别的地方，比方说我们用到了毛泽东的戏里，他去李达家吃饭回来，遇到法租界庆祝法国国庆，他很好奇，他想进去看看，结果被人赶了出来，他愤然奔跑，在他奔跑的过程中，我们展示了他为什么参加革命的整个过程，用奔跑和摄影机运动的配合产生意象，这是我这次特别想做的事。

张民：说到“小事不拘”，影片里有场戏是毛泽东见到李达，一块儿吃了一顿饭，然后李达做的菜里边没有一个是辣的，这场戏非常生动，想问编剧团队是怎么设计出来的？

黄建新：李达是一个中心人物，毛泽东必须跟他有交集，这个交集除了开会，我们还希望两个湖南人之间会有一点点有意思的东西。湖南人吃饭吃辣是绝对的，但王会悟不吃辣，我们就想设计好玩的戏出来。因为王会悟不吃辣，李达就改变了生活习惯，就说明王会悟这位新女性还是挺要强的。但在毛泽东面前，她还得说是因为李达胃不行，胃坏了。最后几个人说着说着，一咬牙说喝酒吧，喝酒对胃刺激更重，也不管了。我们就觉得这样的人物关系一点点的反转，会带来非常有趣的效果。我们的剧本里写的是毛泽东喝得微醺，在街上溜达，看着一群人唱着歌，他就跟着，往里走，去看热闹。这样人物就显得亲近，他好像就在我们身边。

我们对不同的人有不同的表达方法，比方说我们表达何叔衡为什么参加革命的一场，那帮小年轻围着他问，何老先生，你为什么参加革命啊？他讲了他的朋友，先中举人，次年赴京又中了贡士，后来终于进了殿试，得太后召见，可他根本没看着太后长什么样，因为不许抬头。何叔衡说，多悲哀呀，我参加革命，其实很简单，就是想抬起头，挺直腰杆，看我自己想看的世界！他的讲述令人泪目。影片中每个人我们都用不同的方法来表达，几个年轻人见面，是那种活跃的感觉，彼此称呼江湖小名、绰号，之后还跑到大世界去看看热闹，对新东西充满了好奇，对未来充满了新奇，这都是我们觉得年轻人所必有的特质。我们不能把年轻人拍得像老谋深算的老者，或者已经成熟到固定化的人，他们是在动态过程中变化的年轻人，有理想有信仰快速成长的年轻人。

张民：您这个话题涉及这部电影特别注重青春感这一点上，在电影《1921》里，我们看到的毛泽东特别有青春气息，他身上有特别强烈的活力。

黄建新：对，这一切都是剧本和影片开始的定位，就是把这个故事拍成一部青春激荡的影片。当年大家赴法，去法国学习先进文化，都觉得那里是一个革命新思想的源泉，因此赴法在当时是个潮流。毛泽东当年送了他的几位湖南的同学去了法国，他也准备去，因此他打工挣钱，准备买票，这就是年轻人在奋斗，在向着理想努力的过程。我们表现了他和工人之间的关系，他在洗衣房跟大家关系挺好的，所有的人都挺喜欢他。他一听说陈独秀来了，扭头就跑去找他，就像学生见到老师，毕恭毕敬的眼神看着陈独秀，这就是一个成长。他看见屋子里挂着会客谈话以十五分钟为限的牌子，有点犹豫，陈独秀"啪"地把牌子翻过去了，变成四个字：时间不限，这样两个人的戏都有了。我们特别希望去挖掘这些生动的细节，不要告诉大家特别严密的逻辑，让观众去体会，观众就会跟随。怎么样能够让观众跟随人物走，这是我们这部戏获得新鲜感的很重要的一个方面。

张民：您能谈谈影片中毛泽东在电车上和蒋介石相遇的那场戏吗？

黄建新：陈独秀在广州去找孙中山发火，说你把我的教育经费挪用了，孙中山就跟他讲，张静江和蒋中正在上海运作革命经费呢，会陆续补贴过来。当时蒋介石在上海做革命筹款，人在上海，而且他走的这条线，跟毛泽东在上海的时候走的那条线，是有交集可能的。也就是说这样的历史性相遇是有可能的。可能某一天他们俩就在一个车上，彼此不相识，他们俩将是中国历史上很重要的两个人，走了截然不同的两条路，这有一点点寓意，有一点形而上的感觉。

张民：影片里这一笔看上去特别意外，但是细想的话，还有点意思，转身蒋介石就去了证券交易所。这对这两个人物整个的人生轨迹，其实有一点点的暗示。

黄建新：对，因为蒋介石一开始在上海，他就是基本上介入了大的金融寡头的圈子和证券圈。毛泽东他们开完了会，就到各地做农民运动，这两个人其实走了两条路，完全不同的路。在铛铛车里头，两个人都拿着报纸，毛主席那张是政治版，蒋介石那张是金融版，他们两人在看报，互相不认得，下车了也是偶然看一眼，并不认得你是谁。我们觉得这种影像化的空间关系和人物关系的建立和暗示，会给未来真实的历史吻合带来意味。

张民：还有一个问题我想问一下，从剧本最后到成片这个过程有过哪些变化？重要的变化就是您剧本这边一共写了多少稿？

黄建新：好像我开拍的时候是十几稿，拍完的时候应该到了二十多稿，不停地修改。余曦一直跟着我，我拍着拍着有新想法了，我们就一起讨论，讨论完他立刻去写，写完了给我，我再接着改。我是拍之前喜欢自己写一遍剧本的人，我是编剧出身，编剧思维永远是我的第一思维。

张民：您能回忆一下，在拍摄中有哪些即兴修改的具体场景吗？

黄建新：比方说，原本没有设计小女孩在2021年出现，后来我们突然觉得她应该出现，都拍到最后了，那段戏是我后来补拍的。如果要关联到今天的话，需要拍一个场面——我不想用字幕总结，一般很容易到这儿要总结一幅字幕。我就说别了，我说加一场2021年一批少先队员去参观一大会馆的戏，让李达家对面的小女孩进去，好像她在看着历史，回过头来看着今天飘扬的红旗。就这么一个想法，就赶紧写。我们觉得如果是用字幕简单处理，电影前头好不容易建立起来的风格，就会被我们自己破坏，要维持我们建立的风格，就必须靠形象本身完成，让那个小女孩出现在今天，这个风格就完成了。

何叔衡那场戏也是后来写的，讲他为什么参加革命这场，是我跟演员见面聊天，聊出来这么一个感觉，觉得何叔衡其实有一个表达可以很感动人，他年纪最大，后来我们查了他的资料，他是参加过清朝末年的科举考试的，对这个东西他非常感慨，他有很激烈的看法，所以就决定应该给他想一个为什么参加革命的表达，我们就开始寻找，就写了这么一场戏，后来加的。一开始的剧本里没有，后来讨论加进去的。

张民：在剪辑过程中有没有一些删减？片长最早是多长？您

的剪辑原则是什么？

黄建新：最早剪完有三小时多。有一场李汉俊跟日本作家芥川龙之介争辩的戏，拍得非常好，但是这场戏没在我要的情绪线里，原剧本里的这场戏两页稿纸，两位演员表演很棒，我最后在剪辑台上咬牙舍了，忍痛割爱。我们想为《1921》构成一条心理结构，心理结构会产生很强的辐射，我们是想以简单的情节性和心理结构并行剪接的方式来达到情绪的更加饱满，就是这样一个原则。所以我们很多戏的位置都变了，跟剧本的前后位置不一样，是在剪辑台上调整的。因为我们的电影进入了主观化结构，所以也就不怕进行线性的挪动。

张民：最后一个问题，您怎么看待编剧之间的合作？

黄建新：编剧合作其实挺好的，也是一种创作方法。《1921》三个编剧算少的，《投名状》《十月围城》都是八个编剧。我们实际上是在找临界突破的边缘。比方说《智取威虎山》，四五个编剧同时写，写完了拿过来，我们看谁帮我们突破了边界。然后我们再讨论，再找一个执笔编剧，我们把所有的东西再重新融合，跟导演一起工作，融合出一个供拍摄用的电影剧本。

我们现在用的方法大部分都是这样的方法，就是最初大家都在原点，都写一个出来，然后看哪个原点能构成我们需要的新的东西，我们重新建立一个结构，然后以谁为主去写，然后我们再不停地讨论，再去改。我们有时候是一个编剧，有时候是俩，有时候是八个，有时候是六个。越是固化的东西，我们启用的编剧就越多，看谁帮着找到那把钥匙。那可是真不容易找，没准就有一个人找到了这把钥匙，打开了一扇门，这扇门一开，是一片新的天地。

以上文字根据电话访谈录音节选

访谈人：张民

访谈时间：2022年1月30日下午

第十一章

2022年中国电影剧作艺术分析

本年度中国电影剧作有四个明显趋势。

第一，温暖现实主义剧作成为主流。温暖现实主义剧作在题材上关注社会特殊群体，如讲述阿尔茨海默病患者家庭困境的《妈妈！》和《叫我郑先生》，讲述刑满释放人员生活困境并聚焦于殡葬业的《人生大事》，讲述底层小人物艰苦创业并取得非凡成功的《奇迹·笨小孩》。温暖现实主义讲述的多为家庭困境，主要人物关系为亲情关系，以苦情打动观众，如《妈妈！》讲述耄耋之年的母亲不得不承担起照顾患病女儿的重任，《叫我郑先生》讲述患病主人公因怀念亡妻在自己记忆消失前重走一遍三十年前俩人一起走过的环岛之旅，《人生大事》讲述处于人生至暗时刻的儿子无奈之中接手了病入膏肓的父亲的殡葬店，《奇迹·笨小孩》讲述了相依为命的底层兄妹为赚出一笔高昂手术费背水一战接下拆分电子元件大单的苛刻合同。

第二，感伤现实主义剧作凸显作者风格。改革开放以来，中国的经济实力、物质生活条件和社会环境越来越好，国家呈现出强大态势，城市和乡村均发生巨变。巨变之下，故乡难寻，物是人非，触景伤情，《漫长的告白》故事发生这一氛围下；巨变之下，某些人被物欲裹挟，被利益链条拴死，某些地区因空心化而呈现出荒废景象，《东北虎》故事发生在这一背景下；巨变之下，田园生活发生畸变，某些影片故事发生在这一空间下。

第三，喜剧元素与其他类型元素不断融合，成为票房制胜法宝。比如《独行月球》将喜剧与科幻、灾难、公路冒险、动物等元素相融合，将故事空间放在月球背面，令观众耳目一新；比如《这个杀手不太冷静》将喜剧与黑帮、犯罪元素相融合，在剧作上通过夸张、巧合、误会等手法营造出让观众爆笑的喜剧情境。

第四，强情节类型叙事边界不断拓展，题材范围也不断拓展。比如《万里归途》将家国情怀和英雄主题融入异国撤侨题材，再一次拓展了爱国主义电影大片的边界；《断·桥》将犯罪悬疑刑侦元素与一桩大桥断裂新闻事件相融合，在观众观看一个悬疑故事的同时，代入现实反思；《神探大战》摒弃了奇案电影“一片一案”的传统线性叙事结构，将多桩奇案串联，形成快节奏的叙事模式。

一、温暖现实主义剧作成为主流

1.《妈妈！》与《叫我郑先生》：直面阿尔茨海默病患者的生命困境

本年度出现了两部以“阿尔茨海默病”为题材、聚焦老年人生命状态与困境的影片，分别是由杨荔钠担任编剧、导演的《妈妈！》和由邹德全与杜海朋担任编剧、邹德全担任导演的《叫我郑先生》。

一直以来，老年题材都并非天然吸引受众的热门题材，如何在无法向题材本身借力的情况下形成叙事张力，成为此类影片在创作过程中必将面对的重要问题。而《妈妈！》与《叫我郑先生》

两部作品无疑都凭借其核心创意层面的巧思成功解决了这一“冷门题材困境”。

《妈妈！》的创意优势源于“颠覆”与“反转”——在大众的认知中，阿尔茨海默病往往发生于年龄较长的长辈身上，子女则负责承担照顾患病长辈的责任，而《妈妈！》却颠覆了这一认知，65岁的女儿冯济真患上阿尔茨海默病，一直由冯济真照顾生活起居的85岁母亲蒋玉芝毅然承担起照顾之任，为女儿遮风挡雨，由此，影片中的母女关系形成“反转”，而这种“反转”，也可被视为一次“回归”——孩子年幼时，母亲照顾女儿，母亲年老后，女儿照顾母亲，直到疾病出现，母亲再度照顾女儿，将母爱之永恒展现得淋漓尽致。

《叫我郑先生》的剧作巧思则体现在独特的时空关系设定——患上阿尔茨海默病的郑先生决定在记忆消逝前重新踏上满载自己与亡妻爱情回忆的环岛之旅，并于途中结识与亡妻有几分相像的女孩阿灰，直到影片尾声，创作者才为观众揭示真相——阿灰实际就是郑先生年轻时的妻子，30年前，她曾为唤醒病床上的丈夫而踏上环岛旅途。当两个人都为爱出发，在不同时间节点来到同一空间，相距30年的两条时间线发生重叠，爱人跨越难以逾越的时间之河，终于得以相见。这一设定巧妙利用阿尔茨海默病患者常出现幻觉的病理表现，在极大程度上增添了影片的情感力量。

在对“疾病”题材的运用方面，《妈妈！》与《叫我郑先生》两部影片展现出各自不同的叙事策略与特点。

《妈妈！》中的阿尔茨海默病可被视为“作为情节机制的疾病”，“疾病中断了生活的常规秩序，造成事态逆转、情境复杂化，成为深化角色性格、描绘人物关系的重要契机”[①]，影片叙事围绕冯济真的阿尔茨海默病展开，并在母女相依为命的细碎日常细节中不断将令人动容的亲情叙事向前推进，展现出影片最表层、最明显也最能够引起观众共情的情感表达，即用爱对抗苦难与疾病。而当冯济真在患病后不断提及父亲和有关家庭的创伤记忆，影片更深层次的表达与探索也随之浮出水面——突如其来的疾病对主人公而言并非纯粹的苦难，同时也是一种“救赎”。由影片所给出的诸多细节信息中不难推断出，女儿冯济真很有可能在特殊历史背景下间接造成了父亲的死亡，这成为她一生无法洗脱的“罪孽”和内心枷锁，因此她过着清教徒般的生活，终身不嫁、拼命做义工、不断清洗身体和衣物、花大量时间编校父亲的考古日记，然而这些都无法真正让人物摆脱罪恶感并与自己的内心达成和解。对创伤回忆，她始终选择回避并将其封存在内心深处。疾病的出现反而使得冯济真的创伤不断被消解，认知衰退后的“失控”让她不再如清醒时那样用冷漠与疏离来进行自我惩罚，从而得以在母亲面前坦诚说出自己的回忆与感受，母女二人也终于在生命的光辉将尽之时由对抗走向和解。因此，与记忆衰退相关联的阿尔茨海默病在此影片中亦可被理解为一种隐喻，它指向的是对历史伤痕的遗忘，往事已矣，一切皆可释怀。就这一点而言，《妈妈！》虽是一部聚焦亲情的作品，却也在此之外呈现出逸出亲情叙事范畴的宏大格局与深刻历史性思考。

而在《叫我郑先生》中，阿尔茨海默病则更接近一种“作为情感装置的疾病”，疾病的突发造成人物身心的“脱序”，“促使病人关注的焦点从事件转向时间，生成更虚无的时间体验，最终

① 谢建华：《何以疾病，如何抒情？——台湾电影的疾病志与抒情史》，《当代电影》2022年第4期。

汇聚成极具主观性的情绪感受”[①]。患病后，记忆的消逝成为郑先生不得不面对的紧迫问题，这使得他无法继续维持从前的生活秩序，而必须在有限时间内完成对重要回忆的追寻和对“生命意义”的实现——在影片中，这种“意义”与郑先生对亡妻的爱紧密关联，因此，郑先生选择带上妻子的遗物独自出发，开启环岛之旅。值得注意的是，《叫我郑先生》虽以阿尔茨海默病患者为主人公，但其叙事焦点绝不局限于对单一病患群体的生命困境呈现。影片在开场处便通过郑先生的日常生活片段展现出老年人沉闷、孤独的生活状态，而郑先生好友老梁骤然离世这一情节点也使得“死亡”命题被引入叙事当中。衰老与死亡是所有人都必须面临的生命阶段或节点，影片针对这两者的叙事无疑能够唤起观众对生命意义的思考，同时也体现出对老年人群体更广泛、更普遍的人文关怀。

2.《人生大事》:“生死”议题下的亲情表达

由刘江江编剧并导演的《人生大事》是本年度一部颇具新意的现实主义温情作品，该片在题材选择、情感表达方面均切中中国观众核心痛点、关注点，这也是影片能够获得口碑与票房双重认可的关键。

尽管多年以前的日本影片《入殓师》风靡中国，殡葬题材在国产片中仍属冷门，在《人生大事》之前，国内仅有《哀乐女子天团》《东北告别天团》等网络电影在叙事中涉及殡葬元素。题材的冷门并不意味着没有挖掘价值，恰恰相反，此类边缘行业题材为奇观叙事提供了基础，在不同的“死亡”与“告别”场景中，

① 谢建华:《何以疾病，如何抒情？——台湾电影的疾病志与抒情史》,《当代电影》2022年第4期。

影片为观众呈现着如“活人葬礼”“为死者整容”等不同于以往观影经验的异质化情节，并由此展现世情冷暖与悲欢离合。奇观叙事最终指向了对“生死”议题的探讨，恰如片名所指，“生死”对中国人来说是人生的头等大事，因此围绕这一命题的叙事极易于唤起观众情感认同，引发社会情绪，这也成为《人生大事》在选题层面的成功之处。

亲情表达同样是《人生大事》的叙事要素之一，影片建构了两组“父—子（女）”关系，一组是莫三妹与父亲老莫之间的父子关系，另一组则是莫三妹与武小文之间的“类父女”亲情关系。针对两组关系的叙事均采用了极具“东方式”温情特点的剧作模式，即“由对抗走向和解”。莫三妹由最初的反叛父权走向了理解父亲的良苦用心，看似差异极大的父子两人在性格上却有着某种统一——同样不擅表达却心系家人；武小文与莫三妹互为镜像，两个同样缺乏家庭温暖的倔强之人由起初的陌生、排斥到经历五场葬礼及诸多困境后的相依为命，在情感上互相依托。无论是父子间的和解，还是“陌生人”之间的温情，都能够引起大众的广泛共鸣，可见，“以情动人”正是《人生大事》的叙事策略之一。

美中不足的是，和同样讲述父子和解的《入殓师》相比，《人生大事》存在“假定性过强”的缺憾，这也导致部分剧作相对失真，为观众对作品的共情设置了阻碍。首先是情感的假定性失真。武小文与莫三妹的关系建置具有一定偶然性，还不理解死亡的武小文认为外婆的离开与入殓师莫三妹有关，于是强行“闯入”他的生活，两人间缺乏社会关系羁绊，因此如何让完全陌生的两位主人公建立“强羁绊”亲情关系成为艰巨的剧作任务。影片设置了诸多情节桥段以推进二人关系，就情节逻辑而言，由共同经历引向情感关系建立或许足可自洽，但从现实逻辑出发，反常行为必须以强大动机作为支撑，片中所呈现事件的强度与特殊性并不能与人物内心的巨大转变与超常规抉择相匹配，在一定程度上剥离了对现实情境、现实人物动机的考虑。其次是情节的假定性失真。为了使现实质感的叙事更具戏剧性张力，影片对许多情节都进行了颇具巧思的设计，然而正是这样刻意为之的“设计”，使得部分桥段无法与全片的现实底色相融合。如武小文在客户女儿的骨灰盒上乱涂鸦，客户不仅不怒，反而深受感动；莫三妹在父亲死后将其骨灰填入烟花模具，以中国人忌讳的“挫骨扬灰”之方式送上天空……诸如此类的情节破坏了影片叙事的真实感，使得观众不得不从对故事的沉浸中抽离，从而减损了影片的情感表达力度。

总体来说，《人生大事》作为中小成本现实主义叙事能够实现突围，无疑是对电影市场的一次鼓舞，也为电影创作者们提供了一个颇值得研究学习的范例，而其叙事层面的失准，或许也是此类型作品在未来创作中必须直面和解决的问题。

3.《奇迹·笨小孩》：小人物群像中的人性温暖

由周楚岑、修梦迪、文牧野、钟伟和韩晓邯编剧的《奇迹·笨小孩》作为导演文牧野的第二部长片作品，延续了其前作《我不是药神》现实主义风格与类型化叙事并重的创作模式，在关注底层小人物命运的现实主义温情叙事中实现对商业类型元素的合理配置，从而获得口碑与票房的双重认可。

影片采用团队“打怪升级”的剧作模式，讲述主人公景浩为了妹妹高昂的手术费与梁永诚、汪春梅、张龙豪等“社会边缘人”组队进行创业，历经种种磨难并最终取得成功的故事。全片叙事符合类型片剧作对“统一、清晰”的要求，自影片进入第二幕起，主人公的目标与任务便已然明确，故事走向也变得极为清晰——景浩与伙伴们需要一路过关斩将，最终使从手机中拆出的零件通过质检，从而获得与手机公司董事长赵总合作的机会，若以“闯关打怪类”游戏做类比，赵总是决定游戏最终能否胜利的“大boss”，而对团队众人持不屑态度的市场部经理李平、偷手机的小混混则是闯关过程中必须要面对的“小怪”。连贯流畅的叙事呈现出情节点密集、节奏紧凑的特点，“文戏”与“武戏”错落交织，既有展现兄妹情、伙伴情的抒情段落，也有主人公及团队与阻碍力量产生激烈冲突的强情节桥段。为了使叙事更符合商业化要求、最大程度保证观众的观影愉悦，影片同时将喜剧化表述方式与现实题材相结合，“三和大神”张超与刘恒志自带的幽默属性、拳击手张龙豪外表凶狠内心却善良柔软的反差感、汪春梅因听力损伤而不得不在别人说话时大声应答的特点，都在一定程度上制造了幽默诙谐的喜剧性，从而消解了前期底层叙事的严肃、压抑。

《奇迹·笨小孩》于工整剧作之中呈现的，是对底层人的现实关照。影片不仅塑造了年纪轻轻却肩负重任的平凡英雄主人公形象，也着力于刻画底层边缘人群像——景浩的创业团队中汇集了“迟暮英雄”钟伟、残疾单亲妈妈汪春梅、有牢狱记录的落魄拳手张龙豪、“三和大神”张超与刘恒志等弱势者，围绕这群底层人所展开的，是影片的苦难叙事。对苦难的呈现首先聚焦于人物的身体疾病或创伤，景浩的妹妹景彤患有先天性心脏病，单亲妈妈汪春梅由于在前工厂长期暴露于噪声环境中工作而产生听力障碍，景浩在从小偷手中夺回手机的过程中摔断两根手指，这些身体性的创伤因为天道不公抑或人道不公而出现，又因为人物的贫穷而无法被抚平；其次，是精神层面的焦虑，景浩押上自己的一切，孤注一掷进行创业，他所担负的不仅是自己一人的未来，还有团队所有人的命运甚至妹妹的生命，在成败悬而未决的每一个时刻，景浩无疑都处在巨大的精神压力之下；此外还有底层社会现实所带来的压迫，景浩与伙伴们一方面处于物质生活得不到保障、日日被房东催租的经济窘境中，另一方面也处在社会对底层弱势群体的微妙歧视之中。影片由此折射出全体底层人的生活图景，于克制的叙事中呈现出一种"众生皆苦"的悲悯，体现了创作者对弱势群体的关怀与善意。

对苦难的呈现并非《奇迹·笨小孩》叙事的终点，故事结局由前半程叙事的"苦难与现实"转向"成功与理想"，景浩团队交付的手机零件成功通过质检，众人创业成功，多年后，景浩成为名副其实的成功人士，而他曾经的伙伴也分别步入人生坦途。光明的尾声表达了紧扣时代脉搏的"奋斗"主题，给观众以激励与鼓舞，却也不可避免地在一定程度上使"现实"从叙事中被剥离，景浩及伙伴所代表的不再是"群体"，而是幸运的"个体"——如景浩一般艰苦创业的人有许多，能够幸运地见证"奇迹"的却是极少数。如果对故事结尾走向的设计进行深究，也许这不仅是遵循类型片创作规律的必然，同时也内蕴着创作者"温暖现实主义"的价值取向——"面向现实的困顿和艰难，甚至不回避现实的痛苦和不堪。但是解决问题的思路与办法是温暖的，阳光的，积极的，向上的，进取的和建设性的"[①]。就这种价值取向而言，影片无疑为我们提供了一种在意识形态诉求与市场诉求之间实现平衡的现实可能性。

---

① 胡智锋、尹力、滕华涛等：《新时代影视创作的温暖现实主义》，《北京电影学院学报》2022年第6期。

二、感伤现实主义剧作凸显作者风格

1.《漫长的告白》：淹没在时间之河中的情感与故乡

由张律编剧并导演的影片《漫长的告白》是本年度爱情片中以细腻情感和诗意化表达独具特色的佳作。

影片延续张律导演“多人情感纠葛”的叙事母题，以散文式的结构讲述了一个有关“爱”与“时间”的故事——身患绝症的立冬在生命最后时间与哥哥立春一同前往日本一个叫柳川的地方，在那里，兄弟二人见到了年轻时曾分别与他们产生情感纠葛的女人柳川，三人在交谈中不断回溯着过往，十年前的北京胡同生活往事一一浮现，三个人都试图找寻被时间河流所淹没的有关往昔情感关系的答案。

“暧昧性”是影片叙事的突出特点，女主人公柳川潇洒、随性，对当年她不辞而别的原因，三个人各自有着不同的认知，立冬认为是自己摸柳川胸部的冒犯举动导致她的出走，立春认为是自己的移情别恋使柳川离开，柳川则声称自己当初只是因为家庭变故决定出国，三方认知或说辞的相异导致柳川出走成为谜团，柳川对兄弟二人分别持有何种情感成为悬案。多年后三人在日本福冈县南部号称“水都”的柳川这样一个犹如乌托邦的空间重逢，三人对情感的态度依然非常暧昧，立冬对柳川的爱意迟迟不能被宣之于口，“告白”只能在时间延宕中变得“漫长”；立春将与柳川的调情当成一次能够让自己从庸常生活中短暂抽离的“游戏”，他所表露的遗憾与怅然固然有关爱情本身，但更多是指向对自己消散于疲惫生活中的青春生命力的缅怀；柳川大大咧咧地应对兄弟二人或者深沉或者轻佻的试探，轻描淡写地用表面的潇洒掩盖着内心的创伤与迷茫。导演张律曾在一次访谈中道：“所有明确的、坚定的，我都怀疑。因为人都是暧昧的。坚定、毫不动摇，那种时刻有，但大多时刻一定要在更大的、暧昧的背景下去说。”[①]可见，这种暧昧叙事内蕴着的是创作者的自觉思考和生命经验。

与爱情表达的暧昧性相匹配的，是影片的“跨语言”文本设置。用语言的隔离隐喻人与人之间注定无法达成彻底理解，这在当代艺术创作中并不鲜见，《漫长的告白》的人物、空间设置天然使得这一设计得以成立，汉语、日语、英语三种语言在文本中并置，如此一来，心事的沉重和语言屏障的阻隔共同造成了人物的“失语”、情愫的“不可言说”，从而形成作为影片底色的孤独与悲伤。

严格来说，《漫长的告白》并非简单的爱情叙事，影片由“爱情”这一重要情感元素引申出人与人的关系、人与时间的关系、人与空间的关系，这三重关系在叙事中交织，表达人生况味，造就了影片的独特韵味。

2.《东北虎》：冰冷坚硬黑色荒诞的感伤现实

继《锤子镰刀都休息》与《轻松+愉快》之后，导演耿军在本年度用作品《东北虎》（耿军和刘兵编剧）延续着他的“鹤岗宇宙”。

鹤岗位于东北的东北，在耿军的“鹤岗宇宙”中，此地的关键词是衰败、荒废、空旷、荒诞、冰天雪地、野蛮生长、失落的家园、迷乱的血性、一人我饮酒醉、寒冷的诗意、感伤的现实。如片名“东北虎”之所喻，影片叙事中充满生猛与暴力的气息，却又人人犹如困兽。三条主情节线将“背叛”与“复仇”等诸多犯罪类型元

---

① 张律、徐枫：《〈漫长的告白〉：生活在别处，心灵在此处——张律访谈》，《电影艺术》2023年第1期。

素囊入其中——即将临盆的美玲发现丈夫徐东出轨，开始寻找插足者；建筑商马千里债务缠身，一边徒劳地追讨欠款，一边不得不面对亲友的催债；徐东将宠物狗寄养在好友马千里处，马千里却杀狗吃肉，徐东因此怒火中烧，决定向马千里展开复仇。三线如同链条，将萧索社会背景下迷茫、失意的小人物围困于其中。

然而作者的核心创作意图显然并非顺应类型规范将叙事的戏剧性与情节强度推向极致，恰恰相反，影片中的三条叙事线索皆以“反高潮”形式收束：美玲在餐厅中向丈夫的情人小薇摊牌，“杯酒释权”，结束了其与自己丈夫的不正当情感关系；亲友对马千里的追债在一场黑色幽默式的乱斗后暂时告一段落；徐东对马千里的仇恨也消解于两位落魄失意者面对荒诞现实的相视一笑。危机的解除不再依赖于激烈的外部冲突与交锋，而是“向内求索”，以人物挣扎过后的无奈妥协与自我和解、自我救赎作为终点。“暴发”的缺失让边缘人物们本该激烈的情绪变得隐忍、压抑，这正贴合了如前所述“东北虎”这一核心意象——“虎”固然暴力、凶狠，“东北虎”却是被囚禁与被观赏的，猛兽被困于笼中，空余迷茫、困顿与苦闷。

此外，对叙事间离效果的追求也同样彰显了《东北虎》的风格化创作特点。“陌生化”所产生的疏离感主导着叙事，从而引起观众对东北社会现实的思考。无论是人物在日常语境下以近乎麻木的姿态说着与自身质朴形象极不相符的诗意化、哲理性语言，还是被排斥在社会秩序之外的傻子小二与诗人罗尔克两位“愚者”不时作为突兀异色出现、抒发着他们的生命经验与哲思，都以极具戏剧反差感的“冷面幽默”，将影片推向游离于观众经验认知之外的一种“超现实”。然而所谓的“超现实”在某种程度上指向了东北的“现实”——在后工业社会背景下的衰败城市中，人们以一种超脱的姿态对抗着惨淡现实。他们迷茫，却始终在思考；陷于生活泥淖，却能够从荒诞当中寻找诗意。正如影片结尾处主人公徐东所说，“我们一起挺过今天，明天可有意思了”。这也正是独属于“东北”的浪漫美学，一种感伤现实主义。

三、喜剧元素与其他类型元素不断融合

1.《独行月球》：喜剧与科幻融合下爆笑漫画的电影重构

由张吃鱼、钱晨光、戴思奥、沈雨悦联合编剧，张吃鱼执导的《独行月球》是本年度颇受观众欢迎的一部喜剧作品，影片上映时恰逢疫情影响下的全民情绪低落期与院线寒冬期，该片新颖的题材、切中大众痛点的主题、成熟的喜剧叙事使其成为国产院线影片中的一抹亮色，也使得大众能够在观影过程中释放压抑情绪、获得审美愉悦。

影片改编自同名韩国漫画，讲述了主人公独孤月被遗忘在月球上并努力回到地球的故事。原作题材决定了《独行月球》必然是一次在“喜剧 + 科幻”领域的突破性尝试，在电影创作中，“科幻”往往与宏大、严肃的叙事相关联，“喜剧”却需要消解严肃，影片通过具有奇观性的高概念核心创意（成为“宇宙中最后的人类”，独自在月球上生存）调和着看似矛盾的两种类型，在“求生”主题的英雄叙事中不断铺设笑料，从而拓宽了国产喜剧电影的边界。

作为漫改作品，从原作庞杂内容中选择符合中国语境的创作主题成为《独行月球》进行成功本土化的关键。“一人独行月球”的设定使得“孤独”成为影片最显性的表达，然而以此为主题难免落入抽象、空洞、难以把握之陷阱，影片规避了这一风险，颇

具策略性地将一级叙事主题设定为“小人物成长”——主人公独孤月是一名再普通不过的维修工，他自我评价为“中间人”，为防“枪打出头鸟”从不做不合群之事，然而这样一个中庸的小人物被迫面临月球生存、与金刚鼠搏斗等巨大难题或危机，人物的能力在困境中被激发，其思想也在解决危机的过程中不断转变，最终形成“由消极到积极”“由小我到大我”的人物弧光，而这也保证了叙事情节的强度、张力及其对观众的吸引力。在围绕第一主题的叙事之外，影片并未放弃关于“孤独”“回家”“爱情”等主题的探讨。“孤独”构成独孤月的精神困境，也一度成为阻碍他生存的最大敌人——使独孤月求死的不是物资短缺、身体受伤抑或其他外界因素，而是当他发现自己是最后一个人类时的巨大的孤独感与绝望感，这种情绪也在很大程度上与观众在疫情期间的心理状态与现实焦虑形成共鸣。最终使独孤月走出颓丧与自暴自弃的是对“回家（地球）”和“与‘爱人’马蓝星重逢”的渴望，这也构成了独孤月克服重重困难仍要想办法重返地球的行为动机。当回到地球成为人物的第一目标，人物在第三幕结尾处的“英雄化”转变也变得顺理成章——如果家园不复存在，则“回家”也变得毫无意义，因此独孤月甘愿舍己为人，牺牲一人性命拯救地球上的无数同胞，由此，“大义”也便成为影片主题表达的一个落脚点。

与此同时，《独行月球》在喜剧叙事方面也进行了诸多创新尝试。特殊背景情境设置为影片的常规叙事设置了天然障碍，喜剧氛围的营造也因此变得更具难度。众所周知，叙事往往需要在不同人物间的矛盾与冲突中推进，然而《独行月球》中的主人公却始终独自处在与外界隔绝的空间之内，影片沿用原著设定，引入金刚鼠这一“非人”角色，在主人公与动物伙伴“相爱相杀”

的互动关系中打造着“去语言化”的肢体喜剧。此外，用“偷窥”视角下的“看与被看”关系制造喜剧效应也是属于《独行月球》的独特喜剧手法，影片中马蓝星为了鼓舞地球上的幸存者而决定对独孤月在月球上的生活进行直播，独孤月无从得知自己的“被看”，地球与月球间的信息差让他大大咧咧地展现自己生活中足以被嘲弄的一面，而地球居民们观看直播前将独孤月当成“英雄模范”的心理预期与独孤月在直播中呈现的“贫穷青年”形象之间的落差也形成了十足的喜剧效果。

《独行月球》是对国产喜剧电影类型边界的一次探索，将其作为一个起点，我们或许可以期待未来有更多元、更具突破性的喜剧作品在电影市场上出现。

2.《这个杀手不太冷静》：喜剧与黑帮犯罪元素融合下翻拍片的本土化

由邢文雄编剧并导演的喜剧电影《这个杀手不太冷静》改编自日本喜剧片《魔幻时刻》，该片沿用原作喜剧架构，讲述了龙套演员主人公阴差阳错担起假扮杀手的任务，其本人却浑然不知，只以为自己在参与一次电影创作的故事。作为改编电影，《这个杀手不太冷静》对原故事进行了很好的本土化处理，在使笑点适配中国观众观影习惯的同时进行了主题表达层面的升华，称得上是一部喜剧佳作。

影片带有强烈的“神经喜剧”风格，人物行为与情节桥段皆疯癫、无厘头，创作者并没有试图尽量弥合喜剧与现实之间的缝隙。相反，影片叙事呈现高度架空化、舞台化的特点，叙事空间集中在室内或影视城外景，人物台词密集、肢体动作夸张，就连角色名也皆是诸如“卡尔”“米勒”“米兰”“哈维”等陌生化的外国名字，种种强假定性设定将观众带入影片的独特叙事逻辑之中，从而使其对夸张、荒诞的叙事产生信念感，人物天马行空的逻辑、出格的行为也因此得以被合理化。

在引导观众对喜剧前提产生信念感的基础之上，影片通过不同手法营造着叙事的喜剧性与幽默感。首先是“错位”的喜剧技法。龙套演员魏成功被当红明星米兰雇佣假扮杀手卡尔，不明真相的魏成功以为自己的演艺生涯出现曙光，于是开始用饱满的热情和夸张的演技演绎起杀手形象，魏成功的认知与现实之间形成错位，危机四伏的黑帮交锋场景在他看来只是电影创作的一部分，因此他对所有潜在的危险都毫无畏惧，反而肆意发挥，不断给自己加戏，做出许多令人诧异、捧腹的举动；黑帮老大哈维将演员魏成功当成顶尖杀手卡尔，身份认知的错位使得魏成功所有匪夷所思的行动在哈维眼中都成了杀手乖戾性情的证明，从而令他不敢轻举妄动。使“双重错位”局面得以维持的是导演米勒的存在，他周旋于几方势力之间，用蹩脚的谎言维系着荒唐的骗局，在此过程中，错位感带来的笑点不断出现，形成绝佳的幽默效果。

“戏仿”与“解构”同样是影片中的重要喜剧要素。《这个杀手不太冷静》是一部关于电影拍摄的“元电影”，影片中出现大量“迷影”情节，并对经典电影文本进行戏仿、解构，从而构成喜剧笑料。最典型的例子莫过于片名对经典黑帮电影《这个杀手不太冷》的致敬，《这个杀手不太冷静》片名与之一字之差，原片片名中的“不太冷”所展现的是杀手表面冷酷内在却具有人性温度的性格特征，将其改为“不太冷静”一方面表明本片“杀手”主人公不冷静、“神经质”的反常规特质，另一方面也消解了经典叙事的严肃性与崇高感，从而形成违背观众惯性思维所产生的幽默感、激发观众的观影兴趣。相似的例子还有影片对《低俗小说》

《教父》《上海滩》《雨中曲》等经典作品片段的戏仿，主人公魏成功行为的滑稽、荒诞与原文本人物的正经、严肃形成鲜明对比，“神圣”与“刻意嘲弄”之间的落差为观众带来刺激与快感，也很有效地增强了影片叙事的喜剧效果。

值得注意的是，《这个杀手不太冷静》并非纯粹以铺排笑点、“博君一笑”为目的的喜剧，影片融入于喜剧叙事之中的主题表达同样能够引起观众的思考。片中“小人物追逐演艺梦想”的叙事线与已成为文化符号的经典电影《喜剧之王》形成某种互文，《这个杀手不太冷静》中的魏成功与《喜剧之王》中的尹天仇都是身处底层、受尽冷眼的龙套演员，然而即便在演艺事业中失去尊严、沦为他人眼中的“小丑”，他们仍然热爱表演、追寻自己的梦想。有趣的是，故事中主人公魏成功的处境与其扮演者魏翔在现实中的境遇也形成“互文”式的对照关系。魏成功渴望成为主角，但在遇到米兰前只能扮演配角甚至龙套，而影片彩蛋也指出了演员魏翔与这一角色的相似性——魏翔从事演员职业后始终扮演配角，《这个杀手不太冷静》是他的第一部主演作品。电影与电影、电影与现实的互文最终指向了影片的表达——有热情与梦想的人是可敬的，只要坚持初心，不起眼的配角也终有一日能够作为主角站上舞台。对梦想的意义与价值的思考升华了影片主题，也使得作品的表达更加符合中国观众审美。

四、强情节类型叙事边界与题材范围不断拓展

1.《断·桥》：类型化的社会批判现实主义叙事

李玉和方励编剧、李玉导演的作品《断·桥》试图以类型片模式承载重大的社会现实议题。影片采用犯罪片类型框架，由

突发的大桥坍塌事件引出一桩指涉社会议题的“大桥工程师遇害案”，死者闻亮的女儿闻晓雨在男孩孟超的帮助下发现养父朱方正竟然就是杀人凶手，于是踏上为父报仇之路。可以看出，《断·桥》在由“设悬”到“探寻真相”再到“真相大白”的类型化叙事脉络中将多个天然具备戏剧性张力的“故事原型”进行了结合，“弑父”与“为父报仇”两种看似冲突对立的情节模式因闻亮、闻晓雨、朱方正三人间复杂的人物关系得以统一，而在男孩孟超与主人公闻晓雨之间，则形成了一条“背负仇苦之人惺惺相惜、相依为命”的叙事线索，为影片贡献了罕有的温情场面。

区别于传统商业犯罪片，《断·桥》的叙事为作者表达预留了足够的空间，抽丝剥茧的推理过程抑或正邪交锋的暴力美学奇观都并非影片的核心聚焦点，由表层的罪案故事切入对社会问题的反思和对人物情感、复杂人性的剖析，才是创作者的真正意图。博弈不再仅仅局限于善与恶两个阵营之间，人物自身的纠结与挣扎也被纳入聚焦人性的叙事之中，如闻晓雨在养育之恩与杀父之仇间痛苦挣扎，不得不直面罪恶、与之搏斗；曾经为替姐姐报仇不惜杀人的少年孟超在自保与助人间摇摆，最终选择舍生取义，这些有关人物自我博弈的情节脉络无疑在一定程度上增添了影片的情节丰满度与主题深度。

然而稍感遗憾的是，该片在剧作上的深层表达无法与外部情节构建有机结合，断裂感明显，颇有意味的是这种断裂感暗合了片名中被间隔号分开的“断”“桥”二字。影片架构于“类型”与“反类型”之间的“桥梁”不可避免地产生了“断裂”：对叙事、社会性批判、人物内在心理深度探索三者的兼顾打乱了本应紧凑的戏剧节奏；而过度深入的内在心理探索也在一定程度上违背了类型片对人物行为动机外化的要求，“闻晓雨放弃报警，选择在毫无胜算的情况下手刃仇人”“孟超为闻晓雨牺牲性命”等颇受争议的情节或许与因人性复杂难测而充满偶然性的现实逻辑并不相悖，却较难在追求“行为与动机直接对应、因果逻辑分明”的艺术逻辑层面服众。《断·桥》试图将作者表达假以犯罪悬疑类型片外壳，却未能把握好融合尺度，但不管怎样，是一次有意义的尝试。

2.《神探大战》：探索心理空间的新时代香港警匪片叙事

由韦家辉与陈伟斌编剧、韦家辉执导的《神探大战》是本年度强情节类型片中的佳作。

对《神探大战》剧作的分析，可以由对片名的解读切入。片名中的“神探”二字直指2007年同样由韦家辉担任导演之一的影片《神探》，可以说，《神探大战》是对韦家辉“神探”系列的续写，它继承了《大只佬》《神探》《盲探》等侦探片的核心创意——“病理性英雄”[①]以“超常”形式侦查奇案。影片主人公警察李俊在追求真相与正义的过程中疯癫、入魔，以致产生精神分裂，他能够与想象中的罪犯对话，从而“预知”血案的发生，而在追凶过程中，他也拥有着过人的神勇，既能在湍急水流中跳河捞尸，亦敢赤手空拳闯枪林弹雨，精神与行动的双重之“神”，使李俊成为几乎僭越人神边界的独特存在，也使建立在独特人物塑造基础上的侦探叙事变得格外饱满而具有张力。

片名中的“大战”从剧作层面而言指的是李俊、“神探”组织、警察三方之间的较量，这也是《神探大战》与同系列带有强烈作者气质的前作们的区别——影片叙事重心由侦查、推理情节转向更契合市场需求的追凶、打斗、枪战戏码，“警匪动作”成为

① 张建德：《杜琪峰与香港动作电影》，黄渊译，复旦大学出版社，2013，第65页。

故事的主类型。与叙事重心转移相匹配的，是韦氏作品一贯的大尺度、快节奏:《神探大战》延续了香港电影的奇案叙事传统，“奇案电影最基本的特征就是根据真实凶杀惨案改编”[①]，影片中引入“屠夫案”“魔警案”“烹尸案”等真实案件，残忍暴力的血案使观众产生强烈的感官、心理刺激，而现实与虚构之间产生的文本交错关系更是增加了叙事的惊悚感，从而牢牢抓住观众注意力；影片摒弃了奇案电影“一片一案”的传统线性叙事结构，不再描绘单一案件，而是将多桩奇案串联，在短时间内不断抛出令观众震惊的新事件，形成快节奏的叙事模式。

作为新时代香港警匪片,《神探大战》的剧作成功并不单纯有赖于其成熟的类型叙事，同时也更与影片对人物意识和内心在哲学层面的探索有关。片中李俊与方礼信作为“神探”与“屠夫”，一个代表着“疯癫”表象下的正义善良，一个代表着伪善面具下的极致之恶，二者互为镜像，构成人性的一体两面——正如影片中多次出现的“与怪物战斗，小心自己成为怪物”，在李俊与方礼信的博弈之中，李俊要将“恶”绳之以法，就不得不使用“恶”的手段以暴制暴，而与“恶”搏斗得越久，被其异化的风险便越大。在船上决战一场戏中，方礼信杀害李俊的女儿，并蛊惑李俊杀掉自己的儿子作为报复，这显然便是怪物对李俊发出的与自己变成同类的邀请，李俊的复仇欲望使其险些坠入深渊。值得庆幸的是，就表层叙事而言，李俊坚持了自己的善念，并未被真正异化。然而，在影片结尾处，李俊在镜中之像竟然变成了方礼信的样子，潜文本由此浮现，也许异化已经悄然发生，李俊终有一日会变异为“怪物”；也许李俊本就是“怪物”，他用“恶”为自己

---

① 李春燕:《香港奇案电影研究》，硕士学位论文，西南大学戏剧与影视学专业，2017，第11页。

扫清道路，由此得来代表正义的“神探”之冕——“正义”是对胜者的赞誉，焉知我们所见的叙事不是胜利者经过粉饰后的自白？这种充满多义性的开放结局，也带给了观众无限哲思的空间。

3.《万里归途》：凸显国家形象的“回家”叙事

近年来，随着“新主流电影”的崛起，加强主旋律表达与商业性、艺术性的结合从而拉近作品与观众的距离成为此类影片的核心发力点。由秦海燕、史册、雷志龙和步京委联合编剧，饶晓志执导的《万里归途》在此方面的尝试较为成功，称得上是本年度国产新主流电影序列中颇具新意的一部作品。

《万里归途》改编自2011年“利比亚撤侨”真实历史事件，撤侨题材本身具有传奇性与奇观化特征，与此同时，影片以外交官为主人公，聚焦于从事文职工作、没有武装战斗经验的外交官们如何在枪林弹雨中护送同胞返回祖国，独特的人物身份设置新奇且有开拓意义。这两者都构成了《万里归途》的选题优势。

如果说英勇正义、能力强大、有坚定信念的“扁平”英雄一直以来都是新主流电影中常见的主人公形象，那么《万里归途》塑造的则是更具真实感的“圆形”英雄人物。主人公宗大伟不仅是一名外交官，也是一名丈夫、一名未来的父亲、一位渴望安宁生活的普通人，影片开始时，宗大伟以介于“英雄”与“反英雄”之间的复杂、立体形象出现，一方面，他无私地将飞机座位让给台湾同胞，在众外交官被扣押时自掏腰包解决麻烦，另一方面，他无意于成为英雄叙事的主人公，自嘲“觉悟垫底”，一心只想早日回家与即将临盆的妻子团聚，甚至揶揄坚守努米亚的外交官章宁是为了升职不顾家人安危，“面具戴太久，真成你脸了”。这种双面性在后续情节中也一直存在于主人公身上，他能够作为领导者担起重任，带领百人踏上归途，却也在与叛军首领正面交锋、被迫参与“俄罗斯轮盘赌”游戏时展现出怯懦、贪生的一面。然而随着叙事的推进，战争的残酷、同伴的无畏牺牲都在一步步促成着宗大伟的精神升华，使他逐渐完成由普通人向真正意义上的“英雄”的转变。当人物同时具备人性闪光点与人皆有之的人性弱点，其形象自然变得真实、立体、生动，从而更能被观众所接受和理解，如此一来，人物的弧光也便更具震撼人心的力量。

“回家”是《万里归途》的核心母题，恰如片名所示，归途万里，路上尽是艰难险阻，而支撑着所有人走下去的，正是归乡的信念与渴望。影片通过不断强调“回家”意象，唤醒观众的“集体无意识”、制造普适性的情绪共鸣，而所谓的“家”，实际有两层含义：一是家庭（小家），二是国家（大家）。影片主人公在叙事主体段落中经历了由“小我”到“大我”、由“小家”到“大家”的转变，至影片结尾处，“小家”与“国家”的意志达成统一——撤侨的最后关头，宗大伟又一次面对“轮盘赌”挑战，这一次，对“小家”的重视不再如上次那样成为宗大伟怯懦的根源，相反，妻子与女儿的存在激励着宗大伟勇敢地站出来完成拯救身边妇女与儿童的任务；撤侨任务成功后，宗大伟回到家庭之中，见到了爱人、亲人，“有国才有家”的主题也就此得以显现。

当然，《万里归途》的表达并不仅限于此。片中虽未正面展示中国国力的强大，但在努米亚的中国公民对国家力量的信赖、外交官们在与异国相关人员沟通过程中的自信与骄傲无不凸显中国的国家形象。此外，影片以平等的立场勾勒着战火之中的努米亚人民群像，展现着中国人与外国人的关系，从而表现出反战主题与博爱意识，这无疑也体现了影片的国际视野与宏大格局。

回顾2022年中国电影，因受持续到第三年的新冠病毒疫情影响，市场较萧条，聊以安慰的是本年度仍然涌现出不少剧作佳作。除以上重点分析的影片之外，还有一些电影作品亦有独到之处，如凸显作者风格的《柳浪闻莺》《回南天》，革命历史题材电影《长津湖之水门桥》《狙击手》，残酷青春片《四海》，强情节犯罪动作片《边缘行者》《扫黑行动》，社会主义建设时期历史记忆电影《海的尽头是草原》，奇幻爱情片《想见你》，奇幻喜剧片《绝望主夫》《哥，你好》《外太空的莫扎特》等，因篇幅所限不一一赘述。随着春节档电影市场的迅速复苏，期待2023年中国电影在困厄之后走向一个新高潮。

第十二章

中国梦内核中国故事的电影剧作策略

“中国故事”须从本土资源开发入手，在历史文化资源和现实生活资源中开掘素材，须依据几个基本原则：依据类型设定规定情境，给人物以生动的形象、冲突的性格、有弧光的动作，讲述具有情感穿透力的故事，视听呈现要有新鲜度和视觉冲击力，电影创作是围绕特定IP（知识产权）建构的全产业链的一个节点。在“中国故事”中植入“中国梦”内核，其要点是“有情怀、有温度、正能量”，其关键是遵循观众心理补偿机制。中国故事的本土市场战略，要大力开发多样性的类型电影，摒弃“作者中心”思维，进行更为深入的类型研究；中国故事的国际市场战略，一是东方风格的类型大片，一是处于艺术探索前沿和人类终极关怀前沿的作者电影，没有中间路线。

一、适合电影表达的中国故事

1. 电影表达的特性对本土素材开发的要求

我们在看一部电影、聊一部电影、创作一部电影的时候，第一个关键词就是规定情境。规定情境分为两种，整部影片的规定情境和一场戏的规定情境。整部影片的规定情境有三个层面：第一，影片所讲述的人物和故事是在哪个时代背景里；第二，人物和故事展开在哪些特定空间里；第三，对时代背景、特定空间、人物性格与动作、故事类型与风格采取什么样的游戏规则。《变形金刚》《小时代》和游客照片里的东方明珠显然分属于不同的游戏规则。《一代宗师》里的叶问从来不吃饭，《叶问》里的叶问最重要就是吃饭，而电影里的叶问和后人记忆里的叶问终归在不同的平行时空里。对电影创作来讲，对资源和素材的利用是“拿来主义”的，所有的资源和素材都在“规定情境”里重组、复活。

在电影表达中，成功“复活”在规定情境里的人物需要具备的要素有三个：生动的形象、冲突的性格、有弧光的动作。对资源和素材的考察首要的一点就是善于发现并开发蕴藏在“原型”里的这三个要素。在传统文化资源里，具备以上三要素的人物往往会成为家喻户晓的经典形象，也被屡屡重拍，比如历史人物中的叶问、黄飞鸿、雍正、秦始皇、杨贵妃，虚构人物中的孙悟空、贾宝玉、花木兰、梁祝。在现实资源里开发人物原型，亦须基于人物三要素，便利的方法是关注一些大众性热词，比如“职场小鲜肉”“食草男”等。

电影表达的特性之三，是在规定情境中讲述一个具有情感穿透力的故事。情感穿透力对应于目标受众的心理补偿机制，观影过程是情感、欲望、见识、安全、梦想、思考等的补偿过程，会在后文详述。对故事的情感穿透力要求，是挖掘素材、塑造人物、构筑故事的基础，也是对中国故事、中国梦的思考起点。

视觉呈现是电影表达中尤为重要的特性。在科技急速进步的今天，电影视觉呈现的自由度空前膨胀。一方面，过去需要花费大力气搭建宏大布景的工序逐渐被 CG 取代，另一方面，3D 技术的普遍应用使得创作者必须重新思考电影的视听系统与观众接受的关系。从单色默片到彩色有声片是第一次进化，从有声片到立体声宽银幕是第二次进化，从立体声胶片宽银幕到如今的“数字 +CG+3D”是第三次视听进化。CG 技术带来的无所不能的视觉呈现、3D 视听系统引发的全新视听语言探索，对于植入中国梦内核的中国故事打造，提供了无限的创作可能性，以及走上国际舞台的机会。

就在当下，移动终端逐渐取代桌面电脑暴发互联网革命，网络电视逐渐取代传统电视暴发客厅革命，电子商务逐渐取代传统商务暴发全产业链革命，可穿戴设备的即将盛行使原本独立的个体人变成随时联网的“信息人”，这些新的变革，使过去一直被认为是“夕阳工业”的电影，面临了新一轮的挑战。这一新境遇恰恰就是新机遇。将电影作品（产品）看作以围绕特定 IP（知识产权）建构起来的全创作产业链中的一个节点内容，对中国电影来讲，这是必须接受的新观念。

2. 研发“中国故事”迫在眉睫

在原子世界跃迁为比特世界、天涯即咫尺、全球一体化、世界大家庭的当下，有一句名言显得比往常还要有分量：越是民族的越是世界的。如果再加一句则是：越是个性的越是迷人的。强调这一点，是应对当下影视文化领域的“同质化”滥觞。“同质化”在电影产业内的表现显然起因于好莱坞的全球扩张。好莱坞电影因其通俗化、快餐化、娱乐化、类型化，以及尤为重要的一点——随时聚焦本土主流价值观，因而一百年来一直牢牢控制着本土市场。在本土市场趋于饱和，资本膨胀要求下，好莱坞电影于20世纪70年代肇始（通常认为《大白鲨》是第一部在全球取得高额票房的高概念电影），90年代以来发力的“重磅炸弹电影”也就是所谓的“大片”或曰“高概念电影”，进行全球性扩张。在各国电影市场，好莱坞普遍占有50%左右或更高的份额。长期浸淫在模式化和单一价值观的好莱坞电影中，观众的口味渐趋一致。各国因与好莱坞电影的竞争压力，也不得不顺应好莱坞价值观和好莱坞风格模式，因而产生“同质化”现象。

在好莱坞“同质化”电影当道的情境中，世界各国的本土民族风格电影仍在本土有一定的存在空间，比如以法国、东欧为代表的欧洲电影，印度电影，以及东亚的日本电影和韩国电影。相比这些国家，中国本土民族风格电影显得相当孱弱，在质量上、多样性上、市场占有率上均居下风，这还是在目前仍然较为严格的进口配额限制下，“国产电影保护”战略下的状况。试想暑期档如果全面放开，与北美同步上映所有好莱坞大片，就不会仅仅是《变形金刚》单片吸走近20亿票房的局面了。电影市场渐趋开放的势头下，对“中国故事”的研究与开发迫在眉睫。

“中国故事”的研发要点是以破除好莱坞同质化作为突破口，立足中国情境、挖掘生动的中国人物和中国故事、打造东方视觉奇观，以上战略任务的两个基础任务：一个是深入研讨民族情感基因和当下本土观众的欲望需求，一个是比特世界大局观，将电影看作是围绕特定IP（知识产权）建构起来的全创作产业链中的一个节点内容。

“中国故事”拥有两块资源：一块是传统资源，包括历史节点与节点人物、经典作品和虚构形象、神话传说与民间流传形象，传统资源中更重要的是本民族视觉资源；另一块是现实资源。下面分别展开论述。

3. 传统资源中的“中国故事”素材分析

在中华文明各个历史节点中，惯常成为影视改编热点的有清宫、秦灭六国、三国战争、明宫（锦衣卫）、楚汉战争、盛唐之乱等。

“清宫戏”是被改编最多的，有两块较为热门：“清初康乾盛世”和“晚清垂帘听政”。几十年来，在大陆尤以电视剧改编为盛，大陆清宫戏的盛行一方面与武侠小说和历史小说带起的清宫热有关，另一方面与香港邵氏电影打下的制作和创作基础有关。在清宫戏的电影改编历史中，以邵氏电影为最，包括以“复仇刺杀”为主题的一系列武侠片（如《血滴子》《吕四娘》等），以戏说风格为主的一系列风月片（如李翰祥“乾隆下江南三部曲”），20世纪80年代则有《火烧圆明园》和《垂帘听政》等“动作大片”。清王朝最为国外电影创作者关注的人物是溥仪，《末代皇帝》这部合拍片、传记片恐怕是“中国故事”打开通往西方观众大门的一把金钥匙。

沿着文化生产历史纵向分析影视创作者对清宫文化资源的挖掘，在类型化上基本是：武侠、武打动作、战争、风月（言情）、传记、戏剧（宫廷争斗），基本走历史传奇的套路。观众对清宫戏青睐的原因，第一是清王朝为最接近我们的封建朝代，观众历史情结重，有既视感；第二是清宫题材戏剧性强，生动人物多，视觉呈现有奇观；第三是“拳头产品多”，也就是这一块的创作者有较强阵容。但从观众群体来看，年龄层偏高。横向分析会发现，当下观众群体的年轻化和“轻历史化”，使得清宫这块资源不再是宝贝，这一点可以从近两年顺着“宫斗剧”热潮推出的“宫”系列电影未能赢取预期高票房可见一斑，“宫”系列电影的致命症结还有套路老化、自我生产同质化、吃老本儿。对清宫资源的再度开发，需要借鉴近年来对“盛唐资源”的成功开发。

盛唐文化资源在影视剧创作中开发尚浅，以往聚焦点基本是唐玄宗与杨贵妃绝世之恋和安史之乱，次之是“隋唐英雄”，而“狄仁杰”系列电影的横空出世，给出了“唐宫电影”或所有“宫廷电影”往何处去的正确答案之一种。首先，借壳生蛋，历史人物“轻历史化”（考虑了年轻观众的“轻历史化”心理结构和知识结构），既与观众合流，又摆脱了创作桎梏；其次，基于3D效果的要求和需求，充分发挥想象力，构建独创性的奇观场景，给年轻观众以新奇的视觉体验的同时，又树立东方奇观风格，让观众产生“在好莱坞电影里看不到”的心理；再次，着力塑造与观众情感合拍、易于移情的年轻主人公，在《狄仁杰之神都龙王》中体现得最为突出；第四，在类型打造上，突出犯罪悬疑、推理、神秘、惊悚、动作、魔幻，这些类型元素的叠加使“狄仁杰”系列具有了可与好莱坞抗衡的大片气质；第五，在打造系列电影的同时，是对内容IP的全产业链开发构想，比如《狄仁杰之通天帝国》在2010年上映之时，同步上线了网络游戏《神兵传奇》。

同样是在近几年推出的其他一些历史资源改编电影，明显赶不上观众、观念和产业发展的步伐，票房和口碑双失利时有发生。由此分析可见，对历史资源的开发要想取得突破性进展，必须具有全新的思路。

聚焦传统资源开发“中国故事”，离不开对经典作品虚构形象、民间经久流传形象以及民族图腾、偶像、吉祥物的思考。

在经典虚构形象中，孙悟空是出镜率最高的，甚至网上盛传一则戏说热帖《悟空，别变身了，为师眼都花了》。唐僧师徒“诚、精、懒、憨”四人组也是走出国门的最著名组合。除了生动形象，《西游记》的闯关游戏叙事特点、魔幻风格、童话气质，均与当下产业的要求合拍，尽管已有周星驰执导的《西游》系列和郑宝瑞执导的《西游记》系列占尽先机取得高票房，可以预料，没有专属版权、属于公共资源的孙悟空仍将持续“变身”。“变身”的法宝，一定是寻找新的受众情感对应点，全方位创新，借旧壳生新蛋。对孙悟空这一形象的战略性开发，一定是将其升级为国际品牌，开创国际市场。

与唐僧师徒四人组量级相当的“宝黛钗”三人组，在经典名著改编中始终摆出“文艺范儿”，这是《红楼梦》无法取得大众认同的局限。在当前产业环境下，名著改编的创新思维非常重要，要以突破原著格局为起点。其实曹雪芹在《红楼梦》中构建了一个具有丰富想象力的“前史”，这个“前史”或者说“前世”的玄幻色彩，一点也不比《西游记》弱。

民间经久流传形象，如花木兰、神笔马良、钟馗、狐狸精、门神等，其中一些早前就受好莱坞关注的中国资源热点，在好莱坞六大巨头加速进行中国战略布局的当下，争夺战会愈演愈烈。《功夫熊猫》出品方一方面看中了熊猫是中华民族标志性的“偶像”，一方面也考虑了“熊猫”这一形象已在全世界具有高认知度，就像中国功夫一样。擅长拍萌宠片的好莱坞，将中国功夫与熊猫形象巧妙结合，于是有了这款原创 IP，源于中国、美国制造，以中国市场为核心，进行全球营销。那么对中国电影来讲，对民族资源尤其是潜在的、容易被忽视的民间图腾、偶像、吉祥物的尽早开发与研讨，非常关键。

开发传统资源有三个方向。其一，因是大众化产品的生产，经典形象和故事的知名度非常重要，具有战略意义的“中国故事”资源开发，必须在这些有限的范围内圈定，这个方向容易速成。其二，对知名度不太高但蕴含了生动性和吸引力的传统形象和故事，在全产业链的前提下进行话题营造、文化推广、渐进式开发。其三，基于传统资源的、含有原创形象的、全产业链下的原创IP开发，从好莱坞原创IP的研发特点来看，这个任务的周期更长，预计是五到十年。

考虑到当前特定国际产业环境，以及中国电影市场崛起的时机，开发传统资源时，要抱着系列电影开发的思路，其中一部分还要有国际品牌野心。这是中国故事的中国梦。

4. 现实资源中的“中国故事”

中国作为崛起的东方大国，在现实层面与西方世界已然接轨，尤其是以“北上广深”为主的现代化大城市，位于世界前沿。这之中有大量带有创新性的、待开发的“中国故事”。而二三线城市更具有发展中的中国特色，另外，以“小镇青年”为新一代主人翁的镇级城市，随着电影业的扩张，成为今后若干年亟待开发的重要票仓。一二线城市电影观众，对好莱坞视效奇观类大片的消费力很强，同时，对本土类型化的“中国故事”充满期待，其中尤以都市情感爱情喜剧、蕴含本土异域风光的故事最为关注。三四线城市观众则对“中国故事”中的动作类型片、都市时尚片有更强的消费力。随着网络覆盖率的不断提高和网络盒子对电视机观看平台的改造，以及数字电影播放平台的低门槛和多样化，用不了多少年，中国广大农村和西部地区的群众，尤其是中老年人，也会兴起观影习惯，从而迎来电影业的新一次井喷。如何从现实资源发掘更多适合多层次观众的“中国故事”，成为当下的紧迫任务。

比照电影的类型生产，对中国的城市生活工作空间做一考察，我们会发现主要的类型电影生产已有或可能有如下几块：1. 以中学和大学校园即时生活为主，以中学生和大学生为主要电影观众群的校园青春片，如《青春派》和《小时代》；2. 以缅怀校园生活为主，以22岁以上观众为主要观影人群的校园青春片，如《致青春》和《同桌的你》；3. 以职场情境为主，以大学生及职场人群为主要观众群的商战爱情片、喜剧片，如《杜拉拉升职记》和《一夜惊喜》；4. 以“三口之家”的家庭空间为主，展现祖孙三代生活的全家欢类型喜剧，适合在春节、中秋节等档期上映的，尚缺乏典型作品；5. 以适合旅游的异域空间为主，以异域奇观吸引观众的情感喜剧片和打闹喜剧片，如《北京遇上西雅图》和《泰囧》；6. 以都市时尚消费空间和社交空间为主，展现年轻人生活的浪漫爱情喜剧，尚缺乏质量上乘的典型作品；7. 以特殊情境和热点话题为主的心理惊悚片，如《京城81号》和《催眠大师》；8. 加入黑色元素的犯罪片，如《无人区》和《毒战》；9. 警匪动作喜剧则以《警察故事2014》为代表，此外，以香港为警匪故事情境的“中国故事”更多些，如《扫毒》《风暴》《窃听风云》系列等。

在类型电影生产之外的艺术探索领域，近年来关注现实生活的电影作品有一些代表作，如《万箭穿心》《告诉他们我乘白鹤去了》《白日焰火》《浮城谜事》《美姐》《飞越老人院》等。其中作为国际电影节获奖影片的标杆之作是《白日焰火》，除了斩获柏林电影节大奖，亦获得较高的国内电影票房。笔者的观点是，未来中国电影只有两条路好走：一条是娱乐化为主的中高成本类型片探索，另一条是中低成本、主打国际电影节的艺术片探索。低成本的类型片，未来可能要转化到网络平台。过去通称的“文艺片”，必然包裹类型的外衣，围绕目标观众群进行创作，并匹配中高成本（2000万元制作费以上）和有票房号召力的主创，以及行之有效的营销，眼下，《后会无期》是个典型案例。低成本“文艺片”则无出路，除非创作者有深厚的底蕴、艺术前瞻性和国际视野，方能化孤芳自赏的“文艺片”为国际平台的“艺术片”。

纵览近几年以现实资源为主的国产电影，特别缺少针对少儿、中老年人量身定做的优质电影。“儿童片”领域，基本以动画片为主，或者说以电视动画片衍生而来的动画电影为主，少数几部非动画片的儿童片，均未取得较好的票房。好莱坞电影中，以《小鬼当家》《海扁王》为代表的儿童历险片一直有固定的市场，未来几年，如何做好“中国故事”的全家欢儿童历险喜剧，是一个重要课题。目前电影院观众群的主要年龄段为18岁至28岁，如何吸引更多年龄段的观众走进电影院，也是一个重要课题。好莱坞对电影观众的精确细分，值得我们借鉴。潜在的中国城市观众群体，起码包括：4岁至6岁幼儿、7岁至12岁儿童、青春期（teenage）、大学生、女孩帮、男孩帮、情侣、职场小鲜肉、职场资深职员、亲子、中年人、城市老年人、城市打工族、乡村儿童和老年人，等等。“中国故事”的开发，必然依据不同的目标观众群来进行。

二、中国故事里的中国梦内核

1. 中国梦内核

任何时代、任何阶层、任何人都有规定情境下的梦想。“两亩地一头牛，老婆孩子热炕头”是中国古代农民的“中国梦”；“久旱逢甘雨，他乡遇故知，洞房花烛夜，金榜题名时”这人生四大喜是中国民间普遍意义上的“中国梦”；“格物、致知、诚意、正心、修身、齐家、治国、平天下”是中国古代知识分子贯穿人生修为的“中国梦”。习近平总书记在2012年11月29日参观国家博物馆《复兴之路》大型展览时的讲话指出：“每个人都有理想和追求，都有自己的梦想。现在，大家都在讨论中国梦，我以为，实现中华民族伟大复兴，就是中华民族近代最伟大的梦想。”

习近平总书记相继在不同场合指出，国家富强、民族振兴、人民幸福，就是中国梦的基本内涵、本质、愿景。对中国电影、“中国故事”而言，有情怀、有温度、正能量，是中国梦的具体体现和基本要求。在基本要求之下，制作高质量的类型电影，赢取高票房，战胜好莱坞，是类型电影创作的追求。创作能在国际舞台艺压群雄、独树一帜的作品，则是艺术片创作的追求。这就是中国电影的中国梦。

2. 中国梦内核与心理补偿机制

电影具有“梦”的机制，它是在满足我们庸常生活中所缺失的，观看电影能够达到一种平衡作用，是一次“阴阳调节”，是一次治疗过程。有情怀、有温度、正能量，指向的就是广义的治愈系电影。所有好电影都是治愈系电影。包括电影在内的文艺作品，既来源于现实，又补偿现实。电影接受的心理机制就是补偿机制，观影过程是一次身心补偿过程。

价值观补偿。现实生活中，出于个性化、自私心理和自我欲望的需要，正向的价值观要么被悬置，要么被迫遵守，要么成为一种表演，更多时候我们处于“三观不正”的状态，电影通过“情怀、温度、正能量”这一剂药方，及时地修正“三观”、补偿正向价值观。现实总是不完美的，这使观众希望看到一个人人平等、充满真善美、鞭挞假恶丑的愿景社会。现实中没有的，观众会在电影中得到。

情感补偿。现实生活中悲伤的人，希望在电影中看到更多童话般的快乐，这就是喜剧的魅力；现实中快乐的人，希望在电影中扮演一次痛苦的人、受尽折磨的人，这就是悲剧的魅力；现实中一直处于安全情境、有一个安全外壳可以躲藏的人，希望在电影中受一次惊吓，在电影院体验现实中没有的危机情境，这就是恐怖片、惊悚片、犯罪片、灾难片的魅力；现实中缺乏浪漫的人，希望在电影中扮演一个浪漫的主人公，完成一次浪漫之旅，这就是浪漫爱情片的魅力。

道德补偿。现实中羡慕那些“看上去很美”的“小三”、渴望成为“小三”、已经成为“小三”的人，希望在电影里完成一次“赎罪”和自我道德拯救，这是《画皮I》的补偿机制；现实中规规矩矩、遵纪守法、从不犯错的人，希望在电影里“爽”一次，这就是《邦尼和克莱德》《白日焰火》等犯罪主人公电影的补偿机制；现实中因贪念私心生出道德瑕疵，甚或处于犯罪边缘的人，不希望在现实里，而是希望在电影里得到惩罚，这就是《精神病患者》和《我知道你去年夏天做了什么》等惊悚片的补偿机制。

生理和欲望补偿。在现实中被压抑的性，往往通过电影得到补偿；在现实中被压抑的暴力，也往往通过电影获得补偿。在黑暗的电影院观影，会让我们有两小时的逍遥，这就是性和暴力成为电影永恒利器的原因。近二十年来超级英雄电影的兴盛，是我们作为凡人的观众渴望获得超能力的欲望补偿。超级英雄拯救全世界，则是观众的英雄情结使然，因为现实生活中我们都是非英雄的灰色人。

知识与视野补偿。电影打开了通往世界的窗子，使我们身临其境，犹如长了千里眼和顺风耳。我们坐在电影院或者自家客厅，就能博览天下。电影的知识与视野补偿机制非常强大。例如卡梅隆导演的《泰坦尼克号》，除了男女主人公突破等级尊卑、浪漫至死的情感设计，更多的剧情是在“复原”当年这艘号称永不沉没的豪华邮轮如何沉没的过程，以及现实时空中如何进行深海勘测和打捞的过程。《微观世界》《海洋》等纪录片让普通观众看到了无法在现实中看到的另一片人类之外的世界。

想象力和智商补偿。观众对跌宕起伏的好故事的追求，对不断展现出的惊奇剧情的追求，对新颖生动的主人公塑造的追求，对“高智商”剧情设计的追求，无不体现电影在想象力和智商层面的补偿机制。

怀旧与历史补偿。每个人都有怀旧情结。在我们的脑海里，一旦遇到某个触点，就会闪现旧日情景。三五好友相聚，谁不话说当年？电影把它化为“现实”，让它那么具体生动、可见可闻。《中国合伙人》中的旧时代情境和一首首插曲，使得从80年代走过来的观众深受感染，因为那是这一代人的过去时光封存在记忆里的最闪亮的部分，犹如阳光下的露珠。《同桌的你》则使从90年代走过来的观众深有同感。

除此之外，电影的交际补偿、反向补偿、观察力补偿、逻辑补偿等补偿机制，都在观众观看电影的过程中发挥重要作用。

中国梦内核，嵌在观众接受的心理补偿机制中，方能见效，并发挥最强大的力量。

三、中国故事的叙事战略

1. 本土市场的叙事战略

中国故事的开发战略分为本土市场和国际市场两部分，不可混淆。对应于两个战略目标，有两套不同的叙事战略。

本土市场电影研发首要的叙事战略是遵循心理补偿机制的类型化叙事。如上一章节所述，心理补偿机制是创作和制作一部电影的出发点，在创意策划阶段需要深入研讨和严格遵循。因此，深入研究当下中国本土各个庞大观影群体的心理需求是关键的第一步。在好莱坞，20世纪30年代因《一夜风流》的成功引发了各大电影公司设立观众调查部，从而好莱坞类型电影绵延发展几十年。中国电影的商业化实际上从20世纪90年代才开始起步，冯小刚的《甲方乙方》在20世纪90年代末的商业成功标志着中国电影从"作者中心电影"向"观众中心电影"即类型电影的转型。但在其后长达十几年的商业化阶段，因受院线发展制约，产值天花板太低，中国电影的类型化发展缓慢。直到近几年，随着电影院线向三四级城市的拓展以及全国银幕块数的剧增，电影票房与产值呈现大幅度阶梯式增长，使得投入两千万元以上直至数亿元制作成本能够回收足够的票房获得利润成为可能。这种可能性激发了电影投资的热潮，从而具备了正面抵抗好莱坞电影的资本前提。在这一大背景下，深入研讨中国观众特定的观影心理补偿机制，是在中国本土战胜好莱坞电影的法宝。

遵循观影情境或档期进行类型叙事是讲述"中国故事"的现时要求。档期这个概念在好莱坞早已盛行，国庆日、暑期、圣诞，均有众多电影为之度身打造。在中国，档期的概念最早是贺岁档，90年代末期的冯小刚电影模仿香港片创造了贺岁档，随着五一长假和十一长假制度，五一档和国庆档应运而生，因西方2月14日情人节在中国的流行，情人节成为春节之后的重要档期。近年来，中国情人节（七夕）和光棍节（11月11日）也逐渐成为新的档期。从元旦到春节漫长的一个多月，也分化为贺岁档和春节档。从7月初到8月底的将近两个月，因大中学生放假成为拉动票房最为关键的暑期档。专属于小学生的档期有六一档和暑期档。近两年，随着《致青春》《同桌的你》等影片的热映，以及高校及高中毕业季的特殊情境，原来的“五一档”转变为“青春档”，档期从4月到6月，跨度较大，弥补了情人节档期到暑期档之间的空白。类型电影是以观众需求为中心进行创作和制作，档期的划分鲜明地揭示了这一机制。目前，中国电影对档期的认识尚未达到如好莱坞那般深入的重视程度，大多数电影公司在生产一部电影之初，往往并未明确上线日期，导致改变档期的情况经常发生。这一状况未来几年将会大有改观，当下这个时期可谓观念转型期。类型电影对创作和制作的基本要求是规范化、科学化和精细化。什么档期上线什么样的电影？上线投资规模多大的电影？主打的观众群会不会被吸引到电影院？在大数据当道的今天，将会比原来的经验化更为有效。

“超现实主义”的现实关照至关重要。在中国文艺界，历来十分重视以现实主义观念和现实主义手法来描摹现实，这一传统在类型电影创作中完全失效。好莱坞电影历来遵循“梦的机制”，因为创作者深谙作为大众娱乐品的电影的本质——观众进入电影院并不想重温现实，而更想超越现实，进入“梦境”。早在20世纪二三十年代的上海电影时期，就有影人提倡“眼睛吃的冰激凌，心灵坐的沙发椅”，其实亦是洞悉了好莱坞电影观念。所谓“超现实主义”，就是在类型片创作中摒弃现实主义的创作观念，不再拘泥于长久以来的窠臼——“真实性”和“物质现实的复原”，以满足观众心理期待、补偿观众心理欲望为创作起点。纵观近年来国产电影的高票房之作，几乎没有遵循“现实主义”创作原则的作品。此外，长久以来对艺术作品所要求的三性统一——“艺术性、娱乐性、教育性”，对类型片来讲是无效的，因此无须再老生常谈“三性统一”。但是，类型电影赖以存在的基础是“现实”，类型创作须洞悉现实中人的种种困境，从现实出发，进行“超现实主义”的创作，再投射到观众的“现实”中，影响“现实”，这才符合电影“梦的机制”。依此，“有情怀、有温度、正能量”的创作，对观众的“现实”才能产生更为有效的影响——在娱乐的基础上补偿欲望、平衡身心、激励人生、激发更有积极意义的价值观。

本土市场的类型片生产战略是在目标观众群与票房天花板制约下的类型叙事。针对不同档期，自然对应了不同的目标观众群。例如在情人节档期，浪漫爱情喜剧显然胜于其他类型，容易让观众移情的“低烧状态”的主人公、“超现实”的恋情、巧合和意外营造的戏剧化情境，关键时刻的“弧光”，以及“最后一分钟营救”之后的大团圆结局，这些设定是情人节档期电影的基本要求。再比如春节档期的全家欢电影，目标观众群含有老少三代，是家庭成员集体观影的特殊情境，在此制约下，对叙事的要求是尽量简单化的情节设置、阳光型主人公、生动有趣的细节和此起彼伏的笑声。全家欢电影的观众并不在乎传统意义的“剧情”，几乎算不上“电影”的《爸爸去哪儿》因此取胜。票房天花板也是类型片生产必须重点考虑的因素，这一因素制约了生产规模即制作成本。票房天花板和该类型受众的票房拉动力直接相关，比如恐怖片观众群相对来说并不大，因而拍摄一部恐怖片就要避免过高的制作成本，这就是恐怖片成为 B 级片重要片种的原因。

类型叙事与“作者电影”相比，更要着力塑造出创新形象和奇观视觉设计。类型化和模式化往往是同义词，模式化容易引发视觉疲劳，观众有“尝新”心理，在情节模式很难创新的前提下，人物形象的新颖生动、视觉设计的奇观别致，殊为重要。换句话说，在类型片创意阶段，除情感投射之外，奇观人物和奇观情境是最重要的两个关键词。

2. 国际市场的叙事战略

与本土市场不同，“中国故事”在国际市场的战略只能走极端化。一极是艺术小片，一极是商业大片。没有中间路线可言。

国际市场之一是A级电影节。对A级电影节入围竞赛单元电影做一考察，会发现大多数优秀作品的制作成本并不高，而艺术探索、民族性和思考层面一定在前沿。所谓曲高和寡，以作者表达为中心的艺术片，是“小众电影”，对欣赏类型片的“普罗大众”来讲，吸引力并不强，从安全性来讲，较低的票房天花板制约了制作资金投入。在有限的投资下，对场景和拍摄规模要求较苛刻。更为苛刻的是对创作者本人全方位素质的要求。类型片更能体现导演的职业化和分工合作性，而艺术片更能体现的是作为创作者的导演的独创力、想象力、思考深度、对前沿电影语言的敏锐嗅觉和探索能力，创作者的风格个性非常重要。艺术小片往往是思想大片、民族大片，能让观者脑洞大开，是在全人类文化积累上的超越性创作。

类型大片则是“中国故事”走向国际的另一块跳板。好莱坞全球营销大片始自20世纪70年代的《大白鲨》和《星球大战》，灾难片、科幻片和动作片始终是好莱坞全球营销战略中的主打类型，近二十年，融合了灾难、动作和科幻类型元素的DC及漫威超级英雄电影称霸全球，《007》等老式动作类型超级英雄电影依然不断续拍。好莱坞全球战略的要点有三：第一，植入最大公约数的普适观；第二，情感简单化，视效（角色造型、动作、道具和情境）奇观化；第三，始终运用科研最前沿的CG技术和摄制技术，实现最高超的视效奇观化。依照以上战略要点，想要实现“中国故事”走向世界，首先要将“有情怀、正能量”的中国特色社会主义核心价值观植入作品之中。同时，作品要“有温度”，艺术片需要把人类的情感复杂化、不可测化，类型片则需要把人类的情感简单化和极端化。在情境与角色设定上，好莱坞《功夫熊猫》给我们的启示是，要善于挖掘中华民族在全世界观众心目中的标签性人物、场景和文化象征。或者这是一份面向全球的调查问卷：请按照喜好程度，列出你知道的中国历史人物；列出你知道的中国文化关键词；列出你最想去的中国旅游地；列出你喜欢的关于中国的衣、食、住、行、动物、植物、宠物的一切。依据问卷基础，按照电影的全产业链运作模式，制订 IP 开发一条龙战略，面向全球全方位进行中国固有形象的文化推广，以及创新形象、“中国故事”的文化推广，在恰当的节点嵌入具有中国特色的类型大片。在与好莱坞的全球抗衡中，一个可能的突破口就是以本民族文化特色为创意起点，以差异性吸引全球观众的注意力和观影兴趣。

在内容生产上主打差异性，在视效营造上则必须达到与好莱坞视效大片相应的或更高的水准。目前全球来看，好莱坞的视效团队仍然是不可撼动的山头，韩国等少数国家处于爬坡追赶阶段，中国本土的视效团队远远落后。那么战略有两个可选：第一，倾力打造本土视效团队；第二，雇用好莱坞视效团队。不管哪条战略，全球合作、跨界合作、全产业链和大资本运作都是至为重要的。

当下的中国电影市场处于重要转型期，以“中国梦”为内核的“中国故事”遇到了历史上最好的契机。以下一组数据具有象征意义:《变形金刚4》的中国内地票房接近20亿元人民币，大幅超过该片在北美的票房收入；2014年上半年中国内地票房超过130亿元人民币；中国内地银幕块数已经超过2万块，但平均上座率仅为15%左右；2014年上半年好莱坞电影在中国内地票房份额超过50%，未来将继续放宽进口影片限额直至全面开放；截至目前，中国电影的海外票房除合拍片《卧虎藏龙》外均未过亿，而好莱坞制作的《功夫熊猫2》全球票房达到6.5亿美元；2014年上半年，阿里巴巴以“娱乐宝”的方式运作近10部电影。

以上数据说明，中国内地仍在不断扩张的影院和银幕块数，急需生产大量高概念、高质量、有票房拉动力的类型片提高上座率；中国市场迅速增长的体量会驱使好莱坞更加强势的侵入；“中国故事”的类型化探索仍然是最为迫切的课题；目前有全球营销的“中国故事”，却没有全球营销的中国电影；互联网背景下的O2O营销将取代传统的电影营销模式。今后十年，将是中国电影发展至为关键的十年。

后 记

倏忽之间十年过去了，忘了2012年某日一个什么机缘，我遇见戴莹莹，她在为中国电影家协会理论评论工作委员会主编的年度《中国电影艺术报告》组稿，问我是否有兴趣加入撰稿团队，专门负责写作“年度中国电影剧作艺术分析”一章，我很痛快地答应了，从此成为《中国电影艺术报告》编委之一。当时没想到一写就是十年。

之所以愿意写中国电影的剧作分析，和我在北京电影学院求学和任课关系很大。我1996年考入北京电影学院文学系，成为电影剧作理论及创作专业研究生，师从王迪教授，记得开学第一课他历数了中国电影近百年剧作艺术巅峰，列举了众多经典电影人物形象，以及塑造出这些人物形象的剧作家，然后感慨地说，电影百花园里生动独特的人物形象已经非常多了，你们将来谁能在电影百花园里成功塑造出一个新的人物形象，谁才算是剧作家。从那之后，我很关注电影学院每周一放映的两部国产新片，琢磨人物塑造的独创性和新鲜度。1999年我毕业留校任教，主要讲授《电影剧作理论与技巧》《电影剧本写作》和《影片分析》，记得起初那些年选取剧作案例时我很看重人物塑造有新鲜度的优秀国产新片，比如《秋菊打官司》《阳光灿烂的日子》《甲方乙方》《埋伏》《小武》《十七岁的单车》《风声》等。因此养成了经常观摩国产新片的习惯。

后来，教学重心转到电影创意与策划，我更多地关注国产新片，为了观察普通观众的观影反应，养成了到街面上的电影院观看电影的习惯，在各地出差时但凡有空闲一定会去当地电影院看电影，当我把这些非常直接的“田野调查”带到课堂讲授中，教学效果就和以前大不一样了。因此，接下“年度中国电影剧作艺术分析”的写作任务，是非常乐意的事。并且，由于带着任务去街面上的电影院看电影，就迫使自己不能偷懒，时时关注每个周五有什么新片要上，关注重要档期，关注预告片和海报，关注创作人员、制作规模和出品方构成，关注购票平台普通观众不吐不快的短评，也更加关注每场放映的观众构成、观影反应，以及不同城市不同影院不同场次的不同观影氛围。比如当年在北京某影院观看《小时代》的时候，我发现现场观众普遍更加年轻，年龄下沉到初高中生，观影现场就像一场狂欢派对，充满笑声和互动。后来我去沿海某城市，恰好《小时代》的第二部和《青春派》同档期，我特意在同一家影院把两部电影都看了，为的是观察观影人群有哪些不同，每场等待放映和看完退场的时候我就和旁边的观众搭几句话，并留心他们和小伙伴相互聊什么，这种观影观察非常有意思也非常难忘，它使我在专业视角、个人视角之外，融入了观众视角去分析一部电影。这样的分析才是我愿意去做的分析，也是转达给学生或读者时最为有活性的分析。有时候在电影院看电影会有意外或新鲜的体验，不得不让我重新思考电影和观众接受之间的关系，比如在沿海某地影院观看《少年的我》，那一场观众爆满，我坐第二排，前边第一排坐着几个周边职校学生，从第一个镜头开始，他（她）们就兴奋地用手机拍摄银幕。我以为是偷拍，其实不是，有的是边拍边直播，有的是拍短视频发平台，我后来想，那一刻是他们与“偶像”之间最近的距离了。有意思的观影体验经常发生在观看青春片、催泪片、喜剧片、恐怖片、悬疑惊悚片的时候，电影是在观看中完成的，即使是做电影本体研究，去电影院和普通观众一起看电影也是非常重要的一环。这十年来，我每年国产新片的观看量大约维持在每周两部，重要的会重复观看，错过档期的会在线观看，也有个别自己觉得比较重要但错过了档期、排片少、线上也没有播放源时，就只好想方设法找其他渠道观看。

本书第一章到第十一章是2012年至2022年共十一个年度的"中国电影剧作艺术分析"，每一年度的分析文字都是我在次年的一月份完成的，这些文字均是中国电影家协会理论评论委员会主编的、由中国电影出版社出版的各个年度《中国电影艺术报告》中"年度中国电影剧作艺术分析"章节内容，在此向《中国电影艺术报告》编委会各位领导、主编和编委表达衷心的致意和感谢！需要说明的是，本书第五章是由韩佳彤作为第二作者协助我完成写作的，本书第九章、第十章和第十一章是由臧心韵作为第二作者协助我完成写作的，她们帮我分担了很多工作，在此对韩佳彤和臧心韵表达衷心的感谢！本书第十二章《中国梦内核中国故事的电影剧作策略》是我于2014年为第二十三届中国金鸡百花电影节（兰州）中国电影学术论坛写作的论文，收录在北京时代华文书局出版的由刘浩东主编的《2014电影创意研究之中国故事和中国梦》一书中，在此表示感谢！

本书出版离不开北京电影学院的科研支持，更离不开文学系系主任黄丹老师的积极推动，以及出版环节中费心费时的老师们的鼎力支持，我也非常荣幸请到黄丹老师为本书作序，在此向各位老师表示衷心的感谢！

尽管持续深耕十多年，我对中国电影剧作的认识仍属肤浅，对中国电影全局的了解也很有限，各个章节都是当年影片上映趁热写作的，难免仓促，对影片背景信息的掌握肯定不全面，甚至可能有错漏，请各位专家和读者体谅、指正。

过去这十几年，中国电影历经了一次繁荣，这些年度分析某种意义上讲也算是对这个过程的见证，多少能看出一条发展曲线，如今结集出版，也是一段机缘，为关注和研究中国电影的读者带来一些助益、一些启发，是我所期待的。

张民

2023年3月于北京电影学院

图书在版编目（CIP）数据

中国电影剧作艺术研究：2012—2022 / 张民著．—北京：中国广播影视出版社，2023.6

ISBN 978 - 7 - 5043 - 8967 - 1

Ⅰ．①中… Ⅱ．①张… Ⅲ．①电影剧本 - 艺术评论 - 中国 - 2012-2022 Ⅳ．①I053.5

中国国家版本馆 CIP 数据核字（2023）第009386号

中国电影剧作艺术研究：2012—2022

张 民 著

出 版 人 纪宏巍
责任编辑 王 佳 孙诗雯
特约编辑 李志卿
装帧设计 微言视觉 | 沈 慢 乔 东

出版发行 中国广播影视出版社
电　　话 010-86093580 010-86093583
社　　址 北京市西城区真武庙二条9号
邮　　编 100045
网　　址 www.crtp.com.cn
电子邮箱 crtp8@sina.com

经　　销 全国各地新华书店
印　　刷 天津鸿彬印刷有限公司

开　　本 889毫米 ×1194毫米 1/32
字　　数 246（千）字
印　　张 9
版　　次 2023年6月第1版 2023年6月第1次

书　　号 ISBN 978 - 7 - 5043 - 8967 - 1
定　　价 68.00元